KB027053

망상, 어語

김솔
짧은
소설

망상, 어 語

문학동네

이 책을 어제의 나무와 내일의 나무에게 바친다

차례

일러두기

신문 기사와 뉴스의 제목과 날짜가 적혀 있는 글들은 작가가 해당 보도에서 영감을 얻어 쓴 것임을 밝힙니다.

시작하며

그믐에서 빈방으로

빈방

어미 젖꼭지 같은 스위치 하나

혀로 핥았더니,

—자판을 두드리고 있는 작가에게 손가락은 아홉 개의 혀? 그럼 사라진 한 개는? 민트 향 담배는 누구의 손가락? 룬 문자로 정교하게 직조된 푸른 연기—

자궁이 환희로 열리고

별 하나 꺼졌다

어둠은 수많은 작가들의 운명이 적힌 양피지

양羊의 창자보다 훨씬 길고 복잡한 문장

양이라면 결코 이해할 수 없는 격정

그걸 읽어내기 위해 매일 밤 별을 끈다

젖멍울 한 움큼으로 별 하나 빚어내기 위해
아비 없는 어미는 얼마나 외로웠을까
그런 걱정 따윈 집어던진 채
습관적으로 빈방을 밝힌다
—어둠을 밝힌다고? 그게 무슨 해괴망측한 음란이란 말이오? 빈방은 우주에 무한하고 이미 문장으로 격정으로 가득차 있는데—
간암이나 폐결핵이나 뇌종양이나 전립선암으로만 해방되는 숙명
에 낮고 검게 매달린 젖꼭지
에서부터 창백하고 무른 양피지
를 2벌식으로 두드리자 흘러나오는, 자라나는, 폭발하는 문장
으로 세운, 자극한, 파괴한 우주
라는 신기루
로부터 곪고 말없는

나는 세상에 존재하는 모든 책들을 읽을 수 없어서, 쓴다, 아니 두드린다. 변죽을 두드리면서, 내가 결코 편입될 수 없는 세계의 크기와 깊이를 가늠한다. 사건의 지평선 너머에 이르려면 코끼리를 타는 수밖에 없다. 상상想像은 코끼리 머릿속을 들여다보는 행위다. 하지만 시계 소리와 모기의 날갯짓 소리 때문에 번번이 바닥으로 꼬꾸라진다. 시계 소리가 디지털이라면 모기의 날갯짓 소

리는 아날로그다. 전자는 세계를, 후자는 존재를 상기시킨다. 결국 나는 방을 밝힌 채 침대에 눕는다. 이불을 얼굴까지 끌어올리면서 꿈이 덮이지 않은 곳에만 모기가 내려앉기를 기도한다. 모기는 산 사람만을 좇는다. 죽은 사람을 좇는 건 파리다. 그리고 산 사람의 몸속에 알을 슬지 않는다는 점에서도 모기가 파리보다 참을 만하다. 살을 긁다보면 어떤 대답이 떠오를 때도 있을 것이다. 그리고 당신의 이야기 중에서 내가 아직 쓰지 않은 것들을 발견할 수도 있을 것이다. 에어컨과 인터넷으로 밀폐된 공간에서 이야기를 잃은 당신에게 그 일부를 돌려준다.

교환

순종 치와와, 네 살.

장모는 남편이나 자식보다도 그것을 애지중지했다. 한시도 그것이 떨어지려고 하지 않았기 때문에 장모는 외출을 삼가고 텔레비전 드라마도 챙겨 보지 않았으며 식사 준비로 시간을 낭비하지도 않았다. 그래서 장인의 아침식사는 시리얼과 우유가 대부분이었고 점심을 빵이나 라면으로 때운 그는 순전히 저녁식사를 해결하기 위해 외출했다가 채 한 시간도 못 되어서 귀가하곤 했다. 어쩌다 함께 외출을 하게 될 때면 장모는 고급 액세서리 같은 그것을 단장시키느라 정작 남편이 무슨 옷을 챙겨 입고 따라나서는지 알아차리지 못했다. 일면식의 이웃을 만나면 장모는 품안의 그것을 막내딸이라고 소개한 다음 남편을 경멸하듯 쏘아보았는데, 환갑을 넘긴 자신이 늘그막에 개를 낳아 키우게 된 까닭이 전적으로 남편의 외도 때문이라는 사실을 명토 박기 위한 것 같았다. 그런데도 장인은 유령처럼 웃으며 수모를 참아내었을 뿐만 아니라 손에 쥐고 있던 애견용품 가방까지 흔들어 보이곤 했다.

연애 시절 내내 나는 처가의 상황을 이해할 수 없었다. 늘 부재 중인 남편을 대신하여 애정을 쏟아부을 대용품이 장모에겐 필요했던 것이고, 뒤늦게 죄책감을 느낀 장인은 자신의 자리를 되찾기 위해 아내에게 시간과 정성을 쏟아붓고 있는 것뿐이라고, 아내는 심드렁하게 설명했지만, 거룩한 가풍에 따라, 머지않아 나 역시 애완견 이하의 신분으로 전락하게 될까 두려워 청혼을 머뭇거렸던 것도 사실이다. 하지만 오 년 분량의 시간을 통째로 덜어내고 나면 더이상 모나드를 회복할 수 없을 만큼 우리는 서로의 삶에 깊이 관여하고 있었으므로 결혼 이외엔 대안이 없었다. 크레타 섬에서 신혼 첫날밤을 보낸 다음에야 아내는 제 손으로 사랑니를 뽑듯 비밀을 털어놓았다. 믿지 않겠지만 오 년 동안 바벨탑처럼 쌓아올린 순결의 이데올로기는 결혼생활 단 하루 만에 완전히 무너져내렸는데, 어쩌면 이미 아무에게도 쓸모없어진 그것을 서로에게 확인시켜주기 위해 우리는 결혼을 서둘렀는지도 모른다. 어쨌든.

"아버지가 젊어서 바람을 제대로 피웠거든. 그때 내가 다섯 살이었을 거야. 앞집 화장품가게 여자와 야반도주해서 이십 년 남짓 살다가 재산을 모두 탕진한 다음에야 아무렇지도 않게 집으로 돌아왔어. 그러고는 지금까지 변변한 직업도 없이 그저 엄마의 그림자처럼 살고 있지. 차마 매몰차게 물리치지 못한 까닭은, 엄마에겐 주변에서 어슬렁거리는 동네 남자들로부터 자신을 보호해줄 맹견 같은 존재가 필요했고, 나에게도 결혼식장에서 내 손을 걸어둘 팔걸이 같은 존재가 필요했기 때문이겠지. 그리고 내가 오 년의 연애 동안 순결에 집착했던 까닭도 그의 저주 때문이라고 고백할게."

그제야 나는 애완견의 순혈에 집착하는 장모를 이해하게 되었다. 하지만 아무때고 발정하는 견성에게 순혈을 따질 윤리를 기대할 수 있을까. 사육장에 가두고 우생학적 기준에 따라 인공교배를 시킨다면 모를까. 그리고 시중에 유통되는 국제혈통서는 대개가 가짜이고 삼만원만 투자하면 길거리의 잡종견도 태양왕의 옥좌에 오를 수 있다는 사실을 장모만 모른다. 장모는 그것을 어느 채무자의 빚을 탕감해주는 대가로 받았는데 골프채까지 여러 세트 가지고 있는 집에서 천한 혈통의 개를 키울 리 없다고 확신했다. 장모는 장인의 가출 이후 슈퍼마켓을 운영하면서 사채를 놓았다. 잡종견 한 마리로 백만원의 빚을 갚게 된 채무자는 미안했는지 이사가기 전날 장모를 찾아와 영어로 된 혈통서를 건네주었다고 했다. 장모는 지금까지도 그것의 진위를 전혀 의심하지 않고 있는데, 정작 장인과 아내를 침묵시키고 있는 것은 그 종잇장의 권위가 아니라 장모의 그것이리라. 내가 아내에게 혈통서의 위조 의혹을 제기했을 때 아내는 서둘러 내 입을 틀어막고 주위를 살폈다.

"미쳤어? 자기가 회사 그만두고 아일 키울 거야? 설마 나더러 집안에 들어박혀 애만 키우란 건 아니겠지? 오 년 후에도 두꺼비집 같은 반지하 전셋집이나 전전해야 한다면 차라리 아일 낳지 않겠어. 그러니 엄마를 결코 자극해선 안 돼. 아직 승낙받기 전이니까."

아내는 월급이 많은 대신 야근도 많고 기적 없이는 마흔다섯 살을 넘겨서까지 자리를 지킬 수 없는 대기업에 다니고 있고, 결혼할 당시 대학 졸업반이던 나는 아내의 계획에 따라 삼 년 동안 절치부심한 끝에, 비록 월급이 적지만 일은 쉽고 여가시간이 많을 뿐만 아니라 퇴직 후 연금생활을 할 수 있는 공무원이 되었으므로, 둘 중 어느 누구도 양육을 위해 직장을 포기할 수는 없었다. 그러니 뜨거운 첫날밤이 빚어낸 생명의 징후가 점점 분명해질수록 불안감도 함께 불어갔다.

아이를 유치원에 보낼 수 있을 때까지 장모에게 보육을 맡기기로 결혼 전 이미 장모 몰래 합의한 우리 부부는 임신 기간 내내 처가를 드나들며 호의적인 분위기를 조성하기 위해 애를 썼다. 대학 졸업자들이 대기업에 취직하기 위해선 얼마나 좁은 관문을 통과해야 하는지, 그렇게 힘들게 취업한 회사가 여직원들에게 얼마나 불리한 조건들을 제시하는지, 그걸 극복하기 위해선 얼마나 많은 가족들의 지원이 필요한지, 아내의 회사에 비해 나의 회사—국가—가 얼마나 형편없는지, 맞벌이부부가 집을 마련하기 위해선 얼마나 오랫동안 허리띠를 졸라매어야 하는지, 낮은 출산율에 비해 고령 인구의 높은 실업률 때문에 우리의 미래가 얼마나 암울한지 등등. 물론 장인과 장모는 우리의 숨은 의도를 이미 파악하고 있었고 불필요한 약속을 만들어 우리의 방문을 애써 피하기도 했으나, 동서고금을 막론하고 자식을 이기는 부모는 없을 것이라고 우리는 굳게 믿었다. 가정에서 입지를 잃은 장인은 무능력한 남편에서 자상한 외할아버지로 변신하게 될 기회를 놓치지 않기 위해 우리의 제안을 흔쾌히 수락했지만 장모는 권력의 재배치를 염려하여 양수가 터진 아내가 병원으로 실려갈 때까지도 뜻을 굽히지 않았다.

서른일곱 시간의 진통 끝에 가문의 유전적 특징을 고스란히 지니고 태어난 핏덩이를 안고서도 장모는 완강하게 버텼다. 이제야 고백한다. 나는 산후조리원에서 몸을 추스르고 있는 아내 몰래 아이의 유전자 검사를 의뢰하여 99.9퍼센트의 유전자 일치라는 결과 통보서를 전해 받고서도 그것의 진위를 의심했고, 확인되지 않은 0.1퍼센트의 여백에 불안해하기까지 했으니, 이 또한 모두 장모의 순혈주의에서 비롯된 것이었다. 그래서 세 달간의 산후 휴가 기간 내내 안절부절못하면서 장모를 설득한 방법이란 게, 우리가 지금 생각해도 낯뜨겁게도, 개를 키우는 데는 어린아이가 큰 도움이 될 거라고 말하는 것이었는데—보통 부모라면 "아이의 정서 발달을 위해서 애완견을 함께 키우는 방법도 있다던데"라고 말했을 것이다—놀랍게도 장모의 미간에 철책처럼 세워져 있던 주름들이 조금씩 무너져내리는 게 감지되었다. 그래서 나는 장모의 결정을 돕기 위해서 유전자 검사의 결과를 말해주었고, 결국 장모는 위탁보육을 허락하지 않을 수 없었는데, 자신의 순결을 의심받고 공황상태가 된 딸을 걱정하여 마지못해 내린 결정이었다. 그날 이후 거의 두 달 동안 우리 부부는 침묵과 몰이해의 빙하기를 견뎌내야 했고 아이의 발작으로 극적 화해했는데 그것도 애완견 덕분이었다. 개털에 대한 알레르기가 아이에게서 발견되었던 것이다.

"그러면 당연히 치치—순종 치와와의 이름—는 우리가 돌봐야죠."

아내는 손녀와 애완견 사이에서 고민하는 장모의 입을 막았다.

"민서방이 시골 출신이잖수. 어려서 마당에다가 개 여러 마리를 키워봤다니까 걱정하지 말고 맡기셔도 돼요. 예은이—우리의 순결한 딸의 이름—처럼 애지중지 돌볼 테니까."

아내의 거짓말은 장모의 마음을 돌려놓는 데 결정적인 역할을 했다. 하지만 나는 결코 개를 키워본 적이 없는데다가, 설령 어려서 키웠다고 하더라도, 목줄 없이 마당에 풀어놓고 타고난 견성대로 살아가도록 방치한 게 고작이었을 터, 지금처럼 아파트 베란다에 가둬두고 제때에 사료를 차려주거나 산책시키면서, 예민한 이웃들을 위해 삼가야 할 행동 강령들을 가르치는 데 도움이 될 만한 경험은 전혀 없는 셈이다. 게다가 애완동물을 반려동물로 생각한 적은 없으니까. 그렇다고 내가 복날마다 개고기를 즐겨 먹은 것도 아니다. 마야의 왕족들은 내세에서 길을 잃지 않기 위해 무덤에다 치와와를 산 채로 함께 묻었다는 이야기를 들은 것 같기도 하다.

그리하여 우리는, 아니 매일 일찍 퇴근하여 여가시간이 많은 나는, 졸지에 딸 대신 애완견을 키우게 되었다. 애견용품들을 실어 나르는 데도 집과 처가를 승용차로 두 번이나 왕복해야 했다. 장모는 사료와 영양제와 목욕용품의 브랜드와 계절마다 접종해야 하는 예방주사의 종류와 단골 수의사의 휴대전화 번호까지 적어 주었다. 나는 베란다에 쌓아둔 낚시 도구—나의 유일한 취미용품인—를 치우고 개집과 사료와 애견용품들을 배치한 뒤 새로운 입주자를 풀어놓았다. 장모의 감시 속에서는 재롱을 부리고 곧잘 안기던 치치는, 마치 예상치 못한 사고로 인해 위험에 처했다고 판단한 듯이, 나를 향해 짖고 이를 드러내 보이더니 베란다의 물건들을 닥치는 대로 물어뜯기 시작했다. 그러고는 내가 급히 건넨 사료 그릇 속에 오줌과 똥을 번갈아 갈겼다. 부모에게 버림받고 고아원으로 옮겨온 아이들의 반응도 이와 같다고 들었다. 결국 일요일 밤 열한시 반에 러닝셔츠 차림의 아래층 남자로부터 섬뜩한 경고 메시지를 듣고 나서야 불행의 전조를 예감하게 되었고, 201동 아파트 전체를 재우기 위해 나는 새벽 세시 반까지 베란다 앞에서 보초를 선 다음에야 겨우 두 시간 동안 노루잠을 잘 수 있었다. 그나마도 치치가 허공에 쏘아올리는 새된 소리에 평소보다도 두 시간 일찍 일어나야 했다.

그뒤로 나의 시련은 끝없이 이어졌다. 새로운 집주인 때문에 나는 집의 유령이 되어가고 있었다. 일찍 퇴근해서 육아 대신 애완견 사육과 관련된 책을 읽어야 했고, 동료들이 들려주는 육아의 경험들은 고스란히 개를 키우는 데 활용되었다. 아내가 딸을 낳은 것인지 아니면 개를 낳은 것인지 분간할 수도 없었다. 하지만 나와 치치 사이의 거리감은 전혀 개선되지 못했다. 아내가 집으로 복귀하기 전까지 나는 단 한 차례도 치치를 데리고 산책을 하거나 병원에 가지 않았고 장모가 적어줬던 고급 사료와 영양제 대신 싸구려 사료나 음식 찌꺼기들을 음식물 쓰레기통에 담아 먹였다. 사흘에 한 번 겨우 시키는 목욕이라는 것도 바가지로 물을 몇 번 끼얹어 주는 것으로 그만이었다. 201동 사람들을 불편하게 만들지 않기 위해 식사가 끝나면 주둥이에 입마개를 채워두었다. 다행히 치치는 자신이 처한 상황에 점점 적응—또는 절망—하는 것 같았다. 빠른 적응은 그것의 혈통이 순수하지 않다는 증거일 수도 있었다.

산후 휴가를 마치고 회사에 복귀한 아내는 나와 루시퍼—나는 악마처럼 내 인생을 망치고 있는 치치를 그렇게 불렀다—는 거들떠보지 않은 채 자신의 존재감을 동료들에게 각인시키기 위해 일에 몰두했고 주말엔 처가로 가서 딸아이와 시간을 보냈다. 대신 장모가 주말에 우리집으로 찾아와서 루시퍼—그녀에게는 여전히 '사랑스러운 나의 치치'인—곁에서 하루종일 소일했다. 그러니까 장인과 아내와 딸이 처가에 있는 동안, 나는 장모와 개와 함께 집에서 시간을 보내야 했다. 개의 사육을 담당하고 있는 내가 아이의 개털 알레르기를 악화시킬 수도 있다는 이유로 아내는 내게 집에 머물 것을 권고했다. 그 덕분에 딸은 자신과 99.9퍼센트 동일한 유전자를 가진 아빠를 알아보지도 못했을 뿐만 아니라, 처가의 위층에 사는 노파가 기어이 개입하여 나의 접근을 제한할 만큼 서럽게 울어젖혔다. 그래서 토요일 아침이 되면 나는 장모를 맞이할 준비를 하느라 아침을 챙겨 먹을 겨를도 없었다. 사료와 영양제 봉투를 바꾸어 진열해두어야 했고 입마개와 음식물 쓰레기통을 감추고 라벤더 향의 샴푸로 루시퍼를 목욕시키고 드라이어로 털을 말렸다. 확연히 줄어든 윤기를 보충하기 위해 아내의 고급 보습제까지 발라주어야 했다. 새로 구입한 애견용품들을 한아름 안고 찾아온 장모는—매달 백만원의 육아 비용을 지급하고 있는 사위를 위한 선물은 거의 없었다—제자리를 잃고 떠도는 옷가지들이며 냉장고를 잠식한 냉동식품들을 두고 잠시 핀잔을 늘어놓았지만 치치를 안자마자 이내 마음이 풀려 사위의 존재 따윈 곧 잊어버리고 말았다. 그러면 나는 슬그머니 집을 빠져나와 가까운 실내 낚시터로 향하곤 했다. 하지만 저녁 아홉시를 넘겨도 아내나 장모에게선 전화 한 통 걸려오지 않았으므로 나는 처가나 우리집 중 한 곳을 선택하여 귀가해야 하는 처지가 몹시 괴로웠다. 다음날 장모는 치치를 위해 여러 가지 요구 사항을 남긴 채 돌아갔다. 그러니까 가족의 이동과정은 이렇다. 토요일 아침 나의 승용차를 운전하여 아내 혼자 처가로 간다. 그러면 장모가 나의 승용차 열쇠를 건네받아 나의 아파트로 온다. 일요일 오후에 장모가 다시 내 승용차를 운전하여 집으로 돌아가고 이틀 동안 세수도 하지 않은 아내가 늦은 저녁에야 유령처럼 나타난다. 모녀의 이동이 끝나면 치치에게도 활기가 사라지고, 평화로운 동거는 이내 깨지고 말았다.

어느 날 퇴근해보니 치치가 거품 속에서 늘어져 있었다. 심폐소생술에 실패한 수의사는 치치의 식도 속에서 플라스틱 조각들을 꺼내 보여주었다.

"값비싼 순종견을 키우시는 분이 유감스럽게도 가짜 사료를 먹이셨군요. 게다가 임신중이란 사실도 모르셨을 것 같습니다."

나는 그 수의사의 그악한 표정을 결코 잊을 수 없을 것이다. 장모가 알려준 단골 동물병원으로 가지 않은 걸 그나마 다행이라고 자위했다. 그에게 사체 처리를 부탁하고 돌아와서 나는 인터넷으로 치치를 완벽하게 대체할 수 있는 애정 대용품을 찾아 나섰다. 연이은 야근에 녹초가 된 아내는 치치는커녕 딸의 존재까지 잊고 있었다. 이틀간의 노력 끝에 치치와 똑같은 크기와 나이의 치와와를 찾아냈으나 국제 치와와 혈통보존협회가 보증한 혈통서의 후광이 판매 가격을 너무 높여놓아서 선뜻 구매할 용기가 나지 않았다. 하지만 딸의 미래를 생각하자면 오래 머뭇거릴 이유도 없었다. 결국 나는 연차까지 내고 친구에게 돈을 빌려 대구로 내려갔고, 그것을 사서 집으로 데려왔다. 겉모습이며 습관이 치치와 똑같은데다가, 태어나면서부터 아파트에서 키워졌던 것인지 입마개를 채우지 않아도 짖는 법이 없었고 화장실에서만 오줌과 똥을 쌌으며 음식을 가리지 않았다. 더욱이 애교까지 많아서 퇴근하고 돌아온 나를 즐겁게 해주었다. 친구에게 진 빚 때문에 실내 낚시터조차 들를 수 없는 처지가 되었지만 처음으로 애완견을 키우는 재미를 느끼게 된 것도 사실이다. 장모가 비밀을 알아차리지만 못한다면 행복은 훨씬 오래 지속될 수 있었다. 무던한 아내는 의심조차 하지 못했다. 그래서 나는 매일 밤 또다른 치치—나는 그것을 미카엘이라고 불렀다—에게 장모의 사진과 옷을 보여주면서 죽은 것의 영혼이 그것의 육체를 잠식하도록 유도했다.

토요일 아침 우리집에 도착한 장모가 한눈에 은폐된 진실을 알아차렸느냐고? 절대, 아니다. 장모는 개의 상태를 보더니 얼굴까지 붉히며 결혼 후 처음으로 나를 칭찬했을 뿐만 아니라 다음주 토요일에는 내게 넥타이 선물을 건넸으니까.

평온은 사흘 뒤 새벽, 딸의 체온이 삼십구 도까지 올라갔다는 장인의 다급한 전화로 산산이 깨졌다. 우리는 잠옷 차림으로 처가에 달려가 아이를 들쳐업고 병원 응급실에 들렀는데, 의사는 아이의 식도에서 이물질을 꺼내 보여주었다.

"도대체 아이에게 뭘 먹이신 거예요? 이건 애완견을 위한 해열제이지, 어린아이를 위한 게 아니잖아요. 게다가 아이에게 개털 알레르기가 있다는 사실을 모르셨나요? 이런 중국산 가짜 약을 삼키면 사람이든 개든지 큰일납니다."

열꽃이 번진 딸의 옅은 잠 속을 들여다보면서, 나와 장모의 얼굴도 동시에 붉어졌다.

맥주와 콜라의 대위법

콜라는 태양신 아폴론을 숭배하고 맥주는 달의 여신 셀레네를 사모한다. 콜라는 한낮의 나른함을 다스리고 맥주는 한밤의 피곤함을 누그러뜨린다. 콜라는 잠을 깨우지만 맥주는 꿈을 늘린다. 콜라는 행동을 기획하고 맥주는 기억을 자극한다. 침묵의 바위를 뚫기 위해 콜라는 혀를, 맥주는 목구멍을 열광시킨다. 콜라가 아폴론적 사유에 어울린다면 맥주는 디오니소스적 상상을 이끈다. 콜라는 잎에서, 맥주는 열매에서 태어나지만 역설적이게도 콜라에선 동전의 경쾌한 소리가 배어나고 맥주는 오래된 지폐의 냄새 속에서 익는다. 콜라는 책을 읽고 맥주는 텔레비전을 본다. 콜라의 탄산가스가 소화를 돕는다면 맥주의 그것은 대화를 돕는다. 콜라는 위선으로 독을 숨기고 맥주는 독으로 위선을 숨긴다. 콜라는 사람들을 방으로 밀어넣지만 맥주는 방에 갇힌 사람들을 광장으로 불러모은다. 마지막 한 모금까지 콜라는 달콤한 맛을 남기지만 맥주에는 첫맛뿐이다.

콜라는 탐욕스런 연금술사가 비밀 공장에서 만들어 퍼뜨리지만 맥주는 문맹자의 주방에서도 쉽게 만들어진다. 금주법이 콜라를 발명하고 조세법이 맥주를 보급했다. 콜라는 만날 때의 인사를 준비시키고 맥주는 헤어질 때의 인사말을 발명해낸다. 콜라는 시계의 배터리이고 맥주는 휴대전화의 액정이다. 콜라는 여행자들에게 충동을 주입시키지만 맥주는 거주자들에게 습관을 재갈처럼 물린다. 콜라는 삼키고 맥주는 마신다. 콜라에선 래퍼들의 울분이 느껴지고 맥주에선 재즈 뮤지션들의 우울이 씹힌다. 콜라는 어른들을 아이들로 만들고 맥주는 아이들을 어른들로 변신시킨다. 콜라는 뼈에 작용하고 맥주는 살에 작용한다. 굴욕의 역사에 숨어 콜라가 수입되고 혁명의 역사를 타고 맥주가 귀환한다. 콜라를 흘린 자국에선 얼룩이 자라나고 맥주가 스민 자리에선 무늬가 번진다. 콜라는 빨리 마실수록, 맥주는 느리게 마실수록 갈증에 유리하다.

가령 당신은 미국 애틀랜타의 거리를 걷다가 갈증을 느낀다. 다행히 가까운 곳에서 드럭스토어를 발견하고 뛸듯이 기뻐한다. 금발의 점원 앞에서 주머니 속의 동전을 만지작거리며 무엇을 주문해야 할지 고민할 때, 당신은 그곳에 코카콜라의 본사가 있다는 걸 한번쯤은 기억해야 한다. 그리고 코카콜라가 금주법의 산물이라는 사실에 안도해야 한다.

Noyad

만약 당신이 브뤼셀의 거리를 걷다가 또다시 갈증을 느끼고 노천카페로 들어갔다면, 당연히 당신은 이 나라에서 오백여 종류 이상의 맥주가 생산되고 있다는 사실을 간과해서는 안 된다. 더욱이 이 나라가 고작 한국의 경상도 크기에 불과하다는 사실까지 떠올린다면, 당신이 무심코 걸어간 삼십 분 동안 적어도 한 종류의 진기한 맥주를 마실 기회를 잃게 된 것이 분명하다.

혹시 당신이 지금 메뉴판을 받아들고 있고, 알고 있는 맥주라곤 호가든이나 레페밖에 없다면, 당신의 현학을 내세우지 말고, 당장 트라피스트 맥주를 주문하길 권한다. 수도원의 수도사들이 신의 공식 허가를 받아 발명한 것이라 풍미가 깊다. 그리고 그것은 프랑스 혁명의 산물이기도 하므로 역사적 공인을 받았다고도 말할 수 있다. 그걸 한 잔 들이켜고 나면, 왜 신적 존재가 인간에게 끊임없이 갈증을 일으키는지 이해하게 되는 순간도 있을 것이다. 단, 트라피스트 맥주를 마시려거든 운전은 애당초 포기하는 게 좋다. 베스트블레테렌의 알코올 도수는 무려 십 도에 이르러서 그걸 들이켜는 순간 인간이 다닐 수 있는 길과 도덕을 모두 지운다. 허위는 잠이 들고 진실이 잠시 깨어난다.

자동차 없이는 어디에도 갈 수 없는 이곳에서, 노천카페 어느 곳에서도 매혹적인 맥주를 팔고 있다는 아이러니. 이게 탄탈로스의 고통이기도 하다.

가방

경찰 간부의 방문을 받은 테레사 수녀의 이야기는 이랬다.

일요일 오후, 미사를 마치고 정원을 손질하고 있는 저에게 한 여자가 다가왔어요. 낯선 얼굴이었지만 고귀한 인상을 풍겼지요. 일요 미사에서 한 번이라도 마주쳤다면 알아볼 수 있을 만큼 고급스런 복장에 화려한 보석으로 치장하고 있었어요. 세계적 도시인 부에노스아이레스에는 엄연히 수도원도 포함되어 있고 그 자긍심 강한 시민들이 매주 드나들고 있기 때문에 저 같은 수도자들조차도 신도들의 옷이나 액세서리의 가치 정도는 알아볼 수 있지요.

그녀는 자동차 한 대 가격의 명품 가방을 들고 있었어요. 그 안에 성스러운 책이 들어 있었을지는 의문입니다만. 그리고 그녀 뒤를 비서로 보이는 여자가 따르고 있었지요. 여자는 비서에게 가방을 맡기더니 제게 말을 걸었어요. 여자의 목소리가 가늘게 떨리고 있었기 때문에 전 그녀의 간절함을 짐작할 수 있었지요. 비밀을 듣기에는 너무 공개된 공간인데다가 고귀한 신분인 그녀가 고백할 비밀을 혼자서 감당할 자신이 없었기 때문에, 고해성사를 하고 싶다면 저보다 신부님을 찾아가는 게 낫겠다고 말했는데도 여자는 막무가내였어요. 여자는 아는 사람이 저밖에 없다고 말했어요. 그러니까 그녀는 그날 처음 저희 수도원에 방문한 것이었어요. 그러지 않고서야 신부님보다 저를 먼저 만났을 리가 없을 테니까요. 하지만 저도 그녀를 기억할 수 없었어요. 평범한 신자라면 제 기억이 틀릴 수도 있겠지만 그 정도의 후광을 내뿜는 사람을 제가 못 알아볼 까닭은 만무했지요. 대부분의 시간을 수도원의 기도소에서 혼자 보내게 되면서 저에겐 타인의 얼굴과 이야기를 더 잘 기억하는 능력이 생겨났거든요.

오후 기도시간 전에 정원 일을 마무리해야 했기 때문에 여자의 얼굴을 들여다보면서 이야기를 들을 수는 없었지요. 그 여자는 제 옆에 웅크리고 앉아서 잡초를 뽑고 벌레를 잡는 일을 도왔어요. 그러고는 한참 동안 침묵하다가 어렵사리 말을 꺼내더군요. 평생 국가를 위해 일하는 것 이외에 삶의 다른 즐거움을 모르는 남편의 재산을 수도원에 기부하고 싶다고 했어요. 순간 저는 아멘, 이라는 말을 연거푸 중얼거렸지요. 진심으로 자신을 믿고 따르면 모든 것을 해결해주겠다던 주님의 말씀이 생각났거든요. 아실지 모르겠지만, 저희 수도원 재정 상태가 좋지 못해요. 국가가 두 번이나 파산했는데, 수도원이라고 그 국가적 비극을 피해 갈 뾰족한 방법이 있었겠어요? 국가가 외면할수록 수도원이 돌봐야 하는 사람들은 더욱 늘어나는데, 주머니가 가벼워진 신도들의 기부금은 점점 줄어들고 있지요. 게다가 십여 년째 진행되고 있는 역사役事들이 서너 개나 되어서—그중엔 노숙자들을 위한 거주 시설 공사도 있지요—돈 들어가는 곳이 많아요. 수도자들이 아무리 여행과 식사를 줄인다고 해도 한계가 있었어요. 저희가 할 수 있는 것이라곤 기도밖에 없었는데, 주님께서 그 기도를 들으시고 그녀를 보내셨어요. 그래서 저는 정원 일을 멈추고 손에 흙이 묻었다는 사실도 잊은 채 그녀의 손을 움켜쥐며 뜨거운 감사를 표시했지요.

그녀를 신부님에게 데려가려고 했지만 그녀는 완강히 거부했어요. 끝까지 신분을 밝히지 않은 채 다시 찾아오겠다는 약속만을 남기고 황급히 수도원을 빠져나갔지요. 하긴 사도들을 데리고 갈릴리를 떠날 때에 주님은 죄가 전혀 없으셨지만 그런 황망한 모습을 보일 수밖에 없으셨죠.

이어서 가브리엘 신부는 이렇게 대답했다.

오후 기도가 끝나고 테레사 수녀에게서 그 이야기를 전해 들었습니다. 그녀는 마치 주님의 현신을 목격한 것처럼 흥분해서 말했지요. 하지만 저는 냉정한 상태를 유지하려고 노력했습니다. 상상하실 수 없을 만큼 저는 많은 사람들로부터 기괴한 이야기를 듣습니다. 심지어 그들은 대륙 밖에서 저를 찾아오기도 하지요. 신도들의 이야기를 듣는 일은, 성스러운 책을 읽고 기도하는 일만큼이나

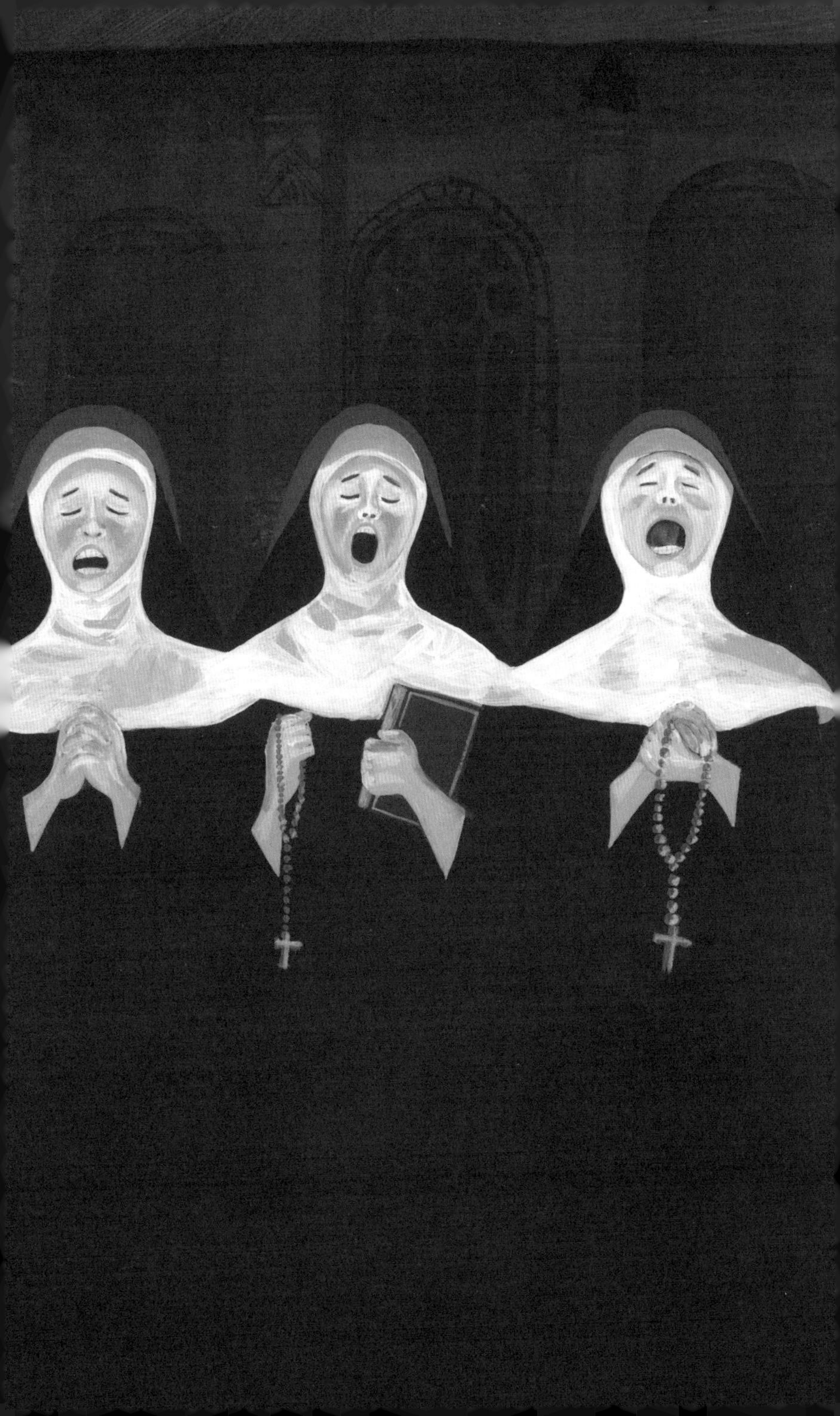

수도자들에게는 중요한 소명입니다. 인간의 이야기를 듣지 않고 오로지 주님의 이야기에만 귀기울여야 한다는 가르침이 성서에 적혀 있다면 수도원은 도시 대신 사막 한복판에 세워져야 했을 겁니다. 하지만 주님은 자신을 따르는 사람들뿐만 아니라 악마의 거짓말에 경도된 사람들의 이야기까지 듣고 싶어하십니다. 그래서 우리가 지금 여기에 있는 것이지요. 하지만 듣는 것과 말로 옮기는 것은 분명히 다른 차원의 행위이지요. 수도자들은 들은 것들을 고스란히 말로 표현해서는 안 됩니다. 그러지 않으면 모두가 불행해질 테니까요. 프라하의 네포무크 성인이 죽음으로써 베푸신 교훈을 수도자들은 한시도 잊어서는 안 됩니다.

아무튼 저는 테레사 수녀의 이야기 속에서 그 정체불명의 기부자가 숨기고 있을 의도를 정확하게 파악하려고 노력했습니다. 그러다가 문득 두려움에 사로잡혔습니다. 아시겠지만, 제이차세계대전이 끝나기 직전, 인간으로서는 도저히 저질러서는 안 될 범죄를 저지른 인간들이 단죄를 피해 아르헨티나로 숨어들었습니다. 그들은 철저하게 신분을 숨긴 채, 아르헨티나의 자연과 사람들에게 매료되어 찾아온 이주민 또는 모험가처럼 아주 선량하게 행동했지요. 그들의 성실함은 이웃의 호의를 얻기 충분했고, 이웃은 그들이 숨기고 있는 죄악을 의심하지 못한 채 그들에게 진심을 다했습니다. 위선자들은 매주 일요일마다 우아한 옷으로 갈아입고 가족들을 대동한 채 성당이나 교회에 나와 주님의 이름을 부르고 성경을 읽었습니다. 그리고 기독교도들의 영원한 승리를 위해 막대한 재산을 기부했지요. 기부가 늘어갈수록 그들에 대한 이웃의 존경심은 깊어갔고 어느덧 그들은 자신이 저지른 죄악들을 망각하기 시작했어요. 급기야 자신에게도 천국의 자리가 보장되어 있다고 믿게 되었지요. 하지만 성당이나 교회는 더이상 면죄부를 판매하지 않습니다. 우리 수도원도 하마터면 후세에게 용서받지 못할 실수를 저지를 뻔했지요. 현명하고 신심 깊은 수도원장께서 그 수상한 기부자들의 정체를 밝혀내셨죠. 그러고는 그들을 과감히 파문하시고 그들의 기부금을 유대인협회에 전달했지요. 그런 선하고 정의로운 행동 때문에 우리 수도원은 반백 년 동안 청렴한 분위기를 지켜낼 수 있었답니다.

테레사 수녀의 이야기가 끝날 때쯤 저는 수상한 기부자들의 숨겨진 죄악을 확신했습니다. 그래서 그 수상한 여자의 기부 의사를 거절했지요. 나중에 테레사 수녀에게 들은 이야기에 따르면, 그 여자는 자신의 비서를 세 번이나 보내 수도원의 의사를 거듭 확인했다고 합니다. 하지만 주님의 신복들이 신념과 정의를 타협하는 경우란 결코 없습니다.

수도원의 담 부근에서 수상한 가방들을 최초로 발견한 베로니카 수녀의 목소리는 두려움으로 여전히 떨리고 있었다.

정말 깜짝 놀랐어요. 멀리서 보면 그것들이 마치 동물원에서 탈출한 맹수들 같았거든요. 어찌나 무섭던지 아직까지도 손발이 떨리네요. 너무 무서워서 그냥 못 본 체하고 지나칠까도 생각해봤어요. 하지만 그것들이 우리가 여름 내내 애써 가꾼 정원을 망가뜨릴 것 같아 가만히 보고만 있을 순 없었어요. 어떻게 해서든지 쫓아버릴 생각이었지요. 큰 소리로 찬송가를 부르고 힘껏 손뼉을 치며 발을 굴렀지요. 하지만 맹수들은 꼼짝하지 않았어요. 마치 사냥감이 사정권에 들어서기 전까지 자신을 바위나 가방으로 위장하는 것처럼. 하긴 허기진 맹수들을 상대할 무기라곤 제게 성경책 한 권이 전부였지요. 하지만 설령 목숨을 잃는다고 하더라도 성경책을 빼앗기고 싶진 않았어요. 그래서 저는 더욱 목소리를 높였는데 어떤 찬송가를 불렀는지는 기억나지 않네요.

제 노랫소리를 듣고 두 명의 수녀들이 달려왔지만, 눈앞의 맹수들은 여전히 꼼짝하지 않았어요. 그러다 잠깐 동안 번쩍거렸지요. 그러자 마틸다 수녀가 말했어요. 저것은 맹수가 아니라 사탄이라고. 빛나는 것은 사탄의 정수리에 솟아 있는 뿔과 두 개의 엄니라고. 그러고 보니 정말 그런 것 같았어요. 아네스 수녀가 속삭였지요. 사탄을 내쫓을 수 있는 유일한 무기는 기도뿐이라고. 그러면서 그 작고 가냘픈 몸 어디에 그런 용기가 숨어 있었는지 한 손에 성경책을 들고 다른 손으로는 묵주를 만지작거리면서 사탄을 향해 다가가기 시작했어요. 그녀 뒤를 마틸다 수녀가 따랐죠. 저는 너무 당황한 나머지 왼손에 들고 있던 묵주를 땅에 떨어뜨리고 말았어요. 그래도 동료들과의 간격이 벌어지지 않도록 뛰다시피 걸었지요. 우리가 정수리를 내려다보고 있는데도 그것들은 꼼짝하지 않았어요. 퇴마사처럼 마틸다 수녀가 묵주를 든 손으로 사탄의 정수리를 힘껏 내리치며 성경 한 소절을 읊었지요. 저와 아네스 수녀 또한 마틸다 수녀를 따라 했지요.

그리고 마침내 선한 기운이 사탄을 물리쳤어요. 정신을 차리고 내려다보니 사탄은 간 곳이 없고 돈과 보석들로 가득 채워진 가방 몇 개만이 남아 있더군요. 사탄들이 그런 것으로 인간을 타락시킨다는 이야기는 성경책 곳곳에 적혀 있기 때문에 우리는 전혀 의심하지 않았지요. 하지만 그것들을 차지하려고 인간들이 신성한 수도원에서 잔인한 다툼을 벌이는 걸 원하지 않았기 때문에 그걸 치워달라고 제가 경찰에 연락한 것이에요.

"아르헨티나 전직 장관, 수도원에 수십억원 현금 숨기려다 체포"(뉴시스, 2016. 6. 15.)

망상어

물고기가 새끼를 낳는다고? 웃기지 마. 새끼를 낳는 건 어류가 아니라 포유류야. 뭐, 네가 직접 그 물고기를 낚았다고? 하긴, 너라면 그럴 수도 있겠지. 넌 하루종일 망망대해 같은 망상 속에다 낚싯대를 드리우고 말없이 히죽거리길 좋아하니까. 어쩌면 네 말대로, 네 주위엔 망상어들이 허우적거리고 있는지도 모르겠다. 그것들은 살찐 여자를 닮았지. 입술은 작고 붉고, 몸은 붉고 나부대대하고, 자궁까지 지녔으니까 말이야. 그것들이 사는 곳도 그래. 여자들은 결코 하나의 일생에 만족하지 못하고 늘 다른 일생의 가장자리만을 맴돌지. 네 주위에 어슬렁거리는 여자들은 어쩌면 누구의 어머니이거나 누구의 아내이거나 누구의 그림자일지도 몰라. 일그러진 삶을 너처럼 부둥켜안고 있겠지. 네가 했던 말은 모조리 기억할 수 있어. 왜냐하면 난 누군가에게 흥미로운 이야기를 듣고 나면, 꼭 그것들을 기록해두는 버릇이 있으니까. 내 기록이 틀리지 않았다면, 네 주위에서 어슬렁거리는 망상어는 네 마리쯤 될 거야.

넌 아주 불안한 표정으로, 네가 회사에서 일하고 있는 동안 누군가 네 집에서 하루를 보내는 것 같다고 말했지. 그 증거로, 오랫동안 읽지 않은 카프카의 책들이 책꽂이에 거꾸로 꽂혀 있고, 시대별로 분류해둔 재즈 시디가 장르별로 줄지어 있고, 컴퓨터의 문서함에 열어본 적 없는 파일의 흔적이 남아 있다고. 그런데 그 침입자를 여자라고 확신했던 이유가 뭐더라? 아, 그래, 네가 퇴근해서 방문을 열면 제라늄 향기가 밀려나오는 날이 있다고 넌 말했어. 제라늄 향기는 주로 여성용 보디 크림에 쓰인다던가.

또 언젠가는, 늘 여행가방을 든 채 버스 정류장에 서 있는 여자를 출근길에, 또 퇴근길에 만난다고도 했지. 그녀는 버스가 정류장으로 들어와도 올라탈 생각을 하지 않아. 네가 집에 두고 온 서류를 가지러 점심시간에 시내버스를 탔을 때에도 그 여자는 어김없이 그 정류장에 서 있었다면서? 바람이 실어 가기 전까진, 또는 네가 실어 가기 전까지 그녀는 꼼짝하지 않을 태세였다고 했지. 네가 실어 가지 않는다면, 죽음이 그녀를 낚아챌지도 몰라. 불교에선 죽음이 들이닥치기 전에 풍도로 먼저 사지가 잘리는 과정을 겪어야 한다던데. 풍도風刀, 바람의 칼 말이야.

또, 다른 여자는 어떻고, 늘 회사 사무실에서 비껴가는 여자, 그림자가 아주 길어서 그걸 빠져나가는 데도 시간이 많이 걸린다던? 네 책상 앞을 지날 때면 그녀의 발소리는 늘 리듬을 잃는다면서?

IL A
Trente exemplaires
de Hollande

웃기지도 않는군. 그 여자의 남편은 너보다도 훨씬 잘생겼고 유능하고 여유롭고 현실적이며, 게다가 삶을 긍정할 줄 안다고. 적어도 그는 너처럼 주말 내내 골방에 처박혀서 언어로 붙잡히지 않는 망상어를 낚느라 궁상을 떨진 않아. 지난 주말엔 그 여자와 농담까지 나누었다고 했었지? 하지만 넌 그 여자의 얼굴이며 옷차림이며 체취를 전혀 기억하지 못했어.

그것 봐. 네가 한 달에 한 번 영화관을 찾을 때마다 항상 네 뒷자리를 예매한다는 여자는 애당초 존재하지도 않았어. 넌 내게 거짓말을 했던 거야. 아니면 진실이긴 한데 꿈으로 빚어져 있어서 사는데 아무 쓸모도 없는 것이거나. 그렇지 않고서야 어떻게 그것들 중 하나도 제대로 붙잡아서 내게 보여주지 못하는 거지?

모두 망상이야. 네가 살고 있는 곳에선 망상어들이 떼로 몰려다니는 게 틀림없어. 도망치지 않으면 넌 먹이가 되고 말 거야. 나도 그것에 대한 정보를 찾아봤는데, 망상어는 잡식성이어서 개인의 불행 따윈 가리지 않고 입질을 한다고 하더라고.

이제 어떻게 해야 하느냐고? 그걸 왜 나한테 묻는 거야? 네가 더 잘 알면서. 사막에서 낚시하는 법. 그게 뭐냐고? 허허. 정말 웃기지도 않아.

방귀

그걸 두고 시쳇말로—시체들이 무덤 속에서 웅얼거리는 말본새로—방귀를 튼다고 하더군요. 처음 만난 사람들끼리 얼굴을 익힐 때 흔히 안면을 튼다고 말하잖아요. 그런 표현에서 연유했겠지요. 마치 사람과 사람 사이에는 보이지 않는 벽이 있어서 창이라도 하나 뚫어놓지 않으면 결코 서로를 알 수 없다는 것처럼. 농부들에겐 물꼬를 트는 것과 같지요. 하지만 제겐 '방귀를 튼다'라는 표현보다는 '방귀를 묶는다'라는 표현이 더 그럴듯하게 들려요. 결연結緣이란 단어가 있잖아요? 눈에 보이지 않는 인연들을 서로 묶어서 한덩어리로 만든다는 뜻이니까, 방귀 냄새가 섞이는 일도 이와 같을 수 있겠죠. 방귀라는 단어를 들을 때마다, 또는 방귀 냄새를 맡을 때마다 조심스레 주위를 둘러보게 되잖아요. 범인이 누구이고 목격자가 누구인지 확인하기 위해서라도. 그래서 방귀라는 말에는 '사방을 듣는 귀'라는 뜻이 내포되어 있는 건 아닐까 혼자 생각해본 적도 있어요. 그리고 방귀는 인간의 위선을 폭로하기 위해 신이 발명한 메타포일 수도 있고요.

아무튼 방귀를 묶은 사이란 더이상 방귀를 참거나 숨기기 위해 애쓸 필요가 없을 만큼 가깝다는 뜻이지요. 살 비비며 살다보면 천국과 지옥에 수시로 오갈 텐데 방귀 냄새가 천국의 기념물인지 지옥의 부산물인지 굳이 따져서 뭘 얻을 수 있을까요? 완전히 신뢰하지 않으면 아무것도 기대할 수 없는 게 부부관계이지요. 방귀 냄새가 구수할 때까지만 신혼 기간이라고 사람들이 말하더군요. 구역질이 난다면 이미 악마의 입과 같은 틈새가 둘 사이에 자란다고 생각하시면 틀림없어요. 그래서 며느리에겐 시어머니의 방귀 냄새가 가장 지독한 법이지요. 잘 묵힌 퇴비에서는 악취가 나지 않는 법이니까. 우리의 식탁에 오르기에 앞서 생명을 헌납한 동식물들이 석회암 동굴 같은 우리의 창자 속을 통과하면서 해탈하는 순간에 오도송悟道頌처럼 읊조린 게 방귀일 수도 있어요. 평생 인간이 먹어치우는 오십여 톤의 생명들 중에는 살아서 경전 한 구절 정도는 알아들었던 것들도 있지 않을까요?

우린 결혼한 지 이 년 만에 방귀를 묶었지요. 아주 우스운 경험이 계기가 되었어요.

결혼한 뒤에도 우리는 각자의 일 때문에 주중에 집에서 저녁식사를 함께하는 날은 거의 없었답니다. 출퇴근 시간은 달랐지만 하루에 일하는 시간은 거의 같았어요. 우리 둘 다 비슷한 시기에 진급을 했지요. 그래서 주말에도 우리는 각자의 방에서 일을 하다가 책상 위에 엎드려 잠드는 날이 많았습니다. 더이상 함께 최신 영화를 보러 가거나 새벽까지 대학가의 술집을 배회하지도 않았어요. 그러다보니 결혼하기 전보다도 오히려 더 만나기 어려운 사이가 되고 말았지요. 나누어 먹을 음식들을 같은 냉장고에 저장하고, 같은 세탁기 속에 서로의 옷들을 섞어서 한꺼번에 빤다는 것 말고는 결혼이 우리의 생활에 미친 영향은 거의 없었지요. 아실지 모르겠지만 우리는 사 년 동안의 연애가 너무 재미없어서 하는 수 없이 결혼식을 올렸거든요. 아, 맞다. 밤마다 서로의 집까지 바래다주지 않아도 된다는 점만큼은 확실히 결혼의 장점이긴 하겠네요.

결국 정상적인 결혼생활을 위해서 우리는 각자의 일 이외에 함께 관심을 쏟을 대상이 필요해졌고 그게 바로 아이였어요. 그래서 제가 사표를 냈지요. 아내는 저보다 회사에서 훨씬 인정받고 있었을 뿐만 아니라 그녀가 하는 일 또한 제 일에 비해 전망이 더 밝아서 은퇴한 뒤에도 우리 가족들을 먹여 살릴 수 있는 이는 제가 아니라 아내라는 확신 때문이었어요. 그리고 산부인과 의사의 소견이 결정적이었죠. 불임의 원인이 아내의 성마른 성격에서 비롯된 게 아니라 오히려 저의 폭식과 과도한 스트레스 때문이라고 하더군요. 하긴 저는 스트레스가 저를 끝장낼 것이라고 두려워하면서도 퇴직 이외에 그걸 제압할 다른 방법을 알지 못해서 술을 마시고 음식을 쑤셔넣었지요. 그러다가 결국 술기운을 빌려 일을 저지르고 말았답니다. 아내가 이미 임신한 것도 아닌데 퇴직부터 하는 건 너무 성급하다고 핀잔을 준 동료들은 피임과 불임의 차이를 전혀 이해하지 못할 거예요. 저에겐 규칙적인 운동과 식사가 필요했어요. 게다가 그들은 산후 휴가와 육아휴직 역시 구분하지 못하는 것 같아요. 설령 제가 법이 보장하고 있는 육아휴직의 권리를 사용하고 일 년 뒤에 복귀하더라도 그들은 저를 정당하게 대우하지 않았을 겁니다. 수유를 멈춘 아이를 돌보는 일은 엄마보다 아빠가 더 잘할 수 있을 것 같았어요. 그렇게 생각하니 더이상 머뭇거리느라 시간을 낭비할 이유는 없었지요.

전업주부로 살아가는 게 처음부터 쉽진 않았지만 희생과 헌신의 역할에 대해 깨닫게 되면서 비로소 집안일에 재미를 느낄 수 있었어요. 특히 요리에 재능을 발견한 게 가장 큰 수확이죠. 아내의 퇴근시간은 빨라지지 않았지만 아내가 집에서 일을 하는 시간만큼은 확연히 줄어들었어요. 설거지를 끝내고 나면 심야 영화를 보러 가거나 동네를 산책하기도 했죠. 그러다보니 부부관계 횟수도 자연히 늘어났어요. 부부가 관계를 맺는 여러 단계 중에서 가장 마지막이 성교라는 걸 그동안 잊고 있었어요. 부부라는 단어가 동음중복으로 구성된 까닭은, 남편과 아내의 반응이 거울 앞에서처럼 늘 겹쳐지기 때문이 아닐까요?

그러다가 우스꽝스러운 사건이 터졌던 거죠. 어느 일요일 저녁 아내는 식사를 앞에 두고 갑자기 복통을 호소했어요. 점심식사로 먹은 샐러드가 문제를 일으킨 것인지도 몰랐어요. 오래되어 물러지긴 했지만 버리기가 아까워서 냉동실에 얼려서 보관해두었던

딸기를 갈고 그 위에 레몬즙과 요구르트를 뿌린 것이었는데, 그걸 식탁에 올리면서 머리 한쪽이 조금 무거웠던 게 사실이에요. 그렇다고 식중독이 일어날 만큼 더운 날씨도 아니었고. 아내는 저녁 내내 트림을 하더니 나중엔 왼쪽 아랫배 한쪽이 바늘로 콕콕 찔리는 것 같다고 울먹였어요. 가슴과 어금니까지 아리다고. 의자에서 일어나서 몇 걸음 걷지도 못하고 주저앉았어요. 무릎을 허리 위까지 당길 수가 없다고 했을 때 맹장염을 의심했지요. 하지만 대부분의 사람들은 왼쪽이 아니라 오른쪽에 맹장이 있지 않나요? 갑자기 제 아버지의 아랫배에 좌우 대칭으로 남아 있는 두 개의 수술 자국이 떠올랐어요. 군대에서 맹장 수술을 했는데 군의관의 실수로 양쪽을 연달아 개복했다더군요. 여든을 넘긴 다음부터 아버진 어느 쪽에서 맹장을 잘랐는지 기억하지 못하셨지만. 내장 전체가 반대로 위치해 있는 사람도 있다고는 들었어요. 하지만 제 아내가 예외적 인간에 포함될 확률은 상식적으로 너무 낮을 테죠. 아내가 침대 위에 누워서 앓고 있는 동안 저는 컴퓨터를 켜고 인터넷으로 아내를 문진했어요. 진찰에는 다섯 가지 방법이 있다고 하더군요. 문진. 시진. 촉진. 타진. 청진. 묻고 보고 만지고 두드리고 들어서 검사하는 것이죠. 그중 으뜸이 뭔지 아세요? 문진과 청진이에요. 소문난 명의들은 단지 묻고 듣는 것만으로도 환자의 병을 정확하게 진찰할 수 있다더군요.

일요일 저녁이어서 집 근처의 개인병원들은 문이 닫혀 있었어요. 가장 가까운 대학병원으로 가려면 아내를 택시 정류장까지 옮겨야 했죠. 전업주부가 되면서 생활비를 줄이기 위해 가장 먼저 없앤 것이 자가용이었거든요. 그다음은 신용카드였고. 그러다 결국 택시비를 아끼기 위해 구급차를 불렀죠. 병원이나 사설 응급차는 후불제이니까 안 되고 꼭 소방서 소속의 구급차를 이용하라고 인터넷에 올라와 있더군요. 그래서 삼십 분이나 더 기다려야 했어요. 건조주의보가 내려진 날이라 구급대원들의 몸엔 매운 연기 냄새가 짙게 배어 있었어요. 그들은 아내를 화재 현장에서 타다 남은 가구처럼 다루었어요. 응급실 침대 위에 부려졌다고밖에 표현할 수 없었어요. 그래도 아내는 고통보다 굴욕을 더 잘 견뎌냈어요. 불평이라도 해서 그들의 심기를 건드렸다간 다 탄 가구로 간주되어 이송 도중에 길가에 버려지거나, 나중에 이런저런 이유로 범칙금 고지서를 받게 될까봐 두려워서 이를 악물었던 것이죠. 그런 아내 옆에서 저는 연신 고개를 조아렸을 뿐이고. 상대가 택시 기사였다면 저나 아내는 어떻게 대처했을까요?

대학병원 응급실은 의외로 한가로웠어요. 그래서 잠시나마 우리가 도착한 곳이 영안실은 아닌지 착각할 지경이었지요. 대형 사고가 일어나기엔 너무 이른 시간이었을 수도 있거니와 중환자들을 꺼리는 그 병원의 정책 때문일 수도 있었어요. 오랫동안 그 대학병원과 이웃하고 있었던 소방서의 구급대원들에게조차 그 정책은 이미 알려져 있었던 것이죠. 응급실 침대에 누워 있던 사람들 중 일부는 순전히 보험금을 지급받기 위해 거기 있는 게 분명했어요. 저녁을 먹고 체증을 느낀 여자들이나 동전을 삼킨 아이들만이 진짜 환자라고 할 수 있었죠. 노인들은 응급실과 영안실을 구별하지 못하기 때문에 응급실에 실려 오는 걸 무척 꺼린다고 하더군요. 저도 응급실은 그때가 처음이었어요. 입구에 들어서는 순간 너무 긴장해서 누가 의사이고 누가 저승사자인지 구분할 수가 없더라고요.

흰 가운을 입고 맨발에 슬리퍼를 끌던 젊은 의사 한 명이 마침 우리 앞을 지나치고 있었어요. 며칠째 잠을 자지 못했는지—아니면 영안실에서 방금 전에 유령이 되었거나—그의 얼굴에는 핏기 한 점 묻어 있지 않았어요. 반면에 그런 냉철함이 환자들에게는 도움이 될 수도 있을 것 같다는 생각을 했지요. 화타 같은 명의라면 눈앞의 환자가 죽었거나 살아 있다는 사실 따윈 굳이 따질 리 없을 테니까. 그래서 전 그 의사의 육신과도 같은 가운을 붙들었어요. 그러고는 다짜고짜 아내를 살려달라고 읍소했죠. 그렇게라도 하지 않으면 너무나도 일상적인 공포와 절망 속에 살고 있는 응급실 의사들은 환자를 거들떠보지도 않을 것 같았어요. 그리고 낭만적인 방식이 젊은이들에겐 훨씬 효과적이라는 것도 잘 알고 있었죠. 어쩌면 그런 생각은 당시 제가 열광하고 있었던 멜로드라마의 영향 때문인지도 몰라요. 전업주부가 되어서야 비로소 대한민국 아줌마들이 왜 그토록 황당한 드라마에 열광하는지 짐작할 수 있게 되었어요. 제 생각에 텔레비전 시청료는 전기세가 아니라 의료보험료에 포함되어야 해요. 텔레비전이 우울증과 같은 정신병으로부터 주부들을 보호해주고 있다는 사실만큼은 분명하니까요.

전 십여 년 동안 회사를 다녔지만 드라마에 등장하는 직장인들처럼 일한 적은 단 한 순간도 없어요. 하지만 전업주부가 된 다음부턴 진짜 직장인들의 일상을 드라마에서까지 쳐다보고 싶진 않더라고요. 십사 년째 직장생활을 하고 있는 아내는 아직 그 사실을 제대로 이해할 수가 없겠죠. 그래서 텔레비전 앞에서 서글피 울고 있는 저를 심드렁하게 쳐다보다가 혀를 찼던 것이죠. 아내에겐 잠이 밥보다 좋은 날도 많았으니까.

그 의사가 문진표를 들고 돌아왔어요. 그러고는 아내에게 이것저것 캐묻기 시작하더군요. 그는 크게 세 가지 범주에서 추리를 시작했어요. 첫번째는 소화의 문제. 두번째는 생식에 의한 문제. 세번째는 유전자에 의한 문제. 맹장염은 처음부터 의심하지 않더군요. 마치 맹장은 인간의 몸속에서 완전히 기능을 상실한 화석으로 간주한 듯. 언제 뭘 먹었느냐. 마지막으로 부부관계를 가진 때가 언제냐. 그리고 가족들 사이의 병력은 없느냐. 아내의 대답을 듣자마자 그는 엷게 미소를 지으며 문진표를 채우기 시작했어요. 그리고 아내는 한 시간가량 응급실 침대에 누워서 링거를 맞은 뒤 처방전을 받아 퇴원했지요.

약봉지를 받아들고 약사의 설명을 듣고 나서야 아내의 병명을 알았어요.

"이 붉은 알약은 소화제이고 이건 마그네슘이에요. 아마 내일부터 변이 묽게 나올 건데 걱정하실 것은 없어요. 더이상 뱃속에 가스가 차지 않는다고 느껴지면 복용을 멈추셔도 좋아요. 하지만 방귀를 억지로 참으면 또다시 응급실에 실려가실 수도 있으니까 이쯤에서 서로 방귀를 트시는 게 좋아요."

그때 처음으로 '방귀를 튼다'는 표현에 대해 들었지요. 그리고 젊은 부부들 사이에서 그런 표현이 일상적으로 사용되고 있다는 건 나중에 인터넷을 검색하다 알게 되었고요. '방귀를 튼다'라는 표현보단 '방귀를 묶는다'는 표현이 낫겠다는 생각은 순전히 저 혼자서 한 겁니다.

아내와 제가 방귀를 묶게 되면서 일상에 많은 변화가 생겨났어요. 무엇보다도 가장 큰 변화는 저와 아내가 역할을 바꾸어야 했다는 것이지요. 저는 전업주부를 그만두고 다시 회사에 취직했고—요리의 경험을 살려서 주방기구를 만드는 회사의 영업팀 과장으로 취직했어요—아내는 회사에 일 년간의 휴직을 신청하고 전업주부가 되었어요. 마침내 아내가 임신을 했거든요. 혹시 아내의 몸속에 가득찬 가스 때문에 이 년 동안 우리가 아이를 갖지 못한 건 아니었을까요? 지구도 우주 가스가 걷히면서 태어났다고 들은 것 같네요. 아무튼 우리 둘 중 하나는 새로운 식구를 맞이하기 위해서라도 생업 전선에 남아 있어야 했죠. 다시 회사원이 되면서 저는 가사에 완전히 무관심해졌어요. 영업 일이라는 게 출퇴근 시간을 정해서 하거나 주말이라고 해서 하지 않을 수 있는 것도 아니니까요. 그런데 아내는 손톱 크기만도 되지 않는 아이를 자신의 주인으로 여기고 그것을 조금이라도 불편하게 만들 수 있는 일이나 생각 따위는 완강히 거부했죠. 그래서 아내의 살림 솜씨는 좀처럼 늘지 않았어요. 아내가 차려주는 음식보다도 더 끔찍했던 건 실내에 가득한 악취였어요. 자연히 부부관계가 줄어들었지요.

이 모두가 아내가 더이상 방귀를 참지 않게 되면서 일어난 일이지요. 방귀가 생명까지 위협할 수 있다는 생각에 아내는 위기감을 느낀 것 같아요. 그래서 서슴지 않고 방귀를 뿜어내기 시작했죠. 아내는 자신의 의사를 표현하기 전에 항상 방귀로 사람들의 주의를 환기시켰죠. 그녀 주위에서 두리번거리는 사람들이 많아졌어요. 그리고 그들의 관심은 곧 적개심으로 바뀌어 아내를 옥죄어왔어요. 하지만 아내는 아랑곳하지 않고 방귀를 흘려보냈어요. 긴장할수록 그녀의 방귀는 더욱 요란하고 구려졌지요. 그리고 그것이 자기 몸속에서 흘러나와야 비로소 아내는 안도했어요. 그래서 일부러 방귀가 잘 만들어지는 음식들을 집어삼켰답니다. 그녀를 상담한 정신과 의사는 그녀가 자신의 방귀 냄새를 맡지 않으면 결코 불안감을 떨쳐버리지 못하게 된 것 같다고 말했어요. 그건 마치 담배 연기와 냄새가 전혀 나지 않는 전자담배를 흡연자들이 선호하지 않는 이치와 같아요. 흡연자들은 담배 연기가 몽글몽글 피어오르는 것을 제 눈으로 직접 보아야 비로소 안도하니까요. 자신의 괴이한 병명이 세상에 알려져 회사로의 복귀가 어려워질까봐 두려워진 아내는 정신과 의사에게 차마 진단서를 발급받을 순 없었어요. 대신 자신이 잘 알고 있는 내과 의사에게 부탁하여 과민성 대장증후군이라고 적힌 진단서를 발급받았지요. 이 질병엔 뾰족한 치료 방법은 없고 정신과 치료와 식이요법만이 대안이지요. 하긴 요즘 인간의 몸에 나타나는 이상 증세들은 대부분 정신에서 비롯된 것이기 때문에 처방전에 신경안정제가 빠져서는 안 될 것 같네요.

그래서 전 지금 신경안정제를 받으러 병원에 가는 중이랍니다. 그리고 돌아오는 길에 근로복지공단에 들러서 아내가 산업재해 판정을 받을 수 있는지 확인할 작정이고요. 아이가 태어나기 전에 신청이 받아들여진다면 아내는 한결 편한 상태에서 출산할 수 있을 텐데 걱정이에요. 악취로 가득할 분만실을 상상하니 벌써부터 관자놀이 부근에 두통이 밀려오는군요. 더이상 그녀와 함께 저녁을 먹는 일은 상상하지도 못할 것 같아요.

신경물질

신경외과 전문의인 M박사는 오랫동안 점성술사들을 연구한 끝에 그들 모두 편두통을 앓고 있으며 고통으로 우뇌에 주름이 많아지는 날일수록 신묘한 점괘를 읽어낸다는 사실을 발견했다. 그래서 그는 권위 있는 의학 잡지와 천문학 잡지에 다음과 같은 제목의 논문 초록을 보냈다.

'신경망을 따라 별에 이르는 법—비물질적 상태로서의 우주'.

그의 주장에 따르면 별이란, 주기적인 외부 자극으로 활성화된 전두엽이 통증에 대한 방어기제로서 시신경의 신경물질들을 과다하게 분비할 때 수정체가 일시적으로 마비되는 증상이 나타나는데 이때 인지되는 빛의 덩어리에 불과하다는 것이었다. 그리고 별은 통증과 함께 나타나지만 대부분의 현대인들이 통증을 느끼지 못한 채 별만을 관찰하게 되는 까닭은, 현대인들의 감각이 낮은 수준의 자극을 감지할 수 없을 만큼 퇴화되었기 때문이라고 진단했다. 페로몬 향기를 감지할 수 있는 서골비 기관VNO의 퇴화로 인해 인간이 대부분의 생을 짝짓기로 낭비하게 되었다는 부연 설명을 함께 실었다. 맑고 고요한 밤하늘 속에서도 별 하나 발견할 수 없는 까닭은 결국 별을 상상하기 위해 필요한 최소한의 신경물질조차 분비되지 않았기 때문인 것이다. 이로써 머리에 심한 충격을 받을 때마다 '별이 보이는' 현상은 과학적 설득력을 얻게 되었다.

실험을 위해 M박사는 천장이 유리로 되어 있는 온실에 상담실을 마련해두고 편두통을 호소하는 환자들—점성술사, 시인, 의사, 천문학자 등등—에게 맑은 날 밤에 방문하도록 부탁했다. 처음에는 열 명의 피실험자들에게 진통제를 처방하지 않고 바흐나 모차르트의 음악을 한 시간 정도 들려준 다음 머리 위에서 반짝이는 별들의 숫자를 세게 만들었다. 그다음엔 모두에게 진통제를 투여한 다음 같은 방법으로 실험을 진행했다. 일주일에 걸쳐 같은 실험이 반복되었기 때문에 날씨나 별의 움직임에 대한 편차는 거의 무시해도 좋았다. 나중에 알게 된 사실이지만 천체에 별은 애당초 존재하지 않기 때문에 신경쓸 필요는 없었다. 실험 결과는 M박사의 예상과 정확히 들어맞았다. 별의 숫자는 진통제의 약효가 나타남에 따라 급격히 줄어들었던 것이다. M박사의 신중함은 반대의 경우까지 실험하도록 부추겼다. 즉, 그는 진통제 대신 설사약을 투여하고 시끄러운 메탈 음악을 들려주며 일주일 동안 같은 실험을 진행했고, 두 시간 사이에 천체를 가득 채운 별들 때문에 피실험자들

은 비명조차 찔러넣을 수가 없었다.

M박사는 우주가 신경물질로 빚어진 환상이라고 확신한다. 수천 년 전 그리스인들이 특별한 관측 도구 없이도 카오스나 암흑에너지를 발견해낼 수 있었다는 사실로부터 수천 년 동안 현생인류의 신경 회로 자체에 큰 변화가 없었다는 사실을 확인할 수 있다. 그러니까 인류학적으로 엄청난 규모의 진화가 일어날 때마다 우주는 죽고 태어나기를 반복했을 것이다. 고도로 발달된 관측 도구에 의해서 발견되는 천체들은 그것이 우주에 실재하기 때문이 아니라 인간의 유전적 특징 때문에 감지되는 것에 불과하며, 인간이 그런 자아도취적 능력을 정교하게 발달시켜온 나머지 마침내 보고 싶은 것들을—또는 이미 아는 것들을—보게 되었다고—또는 알게 되었다고—M박사는 차분히 설명했다. 결코 증명할 수 없는 공리를 진실에 포함시킨 이상 인간의 모든 오만함은 과학의 이름으로 용서되었다. 별을 포함시킨 모든 종교와 예술은 원죄를 지닌다. 심지어 M박사에겐 명징한 징후를 끼치는 해와 달조차도 신경물질의 화합물일 뿐이다.

그러나 M박사의 논문은 다음과 같은 짤막한 편지와 함께 천문학 잡지의 편집장으로부터 반려되었다.

"진리에 대한 당신의 깊은 탐구심과 헌신에 깊은 존경을 표하며, 아울러 우리의 결정마저 존중해주길 당부드립니다. 우리가 당신의 논문을 게재하지 않기로 결정한 까닭은, 결코 당신의 발견에서 오류를 찾아내었기 때문이 아니라 단지 우리의 진실 체계에 포함시킬 이유를 우리가 발견하지 못했기 때문입니다. 우리는 여전히 우리의 아이들을 위해서라도 해와 달과 별과 우주를 제자리에 그대로 놔두고 싶습니다. 그것이 우리의 사명이지요."

고독한 자들의 점심식사

L과 S는 오늘도 혼자서 점심을 먹는다. 나란히 또는 마주보고 먹는 게 아니라 서로의 영역을 분명하게 구분한 채, 서로를 경계하면서, 자신만의 고유한 리듬과 속도에 따라 식도락을 즐기고 있다. 마치 음식의 냄새와 소리가 닿는 공간까지를 자신의 식탁으로 삼은 듯. 그들은 허기진 사람들 사이에서 줄을 서서 자신의 순서를 기다리는 방법을 이미 오래전에 잊어버렸다. 혹자는 그들의 이니셜로부터 선천적인 외로움의 근거를 찾아냈다. L은 Lonely, S는 Solitude에서 비롯되었다는 추정이 그것이다. 하지만 그들의 한자 이름에서는 고독의 악취를 전혀 맡을 수 없다. L로 지칭되는 임林부장의 성은 숲에서 나왔고 장순식씨의 S는 '(누군가가 어떤 것을) 순순히 따른다'라는 뜻의 한자 순順에서 딴 것이다.

그런데도 그들은 매일 혼자서 같은 시간에, 그러니까 열대어 수족관 같은 건물 안에서 두어 벌의 양복으로 매 계절을 버티고 있는 직장인들이 허겁지겁 음식을 삼키고 떠난 시간에, 구내식당 직원들이 늦은 점심식사를 시작하기 전에, 그곳에 나타나 만찬을 즐기고 있는 것이다. 그들은 식사를 하면서 주위의 테이블이나 시계 따윈 결코 쳐다보지 않는다. 비사교적인 성향을 들키는 게 부끄러워 구석에 자리를 잡거나 이어폰으로 음악을 들으면서 음식을 서둘러 해치우는 법도 없다. 반대로 열등감에서 비롯된 공격적 성향을 드러낸 채 소란을 피우거나 누군가를 괴롭히지도 않는다. 설령 부당한 대우를 받아도 그들은 묵묵히 견딜 따름이다. 왜냐하면 그들은 구내식당에서 한 시간 안에 동료들 사이에서 식사를 끝내야 하는 한 고독은 결코 해결될 수가 없다는 사실을 잘 이해하고 있기 때문이다. 그리고 자신의 고독은 오직 그곳에 머물 때만 잠시 드러나는 알레르기 징후에 불과하다고 생각한다. 실제로 퇴근 이후에 그들은 친구들과 가족에 둘러싸인 채 고독을 견뎌낸 대가를 보상받는다. 그러니까 그들은 밀물 때에는 누구라도 잠시 섬이 될 수밖에 없으며 구조 신호를 보내느라 호들갑을 떠느니 차라리 부표에 매달린 채 무위의 시간에 편승하는 편이 낫다는 데 동의하는 것이다.

그래도 L은 자신이 부장으로 승진하기 전까진 전혀 고독하지 않았다고 주장한다. 그는 부장이 되기 이전이나 부장이 된 이후에도 한결같은 성품과 습관을 견지했으나 제 몸피보다 훨씬 큰 직급 때문에 주위 사람들은 지레 겁을 먹고 멀찌감치 물러났다. 산이 높을

수록 골이 깊다는 속담은, 높은 덕을 쌓아야 많은 사람들에게 베풀 수 있고 그래야 자연히 칭송도 높아진다는 의미로 활용되는 게 맞지만, 회사의 후배들은 갓 솟아오른 봉우리 때문에 상대적으로 자신들의 위치가 낮아졌다고 불평하면서, 서로 처지가 달라지면 자연스레 불신의 골은 넓고 깊어질 수밖에 없다는 뜻으로 이 속담을 종종 사용하곤 했다. 그럴 때면 L은 신 포도와 여우가 등장하는 이솝 우화를 떠올린다. 결코 제 능력이 닿지 못해서 얻지 못하는 것을 두고, 마치 얻을 수 없는 것들은 하나같이 형편없는 것처럼 험담하는 자들이 세상엔 얼마든지 있다. 속으로는 상대의 실패를 기대하면서도 겉으로는 존경과 복종을 다짐하는 자들의 표리부동에 L은 쉽게 기뻐하거나 슬퍼하지 않는다. 권력이 숙명을 만들고 자신은 그 과정만을 묵묵히 감내할 뿐이다.

어쩌면 그는 기도하는 방식으로써 허기에 대처하는 것일 수도 있겠다. 그는 주머니에서 일회용 물수건을 꺼내 금속 식판을 닦고 자율 배식대에 놓여 있는 반찬들을 세심하게 뒤적여서 형태가 멀쩡한 것만을 골라 담은 다음 밥과 국을 모두 삼분의 이 정도 채워 창가 자리에 앉는다. 그러고는 다시 일회용 물수건 하나를 꺼내 숟가락과 젓가락과 식탁까지 닦고 나서 식사를 시작한다. 만약 고독이 결벽증의 산물이라면, L은 첫 몽정을 하고 화장실에서 몰래 속옷을 빨던 사춘기 이후로 줄곧 고독했던 것이 분명하다.

그래도 S는 그런 직업을 갖기 전까지만 해도 주변 사람들에게 꽤 인기가 많아서 퇴근 후 곧장 집으로 돌아간 날을 손가락으로

꼽을 수 있을 정도였다. 하지만 열대어 수족관 같은 건물에서 혼자 근무하게 되면서 상황이 바뀌었다. 정해진 사무실 없이 하루 여덟 시간씩 여기저기를 헤엄쳐 다니면서—그는 발소리를 내지 않고 걷는 것으로도 유명하다—우편물을 수거하고 비자 신청을 대행해주며 항공권과 호텔을 예약해주는 것만으로도 모자라, 가끔씩 오토바이로 급한 서류를 배달하고 구두를 닦거나 백화점 상품권이나 야구 경기 티켓을 팔기도 했다. 화장실 갈 시간이 없을 정도로 바쁜 계절이면 아르바이트생의 서툰 일손이라도 아쉬웠지만 어느새 누군가를 부리는 일이 그에겐 가장 고된 일처럼 여겨져서 포기하고 말았다.

결국 그를 기다리는 데 싫증이 난 고객들 일부가 다른 방법을 강구한 덕분에 그의 일상은 아주 단순해졌다. 임시 출입증을 빼앗기지 않은 것만으로도 감사해야 할 지경까지 이르렀다. 그래도 삼십삼층짜리 빌딩의 모든 사무실을 자유롭게 드나들 수 있는 자는 오로지 그룹 회장과 건물 관리업체의 팀장과 자신까지 세 명뿐이라는 사실에 그는 대단히 만족했으므로 설령 혼자서 늦은 점심식사를 해결한다고 한들 그리 불퉁댈 까닭은 없었다. 그래도 L보다는 자신이 훨씬 나은 상황에 놓여 있다고 S는 생각했는데, 자신은 결코 동료들의 멸시와 무관심 속에 고립되어 있지도 않은데다가 직급의 상하를 따져 복종과 충성의 역할을 스스로 떠맡아야 할 필요도 없었기 때문이다. 만약 누군가 자신에게 부당한 행동을 강요한다면 그는 결코 침묵만으로 대응하진 않았을 것이다. 그래서 가

Salt please

끔씩 S는 L을 자극할 목적으로 주위에서 식사를 하고 있는 사람들에게 다가가 먼저 말을 걸기도 했다. 비록 그 대화의 내용이라는 게 고작해야 냅킨이나 소금병을 건네달라는 부탁이 전부이긴 했지만.

그런 목적으로 먼저 말을 걸어온 S를 L은 천천히 쳐다보았다. 한눈에 그가 누구인지 알아차렸지만, S에게 비자 발급이나 서류 배달을 부탁하기는커녕 구두조차 단 한 번 맡긴 적이 없고 앞으로도 결코 그럴 의지가 없었으므로—L 역시 S에 대한 소문을 듣고 다른 방법을 찾아낸 고객들 중 한 명이다—L은 애써 눈을 마주치지 않은 채 자신의 식사에만 집중했다. 그렇게 오 분쯤 흐르면 그들은 각자 원래의 자유와 고독을 회복할 수 있으리라. 그 정도의 기다림은 생면부지 타인을 이해하기 위한, 또는 완전히 무시하기 위한 최소한의 예의가 아닐까. 게다가 L은 곧 콜롬비아 보고타로 한 달간 출장을 떠날 것이므로 오늘의 조우는 아무런 인연도 만들지 않을 것이다. 그렇게 생각하고 L은 남은 음식을 마저 해치웠다.

그런데도 S는 질문을 포기하지 않았다.

결국 L은 식사를 멈추고 S에게 대답하지 않을 수 없었다.

"소금은 고독한 자들에겐 치명적인 독이 되지요. 염전의 적요寂寥 속에서 꽃처럼 피어나는 것이 아이로니컬하게도 정작 고독에는 치명적이라네요. 조심하지 않으시면 필경 머지않아 나트륨 중독이라는 진단을 받으실지도 몰라요."

S는 웃었다.

"나트륨 중독이라고요? 그런 중독도 있었나요? 그러면 어떤 증상이 나타나는 거죠?"

L은 S의 빈정거리는 말투에 너무 화가 나서 들고 있던 숟가락으로 식탁을 몇 차례 내려쳤다. L의 부하 직원들이라면 그 행동이 연쇄적으로 일으킬 사건들을 예상할 수 있었겠지만, 유감스럽게도 조직생활을 거의 해본 적 없는 S는 L의 성마른 반응이야말로 나트륨 부족 증세처럼 여겨져서 배시시 웃었다.

"참 재미있는 세상이에요. 날마다 그처럼 새로운 병명이 등장하는데도 의사들은 장사가 안 되어 죽겠다고 엄살을 피우고 있군요. 걱정해주시는 건 고맙습니다만, 제게 지금 절실한 건 충고가 아니라 거기 놓인 소금병입니다. 그건 이 구내식당을 이용하는 고객이라면 누구나 마음대로 쓸 수 있어야 하는 것으로 생각됩니다만."

L이 계속 이유 없는 고집을 피우자 S는 목청을 높이지 않을 수 없었다.

"당신, 고, 고독한 자의 식사가 어떤 것인 줄 아세요?"

아마 그때 S는 그 열대어 수족관 같은 빌딩에 출근한 이후로 가장 큰 목소리를 낸 것 같다. 점심식사로 나온 육개장이 형편없었다는 방증이기도 하다. 그런데도 L은 S를 고독한 자가 아니라 죽은 자로 간주한 듯 묵묵부답 식사를 마무리짓고 있는 게 아닌가. 쩌억. 그 순간 수족관의 유리가 깨지고 뜨거운 물에 삶아진 열대어의 비린 사체들이 한꺼번에 쏟아져내렸다. S는 자리를 피하지 않고 온몸으로 재난에 맞섰다.

"그, 그, 그건, 바, 바, 바로…… 고고학자의 유적 발굴 행위와 같은 것이죠. 그러니까 우린 매일 음식 속에 고스란히 담겨 있는 인류의 모든 역사를 발굴하고 있단 말이에요. 만약 유적을 훼손한다면 우린 결코 용서받지 못할 겁니다. 그러니 아주 엄숙하고 확신이 넘쳐야 해요. 그 누구도 방해할 수 없지만, 누군가 도와주지 않으면 결코 시작하거나 끝낼 수 없단 말이죠. 그러니까 소금병은 아주 중요해요. 음식에 대한 강박관념 때문에 우리가 고독해졌다고는 생각해보지 않으셨나요? 세상 사람들이 고작 식도락이라고 폄하하는 우리의 발굴 작업을 결코 포기할 수 없어서 전 기꺼이 고독해지는 길을 택했지만, 당신은 저와는 다른 사연을 지닌 것 같아서 무척 유감이에요."

S는 여전히 소금병에 대한 미련을 버리지 못하고 잠시 말을 멈출 때마다 자신의 손이 닿지 않는 곳에 놓인 그것을 연신 힐끗거렸다. 그사이 L은 이미 음식을 모두 삼키고 냅킨에 물을 묻혀 식탁까지 닦았다. 그러고 나서 잘 들리지 않는 목소리로 중얼거렸다. 자신이 부장으로 승진한 이후 처음으로 열대어 수족관 같은 그곳에서 웃고 있다는 사실도 모른 채.

"유적을 발굴중이라고? 뜨거운 육개장 속에서 산 채로 삶아진 벌레들을 건져내고 있다면 또 모를까. 쌀밥 속에서 시시포스의 바위를 찾아내고 있다는 표현도 나쁘지 않겠어. 하긴 벌레나 바위들에도 지구의 역사는 반영되어 있을 테니, 완전히 틀린 말도 아니야."

그리고 L은, 살아 있는 소의 배를 갈라 그 내장에서 터져나온 똥의 냄새와 모양으로 길흉화복을 점친다는 마사이족의 관습에 대해 잠시 생각했다.

두 명의 고독한 자들이 만나고 헤어지기까지의 시간은 채 사 분도 되지 않았으니, 어쩌면 그들은 한 시간 정도의 경도—원의 스물네 조각 중 하나, 즉 십오 도—만큼 떨어져 있는지도 모른다. 한 명은 서울에, 그리고 다른 한 명은 북경이나 시드니에 머물고 있는 것처럼.

공생

"나리, 그동안 잘 지내셨는지요?"

키가 백팔십 센티미터는 족히 넘어 보이는 파블레 미르코프는 밀짚으로 만든 모자를 벗고 민머리의 정수리가 들여다보일 정도로 허리를 굽혀 야고스 부코비치 씨에게 정중하게 인사를 했다. 외출하려 집을 나서던 야고스 부코비치 씨는 그의 이름을 기억해내기 위해 한참 동안 그의 정수리와 허공을 번갈아 쳐다보았다.

"오랫동안 못 뵈었는데 용케 제 얼굴을 기억하시는군요. 이 마을 정육공장에서 일하고 있는 파블레 미르코프입니다. 사람들은 절 칼잡이 포브라고 부르지요. 편하게 그냥 포브라고 부르시면 됩니다."

자신의 너스레에도 야고스 부코비치 씨의 얼굴에서 경계심이 사라지지 않자 칼잡이 포브의 정수리에 카스피 해만큼 커다란 우물이 생겨났다. 하지만 자신과 가족들의 생계가 걸려 있는 기회를 잃지 않기 위해서라도 칼잡이 포브는 냉정함을 유지해야 했다. 이백 명이나 되는 정육공장의 직원들을 야고스 부코비치 씨가 모두 알아볼 수는 없었다. 하지만 자신의 신분만큼은 분명하게 기억시킬 필요가 있다고 생각하여 그는 미리 준비해 온 플라스틱 사원증을 주머니에서 꺼내 목에 걸면서 말했다.

"그곳에서 십이 년을 꼬박 일했습니다. 그래서 칼 한 자루만 있으면 눈을 감고도 한 시간 내에 돼지 한 마리를 부위별로 완전히 해체할 수도 있습니다. 보여드릴 수 없어서 안타깝습니다만, 제 동료들에게 물어보시면 제 말이 결코 허풍이 아니라는 사실을 쉽게 확인하실 수 있을 겁니다. 혹시 곧 잔치라도 열 계획이 있으시다면 제게 미리 귀띔해주세요. 한걸음에 달려가서 원하시는 대로 고기를 손질해드리겠습니다. 살아서 좋은 주인을 만나는 것도 중요하지만, 죽어서 유능한 정육 기술자를 만나야 비로소 가축들도 천국에 들 수 있다고, 저는 믿고 있습니다."

"이름이 뭐라고 했지?"

야고스 부코비치 씨는 자신의 구두를 내려다보며 물었다. 그런 행동은 제정 러시아 이후 귀족들이 자신을 찾아와 갖가지 사연을 들먹이면서 자비를 구걸하는 자들에게, 자신처럼 고귀한 사람들은 더 가치 있는 사명을 수행하기 위해 신이 허락한 시간을 함부로 낭비하는 걸 죄악으로 여기기 때문에 가능한 한 간략하게 사연을 말한 뒤 멀리까지 물러나라고 재촉하려는 목적을 지녔다.

'내 손에 칼 한 자루만 쥐어져 있다면 눈을 감고도 한 시간 내에 귀족 한 명을 그가 저지른 죄악의 목록별로 완전히 해체할 수도 있지 않을까.'

칼잡이 포브는 위험한 망상에 빠져드는 바람에 대답할 기회를 놓치고 말았다. 그는 야고스 부코비치 씨로부터 이미 두어 발짝 뒤로 물러나 있었다.

"자비로우신 야고스 부코비치 나리. 주님의 가호가 당신과 당신 가족들에게 영원히 깃들길 기도하겠습니다. 특히 당신의 외아들이 악마의 계략에서 완전히 벗어나 다른 아이들처럼 마음껏 이 넓은 마당과 저택에서 뛰어놀 수 있기를. 사실 우리 부부는 나리 부부의 선행과 신심에 감복한 주님이 마침내 아들을 선물했다는 소식을 듣고 마치 제 아들이 태어났을 때처럼 기뻐했습니다. 그리고 눈에 넣어도 아프지 않을 그 아들이 태어난 지 고작 두 달 만에 불의의 사고로 한쪽 눈을 다쳤다는 이야기를 들었을 때 제 아들에게 그런 비극이 닥친 것처럼 슬퍼했습니다. 저희 부부는……"

"이름이 뭐라고 했지?"

야고스 부코비치 씨는 걸음을 멈췄으나 칼잡이 포브 쪽으로 몸을 돌리지 않은 채로 물었다.

"파블레 미르코프입니다. 사람들은 절 칼잡이 포브라고 부르지요. 편하게 그냥 포브라고 부르시면 됩니다."

"좋아, 포브. 그런데 요즘도 정육공장에 다니고 있나? 유럽 경기가 좋지 않아 조만간 정육공장이 문을 닫는다는 소문을 들은 것 같은데."

칼잡이 포브는 기습 공격에 움찔했다. 어쩌면 야고스 부코비치 씨는 정말로 자신을 이미 알고 있는지도 모른다. 그래서 그에게 다가오는 모습을 보자마자, 자신이 마을 북쪽 골목의 아담한 집에서 아내와 다섯 자식들의 생계를 책임지고 있었으나 최근 정육공장에서 해고되었다는 사실을 떠올렸을 것이다. 어쩌면 그는 자신이 왜 사십 명의 해고 대상자 목록에 포함되었는지 사장으로부터 이야기를 들었을 수도 있다. 하지만 사실이 아닌 것들은 반드시 교정해야 했다. 사장의 변명과는 달리, 그는 결코 십이 년 동안 불성실하게 근무하지 않았고 칼잡이 특유의 공격성으로 동료들을 괴롭히지도 않았으며 회사 재산, 즉 상품성이 없는 부위의 고기나 손잡이가 부러진 칼 등을 몰래 집에 가져간 적도 절대로 없었다. 그저 동료들을 대신하여 사장에게 정당한 불평들을 몇 번 늘어놓았다는 이유로 그는 블랙리스트에 올랐고 사장은 마침내 그걸 사용할 기회를 얻은 것이다. 그와 같은 처지의 사십 명의 해고자들 역시 모두 억울한 사연을 지녔지만, 쥐꼬리만한 퇴직금이라도 챙기려면 정당한 저항을 포기하지 않으면 안 되었다.

칼잡이 포브는 해고 이후에 생계를 위해서 여러 가지 일들을 닥치는 대로 해보았지만 점점 진창으로 빠져드는 삶을 건져낼 수는 없었다. 어쩌면 퇴직금을 모두 털어 마을 입구에 간이 정육점을 만들고 정육공장의 동료들이 사장 몰래 값싸게 공급해주는 돼지고기를 팔 수도 있었다. 하지만 퇴직금은 가족들의 한 달 전시 식량을 마련하고 학비를 내기에도 턱없이 부족했으므로 그는 어떻게든 맨몸으로 비극과 맞서야 했던 것인데, 무기가 없는 개인은 결코 자본주의를 이겨낼 수 없었다. 거래의 주도권을 빼앗기고 끌려간다면 결국 빈손으로 집에 돌아가야 한다는 사실을 칼잡이 포브는 잘 알고 있었다. 정육공장에서 해고된 뒤에도 계속해서 자신을 칼잡이 포브라고 소개하는 것이 어색하게 느껴졌지만 그렇게 하면 혹시 십이 년 동안 했던 일과 관련 있는 직업을 얻을 수 있을지도 모른다는 기대 때문에 그는 그 별명을 포기하지 않았다. 소문에 의하면, 최근 유럽 경기가 나빠지면서 자신처럼 직업을 잃은 사람들이 많게는 하루에 열 명 이상, 그 마을에서 가장 부자인 야고스 부코비치 씨를 찾아가 구걸하고 있기 때문에, 최근 야고스 부코비치 씨에게는 멀리서부터 자신에게 다가오는 사람들을, 어느 쪽이 구걸하려는 사람이고 어느 쪽이 자신의 사업을 도와줄 사람인지 구별할 수 있을 만큼의 눈썰미가 생겨났을 것이다.

"저를 잘 알고 계신 것 같아서 저도 말씀드리는 게 한결 편해졌습니다."

"참 이상하군. 적어도 이곳에 사는 사람들은 지금의 유럽 경기 침체가 마치 전적으로 나 하나만의 책임인 것처럼 생각하는 것 같아. 하지만 난 그저 이런 시골에서 고작 부모님의 재산이나 지키고 있는 사람에 불과할 뿐, 로빈 후드나 빌 게이츠가 아니란 말일세. 나에게도 고민해야 할 가족 문제들이 너무 많아서 주위를 둘러볼 여유가 없다네. 그리고 자네가 나한테 원하는 대답은 이미 자네의 이웃들에게 해주었으니 나보다는 차라리 그들을 만나보는 게 좋을 거야."

그러면서 야고스 부코비치 씨는 자신의 시간표 위를 바삐 걸어갔다. 거의 삼십 미터쯤 떨어졌을 때 칼잡이 포브가 그의 뒷모습을 향해 목청껏 소리쳤다.

"고귀한 나리의 옷깃에 산딸기 나뭇잎이 붙어 있군요. 떼셔야 할 것 같은데요."

야고스 부코비치 씨는 걸음을 멈추어 옷깃을 더듬어보았다. 칼잡이 포브의 말대로 따끔한 산딸기 나뭇잎이 만져졌다. 그러자 그는 돌아다보지 않을 수 없었다. 절호의 기회를 놓치지 않고 어느새 칼잡이 포브가 그의 등뒤까지 달려와 있었다.

"이래 봬도 제 시력만큼은 우리 마을에서 가히 최고라고 자부합니다. 강 건너의 집안까지 자세하게 들여다볼 수 있지요. 그런 능력이 제 퍽퍽한 삶에 아무런 도움이 되지 못하고 있다는 게 유감스러울 따름입니다. 만약 나리의 유일한 아들 역시 그런 능력을 지닐 수 있다면 얼마나 좋을까요? 모르긴 몰라도 나리의 부모님이 누리셨던 영광을 부활시킬 수 있을 겁니다. 하긴 요즘 의학이 워낙 발달해서 아예 실현 불가능한 희망은 아니지요. 건강한 각막을 제공해줄 공여자만 찾아낼 수 있다면 말이죠."

야고스 부코비치 씨의 얼굴이 창백해졌다. 그리고 그는 조심스럽게 주위를 살폈다. 그런 행동은 곧 칼잡이 포브의 제안을 정확히 이해했다는 방증이기도 했다. 그제야 칼잡이 포브의 얼굴이 밝아졌다. 그는 주름을 많이 잡은 표정으로 목소리를 낮추어 말했다.

"그리고 제 아내는 매일 밤 가슴을 가득 부풀리는 모유를 어찌하지 못하고 잠을 설치고 있지요. 매일 좋은 공기를 마시고 신선한 야채를 먹고 있어서 그런지 제 아들의 말로는 그 맛이 아주 좋다고 하더군요."

야고스 부코비치 씨는 칼잡이 포브와 그의 아내를 내일 저녁식사에 초대했다. 그러고는 외출을 포기한 채 자신의 저택을 향해 황급히 발걸음을 옮겼다. 여전히 옷깃에 남아 있는 산딸기 나뭇잎 몇 장과 함께.

"유럽 빈곤층 인체장기 불법거래 성행"(연합뉴스, 2012. 6. 29.)

브래지어

아내는 빈집을 둘러멘 채 울고 있었다. 그래서 나는 들고 있던 치즈 케이크를 어디에 두어야 할지 모른 채 식탁 앞을 서성거렸다. 오후 내내 여섯 군데의 영업점들을 돌아다니며 판매 실적을 확인하고 퇴근한 뒤여서 몹시 허기졌지만, 식탁 위에 차려져 있는 음식들 중 아내의 눈물이 섞여 있지 않은 것이 없을 것 같아 선뜻 그것들을 삼킬 엄두가 나지 않았다. 나는 케이크를 냉장고 속에 집어넣은 뒤 아내의 몸이 형광등 열기에 마르기를 기다리면서 샤워를 했다. 조울증을 앓게 된 것일까. 넓은 집으로 이사한 뒤부터 아내는 더욱 적극적으로 자신의 감정을 드러냈다. 어느 날엔 장판 색깔이며 신발장의 나무 냄새가 너무 좋아서 함께 저녁을 먹었으면 좋겠다고 퇴근을 종용하더니, 어느 날엔 붙박이 장롱 안에서 들리는 시계 초침 소리 때문에 집안에 머무를 수가 없어서 친정에 들렀으니 알아서 아침을 챙겨 먹고 출근하라고 전화했다. 거의 매일 가구들의 위치를 바꾸었고 집안의 모든 달력에 기념일과 해야 할 일들을 표시해두었는데 정작 달력마다 같은 날 해야 할 일들이 서로 달랐다. 서재 유리창으로 드나드는 석양빛을 바라보면서 맥주를 두 캔이나 마셨다는 이야기를 들은 다음날 나는 책꽂이로 그 유리창을 가렸다. 물기를 닦고 식탁으로 다가갔을 때 다행히 아내는 울음을 멈추고 미역국을 국그릇에 담고 있었다. 나는 냉장고에서 생일 케이크를 꺼내 와 식탁 가운데에 놓고 와인잔을 채운 뒤 초에 불을 붙였다. 서른네 개의 촛불을 끄다가는 또 울음을 터뜨릴 것 같아서 일부러 세 개만 꽂았다.

"삼 년 전 우리가 결혼한 순간부터 우린 인생을 새로 시작한 거야. 내 아내로 태어나줘서 너무 고마워."

다행히 아내는 함박웃음을 베어물고서 마치 들꽃을 꺾듯 조심스럽게 촛불을 하나씩 껐다. 나는 노래 대신 키스로 그녀를 축하해주었다. 그녀의 입술에서 묻어난 짠맛 때문에 와인잔이 출렁거렸다. 초등학생 두 딸을 키우고 있는 대학 선배는, 아내의 조울증에는 남편과의 따뜻한 대화 이상의 치료법이 없다고 귀띔해주었다. 그녀에게 필요한 건 자존감이니까, 사소한 경우라도 절대 아는 척하지 말고 이유를 묻고 세심하게 위로해주어야 한다, 그러지 않으면 자신의 경우처럼 아내가 알코올중독에 빠져들 수 있다고 했다. 그래서 나는 와인 한 잔을 비운 뒤에 아내에게 눈물의 이유를 물었다.

"그럴 수도 있겠지. 나이가 든다는 게, 아니 정확히 말하자면 나이가 들어 추억으로부터 버림받는다는 게 서러운 일이지. 그렇다고 단 한 순간도 당신을 원망한 적은 없어. 설령 다른 남자의 아내가 되었더라도 난 이렇게밖에 늙어갈 수 없다는 걸 잘 알아. 당신에게 너무 감사해. 당신의 성실함 때문에 우린 다른 사람들보다 일찍 집을 마련할 수 있었으니까. 눈물이 났던 까닭은 경미 때문이야. 기억나지, 내 대학 친구 경미?"

오늘 오전에 전화가 왔단다. 아내의 생일을 축하해주기 위해 대학 시절 악명 높았던 다섯 명의 친구들은—아내는 자신들을 경미 오적이라고 불렀다—효자동 근처의 스파게티 전문점에서 만나 점심식사를 같이하기로 약속했다. 주인공인 아내는 8월인데도 프랑스제 스카프를 하고 집을 나섰다. 그리고 일부러 약속시간보다 늦게 식당 안으로 들어갔다. 경미는 갓 돌 지난 아들을 데리고 앉아 있었다.

"우린 아주 맛있게 스파게티를 먹었어. 그리고 커피를 마셨지. 졸업하자마자 프랑스로 유학을 떠났다가 작년에 귀국한 희윤이의 이야기를 듣는 것만으로도 시간은 너무 빨리 흘러갔어. 그녀가 자신의 애인에 대해 이야기하고 있을 때 갑자기 경미가 윗옷 한쪽을 목까지 끌어올리더니 브래지어를 내리고 아들에게 젖을 물리는 게 아니겠어? 그 식당에서 말이야. 사람들이 쳐다보는데도 전혀 아랑곳하지 않고서."

나는 두번째 와인을 잔에 채우며 생일 축하용으로는 칠레보다

Happy Birthday To you

호주나 캘리포니아에서 만들어진 와인이 더 잘 어울릴지도 모르겠다고 생각했다. 제이차세계대전 이후 프랑스에는 더이상 오래된 포도나무가 남아 있지 않기 때문에 프랑스 와인이 지금까지 누려온 명성은 이제, 전쟁 이전에 프랑스로부터 수입해 온 묘목을 정성스레 길러온 칠레에게 돌아가야 한다고 와인 가게 직원이 설명했을 때, 나는 그 설명이 내 결혼생활에도 똑같이 적용될 수 있을 것 같아서 칠레 와인을 선택했다.

"그게 뭐가 잘못되었나? 어미가 자식에게 젖을 물리는 광경만큼 아름다운 게 또 어디 있겠어? 오히려 그 모습을 음란한 눈으로 바라보는 사람들에게 문제가 있는 거지. 모르긴 몰라도 그 사람들은 아마 젖소들의 수유 장면 앞에서만 전율할 테지. 그들을 키운 건 어미가 아니라 젖소이니까. 그래서 종업원이라도 놀라 달려왔나?"

실수는 그것을 되돌리기에 너무 늦은 순간에만 깨닫게 되는 법이다. 아내의 이야기를 방해하거나 알은체하지 말라는 선배의 충고를 어기고 말았다. 걱정했던 대로 아내의 눈물이 칠레 와인의 풍미를 더욱 깊게 만들었다.

"그럴 줄 알았어. 당신은 항상 나와 관련된 기억들을 가장 먼저 잊어버리지. 늘 자기만을 생각해. 정말 기억이 안 나는 거야, 내가 경미를 얼마나 좋아했는지? 그녀가 결혼을 그렇게 서두르지만 않았더라면 나는 당신과의 결혼을 최대한 늦췄을 거야. 난 그녀를 여전히 여자로 인정할 수 없었거든. 여자로 인정한다는 게 무슨 뜻인지 이해하겠어? 난 그녀를 친구 이상으로 사랑했단 말이야. 하지만 경미는 늘 그 사실을 부담스러워했고. 그래서 당신을 내게 소개시켜주었던 거잖아? 그녀가 내게서 도망치듯 결혼하고 나니 버림받은 나도 그녀의 뜻에 따라 결혼하는 수밖에. 이쯤 말하면, 그녀가 왜 자신의 아들을 데리고 와서 가슴을 보이면서까지 수유를 했는지 이해하겠지? 옛 애인 앞에서 자신이 지금 누리고 있는 행복을 과장하는 건 자신의 불행을 고백하는 행위에 지나지 않아. 하지만 나는 그녀를 더이상 사랑할 수 없다는 사실을 깨달았지. 왜냐하면 대학 졸업 때까지만 해도 소년의 그것처럼 밋밋해서 나를 매혹시키던 가슴이 지금은 너무 두두룩해져서 흔들릴 때마다 소리가 날 정도였거든. 살아 있는 브래지어마저 내 생일 파티를 완전히 망쳐버렸다고."

춤추는 남자

살다보면 무당이나 예술가가 아니고선 도저히 설명할 수 없는 현실에 고립되는 순간이 있다. 그럴 때마다 나는 기꺼이 몸을 빌려주는 대가로 이야기를 얻어 백지의 허무와 맞섰고 며칠 동안의 잠자리와 몇 끼의 식사를 해결할 수 있었다. 하지만 신기루와도 같은 영감을 뒤쫓는 일은 육신에 크고 작은 상처를 입히기 마련이어서 아내와 비뇨기과 의사는 나에게 전업을 권유했다. 삼 년여의 무위도식을 더이상 참지 못하게 된 아내는 결국 비뇨기과 의사를 통해 작가로서의 나의 삶에 사형선고를 내리려 했던 것이다.

"이야기 벌레가 뇌를 파먹을 수 없도록 몸을 자주 움직이는 일을 시작하면 좋겠어요. 가령 음식점 같은."

영혼의 양식을 만들어내는 데 실패했으므로 육신의 양식이라도 만들어내라는 뜻인가. 그래서 나는 오십여 군데의 출판사에 편지를 보내 절필 선언과 함께 설렁탕집 개업 소식을 알렸다. 삼 년째 원고 청탁을 받지 못한 작가의 폐업식에 일부러 찾아온 문학계 인사나 출판사 직원은 거의 없었다. 마음씀씀이가 너그러운 자는 산중에 살아도 찾아오는 친구들로 문턱이 닳지만 이기심의 갑옷을 입은 자는 도시 한복판에 살아도 황구조차 주위에 어슬렁거리지 않는다는 옛이야기를 안주 삼아 나는 지난날과 완전히 결별했다. 이십사 시간 열려 있는 설렁탕집의 다락방에 시궁쥐처럼 기숙하면서 나는 사냥감을 뒤쫓는 삶 대신 그것들을 기다리는 삶을 도모했다. 그리고 영혼보다 육체의 허기를 더 치명적으로 여기는 사람들 덕분에 나는 전업 오 년 만에 가난한 삶의 이점을 완전히 잊어버릴 수 있었다. 게다가 정해진 시간에 장작불을 지피고 소뼈를 고아내는 노동은 전립선암을 거의 완치시켜주었다. 아내는 내가 다시 가난한 소설가로 되돌아갈까봐 늘 불안해했지만 나의 몸은 누군가에게 이야기를 얻어내기 위해 빌려줄 수 있을 만큼 더이상 예민하거나 매력적이지 않았다.

나는 설렁탕집 주인에게 어울리지 않는 책은 거의 읽지 않았다. 큰돈을 벌었다는 소문을 듣고 문학계 인사나 출판사 직원들이 가게로 찾아와 안부를 묻고 원고를 청탁했으나 나는 공짜 설렁탕 한 그릇으로 완곡한 거절의 의사를 표명했다. 그래도 그들이 남기고 간 이야기들 속에서 가끔씩 모국어를 잊어버린 입양아의 슬픔을 생각했다는 사실까지 부정하진 않겠다. 그런데 어제 그곳, 목요일 저녁, '문글로Moonglow'라는 재즈 바에서 그런 일이 일어났고, 나는 절필 선언을 해물파전보다도 더 쉽게 뒤집었다는 세간의 비아냥거림을 피하기 위해 가명으로, 다락방에서 하루 만에 쓴 장편소설의 일부를 설렁탕집 홈페이지의 게시판에 이렇게 올리는 것이다. 만약 내가 내일 다시 설렁탕집이나 홈페이지에 나타나지 않으면, 그건 내가 살해되었다는 뜻이니, 누구든 제발 경찰에 신고해주길 바란다. 설령 내 주검 옆에 친필 유서가 발견되었더라도 그것은 결코 진실을 말해주지 않는다.

어제는 크리스마스이브였고, 눈까지 많이 내렸으므로 저녁 일곱시 이후부터 거짓말처럼 손님이 하나도 찾아오지 않았다. 그래서 여덟 명의 종업원들은 삼삼오오 모여 앉아 잡담을 하거나 졸고 있었고 나는 그들에게 가게를 맡긴 채 아내와 함께 송년회에 참석할 채비를 끝냈다. 설렁탕집 매출에 상당한 영향력을 행사할 수 있는 구청 위생과장이 참석하는 자리였으므로 차마 초대를 거절할 수 없었다. 하지만 잔혹한 사건들을 숨기고 있는 듯한 눈 무더기 때문에 마음은 더디게 발길을 전진시켰고 나와 아내는 누가 먼저 나서서 참석 포기를 제안해주길 기다리고 있었다. 그때 문글로가 반짝였다. Moonglow. 달빛, Moonlight의 고어.

"가게 가까운 곳에 이런 재즈 바가 있었군. 최근에 생겼나?"

나는 징검다리처럼 다음에 걸음을 내디딜 발자국을 찾느라 바닥에 눈을 내리깔고 있었다.

"아뇨, 우리 가게보다도 먼저 생긴 곳이에요. 건물 주인이 세입자들에게 아주 고약하게 구는 모양이에요."

설렁탕집 덕분에 안정적인 생활을 하게 된 뒤부터 주변의 부동산중개소들로부터 꾸준히 매물 정보를 받고 있는 아내다운 대답이었다. 내가 글을 쓰고 있었다면 필시 한두 번쯤은 호기심에 이끌려 들어가보았을 장소라고 생각하니 다시 씁쓸해졌다.

"이곳에서 맥주 한잔하고 갈까? 너무 추워서 약속 장소까지 한 번에 갈 수 없을 것 같아."

"너무 늦지 않을까요?"

"그렇게 서둘러서 우리가 잊어야 할 일들이 올핸 많지 않았으니까 괜찮아. 게다가 폭설보다 더 낭만적인 알리바이도 없지 않겠어?"

순간 아내의 얼굴 위로 기형 물고기 같은 표정들이 급히 흘러갔다. 남편이 또다시 반역을 꿈꾸는 건 아닐까? 우리는 그랜드 피아노 건반 같은 계단을 내려갔고 서로 다른 무게의 발소리들이 엇박자로 얽히자 제법 그럴듯한 연주가 되는 것 같기도 했으니, 그저 눈이 일으키는 환각 때문일 수도 있었다. 실내엔 겨우 대여섯 명의 관객들만 두 개의 테이블을 차지하고 앉아서 음악보다는 맥주에, 맥주보다는 땅콩에, 땅콩보다는 휴대전화 문자 메시지에 더 집중하고 있었다. 무대 위에는 피아노 한 대와 드럼 세트 하나가 놓여 있고, 환갑을 훌쩍 넘겼을 피아니스트가 연극에 어울리는 동작—그는 연주 틈틈이 호루라기나 오카리나를 불다가 무대 중앙으로 걸어나와 태극기를 흔들고 담배를 피웠다—을 섞어가면서 흥겹게 연주를 하는 동안 색소포니스트는 날숨의 마지막 자락을 위로 말아올리면서 혼신을 다해 색소폰의 영혼을 깨워댔다. 아마도 그들이 너무 늙었거나 아니면 객석의 조명이 너무 어두웠거나, 둘 중 하나 이상의 이유로, 객석에 앉은 관객들의 숫자를 제대로 세지 못하는 것 같았다. 아니면 출연료라곤 고작 맥주 몇 병과 차비 정도만 받던 시절부터 지금까지 관객을 기대한 적이 없었거나. 그토록 열악한 환경 속에서도 연주에 몰입할 수 있다는 사실이 전혀 이해되지 않았다. 어쩌면 그들 또한 신기루와 같은 영감에 이끌려 몸을 빌려주고 있는지도 몰랐다. 카운터에서 맥주병을 정리하다가 겨우 우리를 발견한 중년의 여자가 다가와 자리를 안내했다. 특정한 자리로 이끌었다기보다는 마치 자신의 집으로 아이들을 초대한 산타클로스처럼 빈자리들을 향해 두 팔을 펼치고 우리가 원하는 어디라도 허락한다는 메시지를 보내왔다. 우리는 객석 맨 앞줄에 앉아 연주자들을 향해 가볍게 목례를 했다.

"공무원들의 송년회보다는 분위기가 훨씬 낫군."

"그래도 너무 늦으면 곤란해지지 않을까요?"

아내는 걱정스러운 표정으로 물었다.

"나중에 인편으로 선물 상자 하나 보내주면 되겠지, 뭐. 어차피 그것 때문에 우릴 부른 것일 테니까. 오늘밤은 그냥 여기서 보내자고. 우리에겐 하루쯤 이럴 권리도 있을 거야."

날이 날인 만큼 연주 레퍼토리는 크리스마스와 관련된 곡들로 이어졌는데, 중간에 피아니스트가 민요나 트로트 선율을 삽입하고 나면, 색소포니스트는 마치 성인 나이트클럽에서의 '블루스 타임'에나 어울릴 법한 멜로디로 응수했다. 여주인과 서빙 아르바이트생까지 포함하여 겨우 열 명 남짓 되는 관객들은 점점 그들의 연주에 매혹되어 자신들이 지금 어디서 무엇을 하고 있는지조차 인식할 수 없게 되었으며, 실제로 중년의 한 커플—한 명은 흑인이었는데—은 무대 앞까지 걸어나와 미국 금주법 시대에 유행했을 법한 스윙 댄스를 추기도 했으니, 우리는 웃음과 박수를 멈출 수가 없었다.

"그래요, 오늘 같은 날엔 이런 곳이 우리에게 더 어울리죠. 까짓 공무원들의 몽니 따위가 다 무슨 소용이에요? 당신은 마음만 먹으면 언제든지 베스트셀러를 써서 그들의 폭력을 고발할 수 있는 작가인데."

하루종일 고기 삶는 냄새만 맡고 있는 줄 알았던 아내가 언젠가부터 내 안에서 다시 꿈틀거리기 시작한 영감과 욕망을 감지하고 있었던 것일까. 나는 산타클로스의 선물을 받아든 다섯 살 소년처럼 격하게 감동한 나머지 손에 들고 있던 맥주잔을 놓치고 말았고 테이블 주위로 맥주가 흘러 작은 소동이 일었다. 나는 점점 취해가고 있었다. 그리하여 나는 아내의 손을 이끌고 무대 앞으로 나아가, 생전 배워보기는커녕 영화 속 장면조차 주의깊게 보아두지 않았던 사교댄스를 시도했고, 우스꽝스러운 춤사위에 호기심이 발동한 피아니스트가 우리에게 다가와 호루라기를 불어대며 흥을 북돋웠으며, 색소포니스트는 사분의이 박자 리듬에 스타카토를 붙여 맞받아쳤다. 그 민망한 상황을 벗어나는 방법이라곤 오직 몸

을 더 세차게 흔들어 자신을 잊어버리는 것이라고 생각하여 나는 더욱 버둥거렸는데 몸의 밑바닥에 가라앉아 있던 술기운이 위로 올라오는 바람에 스텝은 더욱 꼬였다. 그럴수록 관객들의 웃음과 박수 소리는 커져만 갔다.

그때 박수를 치던 한 남자가 무대 앞으로 걸어나왔다.

"저랑 함께 춤을 춰주시겠습니까?"

그 역시 불콰하게 취해 있었다. 술기운은 그에게 한순간도 제자리에 가만히 서 있을 수 없을 정도의 리듬감을 주입하고 있었다.

"물론이죠. 오늘은 크리스마스이브니까요."

피아니스트의 호루라기 소리와 색소포니스트의 숨소리는 더욱 커져갔다. 그러나 치근덕거리는 불청객에 경계심을 보이던 아내는 나의 뒤로 숨었고, 두 남자가 마주보고 교환하는 몸짓은 사교를 위한 춤이라기보다는 적의 약점을 살피는 복서의 그것과 같았다. 결국 미간과 어깨에 잔뜩 힘을 주고 흐느적거리다가 재즈 연주가 끝나기 무섭게 나는 아내를 이끌고 제자리로 돌아왔다. 그러고는 제 코너에 돌아온 복서처럼 입안의 분노를 맥주로 헹궜다. 남자는 우리의 퇴장 뒤에도 혼자 무대 앞에 남아 음악 없이 흐느적거렸다.

"여보, 이제 그만 가요. 늦게나마 송년회에 들러 얼굴이라도 비치는 게 좋겠어요."

"아니, 그전에 당신을 욕보인 저자부터 링 위에 때려눕혀야겠어. 곧 이 라운드 시작을 알리는 공이 울릴 거야. 그러니까 용서와 화해를 위해서라도 승패를 가려야 할 것 같아."

내 목소리가 높아지자 아내는 좌불안석이 되어 자신이 지금 어디 위에 앉아 무엇을 기다리고 있는지도 깨닫지 못했다.

"딱 한 대만 제대로 먹일 거야. 그리고 나는 화려하게 소설가로 되돌아가겠어. 난 더이상 소설을 쓰느라 전립선암을 걱정해야 하는 인간이 아니라고. 그리고 난 저자가 누군지 알 것 같아. 가끔 우리 가게에 혼자 찾아와서 설렁탕 한 그릇에 소금을 한 주먹씩 녹인 다음 십 분 만에 소주 한 병과 함께 해치우는 놈이지. 그만큼 내가 경기에서 유리하다는 뜻이야."

"내 말 들어요. 당신은 지금 너무 취했어요. 당장 일어나지 않으면 저 혼자 돌아갈 거예요. 그러면 우리에겐 이혼밖에 없어요."

여기까지 이르렀으면 당연히 논쟁을 그만두고 자리에서 일어나야 했다. 하지만 이미 악마에게 몸을 빼앗겼으므로 내가 할 수 있는 일은 없었다. 화가 난 아내가 벌떡 일어섰다.

"1부 끝 곡으로 〈How High the Moon〉을 들려드리겠습니다. 이십 분 쉬고 2부에서 뵙죠."

연주가 시작되었을 때, 나는 이 라운드 시작을 알리는 공소리를 듣지 못했다. 그래서 자리에 앉아 주춤거리고 있었는데, 무대 앞에 있던 상대가 다가왔다.

"여자를 혼자 보내시면 안 되죠. 특히 오늘 같은 크리스마스이브에. 제가 한잔 사겠습니다. 돈은 여기 얼마든지 있어요."

남자는 주머니를 뒤져 손에 잡히는 대로 꺼내 테이블 위에 올려놓았다. 수표 몇 장과 지폐, 동전, 자동차 열쇠, 볼펜, 그리고 아직

굳지 않은 피가 묻어 있는 주머니칼 하나.

"보세요. 돈은 얼마든지 있어요. 그리고 우리에게도 용서와 화해가 필요해요. 단, 제 소지품에는 손대지 않으시는 게 좋을 거예요. 자칫 공범으로 몰릴 수도 있으니까."

순간 나와 아내는 툰드라의 벌판에서 크리스마스이브를 맞이한 조난자처럼 절망적인 표정으로 움직이지도 못한 채 뻣뻣하게 굳어 있을 수밖에 없었다.

"물론 더이상 누군가를 죽일 생각은 없어요. 전 아내 하나면 충분해요."

멜랑콜리한 선율에 빠져든 관객들은 우리가 처한 위기를 깨닫지 못했다. 다시 블루스 타임이 시작되었던 것이다.

"아시겠지만, 그건 사고였어요. 하지만 누굴 탓하진 않아요. 아마 아내도 그럴 거예요."

"너무 취하신 것 같군요. 아니면 너무 취하지 않아서 농담을 하고 계시거나."

나는 술기운을 빌려 용기를 내어 말을 걸었다. 어떻게든 우리들 사이에 팽팽하게 걸려 있는 긴장감을 해결하지 않으면 언제라도 그가 테이블 위의 주머니칼을 집어들고 우리에게 달려들지 몰랐다.

"스윙 댄스는 아내에게 배웠습니다. 아내가 살아 있다면, 장담하건대, 일주일 안에 당신들에게 무대를 제압할 능력을 길러주었을 거예요. 아쉽네요."

아내는 슬슬 뒤로 물러나고 있었고, 나는 단 한 방을 먹일 틈을 노리며 가장 가까운 곳에 놓여 있는 맥주병까지의 거리를 눈으로 가늠하고 있었다.

"물론 크리스마스가 끝나는 자정쯤에 자수를 할 거예요. 그러면 더이상 이렇게 재즈를 듣고 맥주를 마시고 춤을 출 순 없겠죠. 그래서 약간의 시간이 필요했어요. 목욕탕에 들러 몸도 씻어야 하고."

그러는 사이 연주가 멈추고 피아니스트와 색소포니스트가 무대 중앙에서 인사를 하고 내려왔다. 박수와 환호의 물결을 뚫고 걸어 나오면서 그들은 우리에게 손을 흔들어 알은체를 했다. 인질 상태였던 우리는 살려달라는 뜻으로 필사적으로 손을 흔들었는데 연주자들은 그걸 자신의 음악에 대한 찬사로만 이해했다.

"전 한잔 더 마셔야겠어요. 바쁘시면 먼저 가셔도 좋아요. 폭설 때문에 경찰차가 제시간에 도착하기도 힘들 것 같으니까."

나는 그가 이미 우리를 알고 있다고 확신했다. 그렇다면 훗날의 해코지를 막기 위해서라도 우리가 신고하지 않을 것임을 그도 확신했을 것이다. 그래서 나는 작별 인사로 이렇게 말했다.

"저희 감자탕집에 언제든 들르세요. 연중무휴에 이십사 시간 영업하니까."

그러자 그가 편하게 웃어 보였다.

"벌써 거짓말을 하시는군요. 연중무휴에 이십사 시간 영업이라고 하셔놓고 아까 가게에 들러보니 일찍 문을 닫으셨던데요. 그래서 아직도 전 식전食前이에요."

뻣뻣하게 서 있던 머리카락들이 두 동강 나서 뽑혀나가는 것처럼 정수리가 따가워서 하마터면 소리를 지를 뻔했다. 아내가 나의 손을 낚아채며 작별 인사를 하고 서둘러 문글로를 나섰다. 개처럼 계단을 네발로 기어올라서 문을 빠져나오자마자 우리는 자정의 시계가 두려운 신데렐라처럼 달리기 시작했다. 혹시 뒤따라올 것을 걱정하여 우리는 우리 가게의 반대쪽으로 뛰었다. 유령처럼 떠도는 사람들 속에 숨어들어서야 비로소 걸음을 멈추고 숨을 고를 수 있었다.

"정말일까, 아내를 죽였다는 말이?"

"거짓말은 아닌 것 같았어요."

"그렇다면 아무리 크리스마스이브라고 해도 용서받을 수 없는 게 아닐까?"

"원래 용서란 인간이 발명한 것은 아니니까요."

"그럼, 인간이 발명한 건 뭐지?"

"그건 복수죠. 죄나 벌은 아니고."

"그럼, 자긴 그 살인마가 새벽에 우릴 찾아오기라도 할 거란 말이야?"

"그때까지 술이 깨지 않으면 그럴 수도 있지요."

"하지만 난 그를 이미 용서했는걸? 그러지 않았다면 맥주병으로 그의 이마를 후려쳤을 거야."

"만일의 사태에 대비하는 게 좋겠어요."

그래서 나는 크리스마스 아침 여덟시부터 크리스마스이브의 재즈 바에서 일어난 일에 대해 쓰기 시작하여 밤 열한시까지 A4 용지 여든네 장 분량의 소설을 완성했고, 그것의 일부를 이렇게 공개하는 것이다. 만약 내일까지 전문이 다 공개되지 않는다면 그건 내 신변에 이상이 생겼다는 징후이다.

의심

"당신은 날 사랑하지 않는 게 분명해요. 그렇지 않다면 어떻게 저를 이런 곳에 혼자 두고 이 늦은 밤에 떠날 수 있는 거죠? 제가 이렇게 애원하는데도 당신은 전혀 번민하지도 않는군요."

이불을 머리끝까지 덮어쓴 여자가 흐느꼈다. 이불 위에 수놓인 나비들은 그녀의 흐느낌에 따라 시시각각 그 수와 형상을 바꾸었다. 방으로 들어왔을 때의 옷차림 그대로 의자에 앉아서 여자를 내려다보고 있던 남자는 난처한 표정을 지어 보였다.

"아니야. 그렇지 않아. 번민하지 않았다면 지금 여기 앉아 있지 않을 테지. 당신이 너무 걱정되었기 때문에 전화를 받자마자 택시를 탔던 거요. 내가 당신을 사랑한다는 걸 증명하고 싶었소. 나를 삼십 분째 외면하고 있는 건 오히려 당신이지."

하지만 남자는 침대로 다가가 고치 속에서 여자를 꺼내려고 시도하진 않았다. 고르디아스의 매듭으로 묶여 있어서 결코 벗을 수 없는 구두를 신고 있거나, 아니면 자신의 의지와는 상관없이 발기한 성기를 감추고 싶었을 수도 있었다. 비록 누구나 한두 시간 머물다가 떠나는 장소일지라도 구두를 신은 채 방바닥을 밟지 않을 만큼 도덕적 강박관념이 강했는지도 모른다. 아무튼 남자는 입구 쪽에 놓여 있는 의자에 앉아 양쪽 구두를 서로 비벼가면서 여자가 변태를 끝내길 기다렸다.

"저는 이곳에서 두 시간 동안 당신을 기다렸지요. 그런데 아직까지도 당신에게서 제대로 된 위로를 받지 못했어요. 그래서 너무 불행해요."

"울지 말아요. 이곳까지 오는 동안 갖가지 불길한 상상들로 고통받은 나에게 제발 그 아름다운 얼굴을 보여주어요. 살아 있는 자가 누릴 수 있는 가장 뜨거운 기쁨을 알려주시오."

여자의 흐느낌은 멎었지만 이불을 걷지는 않았다.

"너무 울어서 화장이 다 지워졌을 거예요. 그래서 전 이 이불 밖으로 나갈 수 없어요. 하지만 당신이 이불 안으로 들어오실 순 있겠죠."

남자는 멋쩍게 웃었지만 의자에서 곧장 일어서지 않았다.

"화장이 지워졌다고 해도 나의 사랑은 변함이 없을 것이오. 왜냐하면 내가 사랑하는 건 당신의 오늘뿐만이 아니라 당신의 과거와 우리의 미래이기 때문이오. 하지만 원한다면 기꺼이 실내등을 꺼주겠소."

여자는 다시 흐느끼기 시작했고 남자는 자신의 이야기 중 어디에 가시가 박혀 있었던 것인지 찾기 위해 혀로 입천장과 목젖을 더듬었다.

"당신은 언제나 그럴듯한 말뿐이죠. 당신의 혀에 비해 당신의 손과 발은 너무 둔하고 차갑고 쓸모가 없다고 생각하지 않나요? 화려한 말보다 투박한 손길이 세상의 모든 진실을 말해줄 때가 있다는 걸 당신은 몰라요. 같은 상황이 매번 반복되는데도 늘 구걸하는 쪽은 저군요."

"미안하오. 하지만 여러 번 말했듯이, 난 당신을 끝까지 지켜주고 싶소. 고깃덩어리를 얻기 위해 인생을 축내고 있는 게 아니라는 걸 보여주고 싶단 말이오. 이건 진심이오."

이불 위에 앉아 있는 나비떼의 움직임이 잠잠해졌다. 아마도 그것들은 여자의 몸속에 주둥이를 꽂고 체액이든 꿈이든 성욕이든 빨아들이는 데 열중하고 있으리라.

"하지만 전 여전히 당신에게 존중받고 있다는 사실을 감지할 수 없어요. 당신의 발밑에 발가벗겨진 채 멸시당하고 있다는 생각에서 도무지 벗어날 수가 없단 말이에요."

"그렇지 않소. 난 다만 육신의 정복 뒤에 찾아올 회한과 무례함과 권태를 경계할 따름이라오. 나도 혈기 왕성한 남자인데, 왜 당신의 아름다운 육신에 유혹되지 않겠소? 그래서 일부러 이렇게 거리를 두고 앉아 있는 것이라오. 이 거리를 윤리라고 불러도 좋소."

"방안의 불을 꺼주세요. 그러면 이불 속에서 나가지요."

남자는 팔을 뻗어 스위치를 내렸다. 외눈박이 사티로스의 음란한 눈동자와도 같은 실내등 불빛은 사라졌지만 모텔 주변을 흘러다니는 잔광들이 유리창을 통해 유입되고 있었으므로 어렴풋하게나마 여자의 동작을 지켜볼 수 있었다. 하지만 여자의 표정까지 드러나지는 않을 만큼 적당히 어두웠다.

"당신의 청교도적 윤리 의식을 저는 두 가지 이유로 설명할 수밖에 없어요. 그건 저와 같은 상황에 처한 여자라면 누구에게나 가능한 추정이겠지만 말이에요. 저도 어쩔 수 없이 평범한 여자니까요."

"그렇지 않소. 당신은 아주 특별하오. 내 일생을 통째로 내걸어도 전혀 아깝지 않을 만큼. 마치 일생에 단 한 번 만날 수 있는 혜성 같은 존재가 당신이라오. 그러니 제발 평범한 여자들이 쉽게 범하는 실수 따윈 하지 말아요. 그리고 한 가지만 덧붙여 말하고 싶소. 사랑은 결코 의심을 이겨낼 수 없다오. 제발 에로스와 프시케의 교훈을 기억하시오."

남자는 초조하게 구두 뒤꿈치로 바닥을 두드렸다. 그 소리가 여자를 불쾌하게 만든 건 당연하다.

"에로스와 프시케라고 하시면, 당신이 저의 육신을 부당하게 멸시할 수 있을 만큼 고귀한 신분을 지녔다는 뜻인가요?"

"제발 곡해하지 마시오. 내가 무슨 이야기를 하는지 잘 알지 않소?"

"그렇다면 한 가지의 의심을 추가해야겠군요. 첫번째, 당신은 세상이 다 아는 존귀한 집안 출신의 남자여서 평범한 여자를 사귈 수 없게 되어 있다. 두번째, 당신은 누군가의 남편이자 아버지여서 저를 만날 때마다 죄책감을 느끼기 때문에 차마 욕정을 드러낼 수 없다. 세번째, 당신에겐 성적 능력이 거세되어 있어서 여자의 영혼 이외엔 사랑할 수 없다. 자, 세 가지 가설 중 어떤 게 진실인가요? 제발 이젠 제게 말해주세요."

남자의 구두 뒤꿈치에서 소리가 멈추었다. 그리고 남자는 여자의 이불 위에서 나비들이 일제히 날아올라 유리창을 뚫고 도시 쪽으로 사라지는 것을 보았다. 그것은 분명히 불길한 징조였다. 그래서 남자는 여자가 알아차리지 못하도록 조심스럽고 느린 행동으로 손목시계를 내려다보았다.

"정말 진실을 알고 싶소? 하지만 그전에 묻고 싶은 게 있소. 진실이 사랑에 항상 도움이 된다고 생각하오?"

만약 서로의 표정에서 일어나는 미세한 감정 변화를 확인할 수 있을 만큼 그들이 가깝게 앉아 있고 실내가 밝았다면 여자는 결코 그렇게 말하지 못했을 것이다. 하지만 그런 상황에서 다르게 말할 수 있는 여자도 거의 없으리라.

"그래요, 사랑이 영원하려면 항상 진실 위에 서 있어야 하죠. 말해주세요."

남자는 다시 팔을 뻗어 스위치를 올렸다. 실내등이 갑자기 밝아지자 신변에 위협을 느낀 여자는 급히 이불 속으로 숨어들었다.

"제발 숨지 말고 이걸 봐요. 이게 우리의 마지막일 테니까. 곧 경찰들이 이곳으로 들이닥칠 거요. 하지만 걱정 말아요. 당신에겐 아무런 일도 일어나지 않게 하겠소."

그러면서 남자는 의자 위로 올라서더니 오른쪽 양복 바짓단을 무릎 위까지 걷어올렸다.

"주기적으로 번쩍이고 있는 이게 뭔지 아시오? 전자발찌라는 것이오. 누가 왜 차야 하는지는 잘 알고 있을 테니 굳이 말하지 않겠소."

순간 여자는 비명을 질렀고 다급히 달려오는 자들의 발소리가 복도 끝에서부터 들려왔다.

"오래전에 난 큰 실수를 했소. 변명할 여지가 없는 잘못이었소. 죗값을 치르면서 다시는 사랑하지 않을 작정이었소. 하지만 의지로 거부할 수 있다면 그건 운명이 아니겠지. 나의 발목에 묶여 있는 고르디아스의 매듭이 저절로 풀리기 전까진 당신에게 끝까지 말하지 않을 작정이었소. 하지만 이젠 희망으로부터 우린 버림받고 말았군요. 난 더이상 당신을 사랑할 수가 없을 것 같소. 그러니 제발 그런 속옷 차림으로 잠시만 더 있다가 경찰들이 찾아와 묻거든 나를 철저히 부정하시오. 그러면 당신은 진실로부터 안전해질 수 있을 테니까."

그러면서 남자는 의자 위에 서서 허리띠를 풀고 바지를 내렸다. 절묘한 타이밍에 두 명의 정복 경찰들이 방안으로 들이닥쳤다.

"첫날밤 새신랑 발목서 전자발찌 봤다면……"(한국일보, 2013. 2. 11.)

커피

며칠째 검은 물속에서 목까지 잠긴 채 깨어난다는 여자에게 의사는 하루에 한 잔 이상 커피를 마시지 말라고 명령했다. 그러나 그 처방은 오히려 역효과를 일으켜서, 위안을 박탈당했다고 믿게 된 초자아가 밤마다 그녀를 더욱 깊은 물속으로 빠뜨렸다. 꿈을 꾸지 않도록 도와준다는 알약도 소용없었다. 신경안정제의 일종인 그것의 색깔이 너무 밝아서 그녀는 검은 물속으로 내려가는 통로까지 기억할 수 있게 되었다고 고백했다. 그래서 요즘은 채식과 홍차와 우유를 즐기고 있다고. 그러면서 내게도 그것들을 추천했는데 아무리 생각해도 채식과 홍차를 선택하는 건 가능했지만 우유만큼은 끝내 내키지 않았다. 그것은 자칫 흑인이란 정체성을 훼손할 위험이 있기 때문이었다.

고백하건대 나는 커피를 너무 싫어한다. 당신도 나처럼 흑인으로 태어나서 조상들의 역사를 배우게 된다면 자연스레 커피를 멀리하게 될 것이다. 커피만큼이나 설탕과 담배도 즐기지 않는다. 내 조상들의 피와 눈물과 땀과 오줌으로 얻은 생산물 앞에서 어찌 경건해지지 않을 수 있을까. 그런데도 정작 나의 조상들은 그것들을 누가 어디서 어떻게 소비하는지도 몰랐다. 당신들은 자신이 저질렀던 악행들을 무마하기 위해 그것을 기호품이라고 부르고 있다. 기호품이라 하면 몸에 작용하는 음식이 아니라 마음에 작용하는 약이라는 뜻이겠지. 사람이 먹고사는 데 필요한 것이 아닌데도 왜 그것들의 생산과 보급에 열광하며 우리 조상들의 고향과 가족과 전통을 빼앗은 것인가? 그리고 우리가 여전히 박탈당한 미래는 누구에게서 되찾아 와야 하는 것인가? 역사를 이해하거나 기억하지 못하는 당신들의 무능력은 오히려 먹고사는 데 참으로 유용하다. 피해자들은 아직 용서할 준비가 되지 않았는데 가해자들은 이미 화해를 끝냈다고 떠든다. 가혹한 운명과 신의 자비로움에 대한 갖은 미사여구를 동원하기도 한다. 그럴 때마다 나는 럼을 마시고 코카 잎을 씹는다. 그리고 방에 틀어박혀서 재즈를 듣는다.

내 조상들의 몸에서 흘러나온 피와 눈물과 땀과 오줌마저 기호품으로 즐기는 백인들은 나의 증오를 위선으로 해독하고 비웃는다. 심지어 나의 친구들조차 가끔 볼멘소리를 하지만, 나는 단 한 번도 그녀를 백인이라고 생각해본 적이 없다. 아프리카에서 브라질로 건너온 우리의 종교는 검은 영혼을 지닌 채 태어난 흰 피부의 사람들에 대해서도 평등과 공존을 가르치고 있기 때문이다. 비록 흰 피부를 지니고 태어났지만 영혼까지 백인의 것을 물려받지는 않았기 때문에 그녀는 그처럼 외지고 음습한 곳에 혼자 나타나 일 갤런의 눈물로 조상의 악행을 속죄해야 했던 것이다. 논리도 갖추지 않고 현실을 자신에게 유리하게 해석한다고 나를 비난해도 좋다. 나 같은 흑인의 마음에 작용하는 약은 음식이 아니라 음악이다.

그녀는 커피의 생두를 수입하기 위해 이곳으로 왔다고 서툰 스페인어로 말했다. 서른 살이 될 때까지 브라질에서만 갇혀 살아온 나 역시 스페인어가 서툴렀기 때문에 자세한 사연은 물어볼 수 없었다. 하지만 적어도 그녀가 내 트럼펫 연주에 완전히 몰입했을 뿐만 아니라 그 속에 담겨 있는 내 조상들의 슬픔까지 이해하고 있다는 사실만큼은 언어의 도움 없이도 확신할 수 있었다. 사향고양이의 배설물 속에서 골라낸 커피콩으로 끓인 커피가 세상에서 가장 맛있다는 이야기를 들은 적이 있으나—생두를 따고 과육을 벗겨내는 게 귀찮아진 사람들이 자신의 게으름을 위장하기 위해 그런 소문을 발명해냈을 것이다—우리가 처음 만난 날, 그녀가 내 연주를 들으면서 하염없이 흘린 눈물로 커피를 끓였더라면, 세상에서 가장 맛있는 커피라는 명예의 주인은 틀림없이 바뀌었을 것이다. 커피는 원두보다 물이 더 중요하다고 믿는 사람들도 많다. 그때 나의 마지막 곡은 〈Black Orpheus〉였는데, 그녀를 지나치게 의식한 결과였는지는 모르겠으나 도입부에서 내가 평소보다 느리게 멜로디를 전개했다는 건 인정해야겠다. 오르페우스의 어원이

어둠 또는 밤이라는 걸 알고 있다면 〈검은 오르페우스〉의 작곡가는 동의어를 반복하여 곡명을 짓지 않았을 것이다. 그리고 오르페우스는 고아orphan의 어원에 해당하므로, 결국 세상의 모든 어둠은 고아의 부모인 것이다. 그녀도 부모의 뜻을 어기고 고향을 떠나왔으므로 예루살렘으로 돌아가기 전까진 고아인 셈이다.

그녀가 검은 물속에서 깨어난다는 이야기를 전해 듣고 처음엔, 백인에게는 유전적으로 흑인에 대한 거부감이 잠재되어 있어서 그런 악몽이 생겨나는 것 같아 불편함이 느껴지기도 했지만 나중엔, 흑인들은 제 숨은 능력과는 상관없이 오직 피부색만으로 판단되고 있으며 선입견을 깨뜨리기 위해선 초인적인 노력과 인내가 필요하다는 사실과 백인들은 전혀 그럴 필요가 없다는 사실에 몹시 화가 나기도 했다. 당시 우리는 서로에게 조금의 호감이 있었을 뿐 정식으로 몸과 마음을 섞기 전이었으므로 내가 오해할 여지는 충분했다. 그만큼 나는 고립된 섬 속에서 살고 있었던 것이다. 그리고 내 주위는 백인들보다도 더 백인처럼 흑인을 혐오하는 흑인들로 가득했다. 그들은 심지어 흑인의 불행한 역사가 흑인의 미래까지 파괴하고 있다고 주장했다.

나는 마치 그 모든 불행이 오로지 그녀 때문에 일어난 것으로 간주한 듯이 그녀를 거칠고도 부당하게 대했다. 스페인어를 전혀 알아듣지 못하는 척 행동하면서 무대 바로 앞자리에서 커피를 마시고 있는 그녀의 귀에 가능한 한 가깝게 트럼펫을 뻗어 연주했고, 공연중에 객석에서도 담배를 피울 수 있다는 사실을 옆 사람들에게 확인한 다음에야 비로소 그녀가 조심스레 담배를 꺼내 문 것인데도 마치 나는 예민한 클래식 연주자처럼 그녀의 담배 연기가 나의 호흡기를 망가뜨리고 있다는 듯 험상궂은 표정을 지어 보이기도 했다. 그러고는 끝내 티셔츠를 벗어젖히면서 내가 얼마나 비참할 정도로 검게 태어났는지 알려주었다. 흑인이라면 으레 있을 것이라고 기대하는 문신을 보여주기 위해 팬티까지 내리고 엉덩이를 보여주어야 했다. 그녀는 비명을 참으며 조용히 울고 있었다. 나의 트럼펫은 분노를 뿜어내느라 점점 더 빨갛게 달아올랐다. 결국 공연은 중지되었고 동료 둘이서 거칠게 나를 끌어 무대 뒤로 급히 퇴장시켰다. 나는 결코 마약을 한 채 무대에 올라선 게 아니라고 항변했다. 하지만 흑인들이라면, 특히 흑인 재즈 연주자들이라면 하나같이 마약에 중독되어 있다고 믿는 사람들은 얼마든지 있었다. 백인들의 발명품인 마약은 흑인들로부터 논리와 분노를 빼앗아갔다.

사흘쯤 지나서야 그녀의 소식을 들을 수 있었다. 소동이 잠잠해지자 그녀는 통역사까지 대동하고 클럽 주인을 찾아와서는, 일방적으로 이별을 통보한 뒤에도 객석에 앉아 있는 전 애인 앞에서 제대로 연주할 수 있는 뮤지션이 세상에 도대체 몇 명이나 되겠느냐며 나의 발작에 대해 변명해주었을 뿐만 아니라 공연비 환불로 인한 금전적 손해까지 만회해주었다. 그러고도 연락처는 남기지 않았다. 그러니 그녀에게 감사하다는 말을 전하기 위해서라도 나는 하는 수 없이 온갖 비난과 굴욕을 참으며 무대로 다시 돌아가

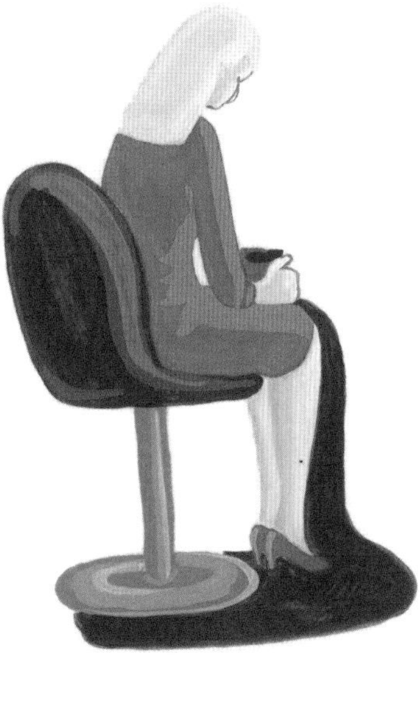

야 했다. 클럽 앞을 오가면서 그날의 공연 프로그램을 확인한다면 그녀가 귀국 직전에라도 한번쯤 찾아올 것이라고 믿으면서.

아담 혼자서 저지른 죄를 모든 인류가 나누어 가졌다가 예수 혼자서 베푼 선행으로 모든 인류가 구원받았다는 식의 단순한 논리에 동조하여, 단 한 명의 백인이 단 한 명의 흑인에게 보여준 호의로써 모든 백인들의 사악함을 용서해주고 싶진 않았다. 화해는 당연히 가해자들의 진심 어린 반성에서부터 시작되는 법이다. 단지 나는 모든 백인들에게 향해야 했던 분노를 단 한 명의 백인에게 쏟아부은 사실만큼은 진심으로 후회하고 용서를 구하려는 것이다. 그리고 그녀도 내 진심을 이해하리라.

〈The Girl from Ipanema〉를 연주하면서 나는 이스라엘의 해변을 상상했다. 그러나 온몸이 물위로 떠올라서 시체 따위는 결코 바닥에 숨길 수 없다는 사해 이외의 해변은 딱히 떠오르지 않았다. 군인들이 해변 주위를 삼엄하게 경계하는 가운데 사람들이 언제 터질지 모를 폭탄을 경계하며 세례를 받듯 고작 몇 분 동안 바닷물에 몸을 적신 다음 곧바로 사장으로 돌아와서는 어머니 같은 바다를 제 몸으로 더럽힌 죄를 용서해달라고 단체로 기도를 올리는 광경을 상상했다. 그리고 예루살렘의 처녀들에겐 비키니보단 올리브색 군복이 더 잘 어울릴 것 같았다. 그러자 흑인만큼이나 유대인도 불행한 역사의 발명품이라는 생각에 이르렀다. 이스라엘 사람들이 미국식 에스프레소 대신 터키식 커피를 더 즐긴다는 이야기는 어떻게 이해해야 할지 막막했다. 물과 커피를 주전자에 넣고 동시에 끓이는 그것은 마치 검은콩 수프와도 같아서 터키인들의 아침식사로 대용된다고 들었다. 하지만 예루살렘에 사는 사람들이 모두 종교적인 삶을 살진 않을 것이라고 확신한다.

출국을 이틀 앞두고 마침내 그녀가 나타났다. 공연이 시작되기 전이어서 나는 그녀와 마주앉아 이야기를 나눌 수 있었다. 그녀는 커피 대신 럼주를 주문했고 나는 럼주 대신 커피를 주문한 다음 설탕으로 잔의 절반을 채웠다. 이것이 브라질의 또다른 명소인 사해이다. 이번엔 내가 통역을 동원했다. 그녀는 영어로 브라질 커피 대신 브라질 재즈를 이스라엘로 수입하는 상인이 되겠다고 말했다. 포르투갈어로 나는 브라질산 재즈보단 삼바 춤이나 카포에이라나 럼주가 백인들의 기호에 더 어울릴 것이라고 얼버무렸다. 그러느라 용서를 구할 기회를 놓치고 말았다. 그녀는 자신의 몸에 새겨져 있는 문신을 보여주었다. 그러고는 여전히 불면증 때문에 고생한다고 고백했다.

흑인들이 왜 우유를 마시지 않는지 알아요? 어느 날 아침 백인의 모습으로 잠에서 깨어나는 게 두렵기 때문이죠. 잠자리에 누워서 양들의 수를 세지 말아요. 그것들은 꿈을 뜯어먹고 사는 동물이라서 한번 훑고 지나간 자리엔 오랫동안 아무것도 자라지 않아 잠이 밝아지는 것이지요. 검은 양이 존재하긴 하지만 백인들에겐 말썽꾸러기나 골칫거리라고 번역된다고 하니까 추천하고 싶진 않네요.

뉴올리언스의 재즈 클럽에서 고작 일 년 동안 머물면서 음악과 영어를 배운 동료 뮤지션이 나의 유창한 포르투갈어와 풍부한 유머를 그녀에게 얼마나 제대로 통역했는지 알 수 없었으나, 하는 수 없이 나는 트럼펫을 들고 무대 위로 올라가야 했다. 이것이야말로 흑인이 백인에게 진심을 전하는 유일한 방법이라고 나는 생각한다. 그러나 이 무대에서 백 번은 넘게 연주했을 〈Corcovado〉였지만 그날따라 트럼펫 소리는 클럽의 절반도 채우지 못할 만큼 낮고 힘이 없었다. 그녀는 클럽의 명함을 챙겨서 돌아갔다. 그리고 내 공연이 끝날 때쯤 클럽으로 전화를 걸어 자신이 머물고 있는 호텔을 알려주었다.

같은 내용의 꿈이더라도 어떻게 해석하느냐에 따라 인간은 전혀 상반된 영향을 받는다. 여자가 깨어나서 보는 검은 물이란 단순히 잉크일 수도 있다. 왜냐하면 백인들은 자신들에게 중요한 것들을 말로써 전하지 않고 책으로 전하는 악습을 지니고 있기 때문에. 그녀는 침대에 누워 잠들기 위해서 책을 읽는다고도 했다. 하지만 흑인들은 그렇지 않다. 당장 재즈 연주자들만 봐도 그러하다. 그들 중 악보를 읽을 수 있는 자들은 루이 암스트롱 이후 그리 많지 않으니까. 그렇다고 우리를 무지렁이나 야만인으로 간주해서는 안 된다. 언어는 인간을 타락시키기 위해 악마가 발명해낸 것이지만 흑인들은 인간을 구원하기 위해 재즈를 만들어냈으니까. 커피와 설탕과 담배는 우리 음악의 질료이지 목적은 결코 아니다.

그래도 예루살렘에서 초청장이 날아올 때를 대비하여 나는 뉴올리언스의 재즈 클럽에서 일 년 동안 머문 경험이 있는 동료 뮤

지션에게 영어와 음악과 커피와 담배를 배울 작정이다. 설탕과 우유만큼은 제외하고. 그리고 지금 작곡하고 있는 〈Coffee with Sugar in Jerusalem〉을 그녀의 클럽에서 초연할 수 있도록 악보에 옮기는 작업을 동료에게 부탁해두었다. 나는 이 음악이 유대인과 팔레스타인인 간의 화해에 도움이 되길 바란다. 조물주의 눈에는 유대인이나 팔레스타인인은 그저 막무가내로 떼를 쓰는 어린아이처럼 보일 것이기 때문이다. 그리고 확실히 채식은 흑인이란 정체성을 확고히 하는 데 도움이 되는 것 같다.

브라이들 샤워Bridal Shower

엘리아나 양은 누군가 현관문을 두드리는 소리에 잠에서 깨어 머리맡의 시계를 쳐다보았다. 아날로그 시계의 바늘은 네시 오십오분을 가리키고 있었는데 혹시 열한시 이십오분을 의미할 수도 있었으므로 그녀는 휴대전화의 디지털 시계를 다시 확인해야 했다. 그러고 나서야 비로소 집밖의 세상은 아직 오전 네시 오십육분이고 고작 세 시간 남짓 이어진 잠을 방해받았다는 사실을 깨달았다. 오전 여덟시까지 사무실에 출근해서 어제저녁의 환락을 동료들에게 들키지 않고 일을 하려면 적어도 여섯시 삼십분까지는 눈먼 잠을 이룰 수 있어야 했다. 그래서 엘리아나 양은 그 소리를 꿈의 속성으로 간주하고 다시 눈을 감았는데 더욱 다급해진 노크 소리 때문에 결국 실내등을 켜지 않을 수 없었다. 현관문을 열고 저 사람의 사연을 들어주거나 현관문을 향해 총알 몇 발을 날리면서 그를 쫓아내지 않고서는 그 새벽의 잠은 요원할 것처럼 생각되었다. 아니면 그를 자신의 꿈에 가두든지.

유감스럽게도 엘리아나 양은 엽총을 찾을 수 없었기 때문에 잠옷 차림으로 침대에서 일어나 모포 한 장을 몸에 두른 채 현관문 쪽으로 다가갔다. 현관문 밖에는 늙은 아파트 관리인이 마치 관에서 방금 걸어나온 것처럼 초췌한 모습으로 서 있었다. 허리가 굽고 다리를 저는데다가 이탈리아 악센트의 짧은 영어마저 심하게 더듬는 그 노인을 만날 때마다 엘리아나 양은 섬뜩한 기분을 느꼈다. 그런 그가 새벽 다섯시에 자신의 집 현관문을 두드리면서 서 있는 이유를 그녀는 전혀 짐작할 수 없었다. 혹시 그 노인이 자신의 집을 찾아갈 수 없을 만큼 취했거나 다른 은밀한 목적을 지녔을 수도 있었으므로, 그녀는 현관문을 열기에 앞서 문 뒤쪽에 부지깽이를 숨겨두고 갑작스레 일어날지도 모를 상황에 대비했다. 문을 조금 열자 그 틈 사이로 종이 상자 하나가 밀려들어왔다. 그리고 어둠과 추위에 몸이 굳은 노인이 유령처럼 중얼거렸다.

"미안…… 너무 늦어서…… 일주일 전에 소포 하나…… 바닥에 피 너무 많이 흘리고…… 이웃들이 불평…… 아직 경찰을 부르지 않았지만…… 오늘 아침까지 해명하지 않으면…… 어쩔 수 없어요."

엘리아나 양은 하마터면 부지깽이로 노인을 찌를 뻔했다. 고작 소포 하나를 전달하기 위해서 시간이나 입주자의 사생활 따위는 상관하지 않고 현관문을 두드릴 수 있는 오만한 권한을 이 관리인에게 부여한 자가 과연 입주자일까 아니면 관리소장일까? 아니면 순전히 노인의 천박한 자의식이 내린 지령이었을까. 엘리아나 양은 오늘 퇴근하는 대로 아파트 관리소장을 만나 항의해야겠다고 다짐했다. 그래서 그녀는 노인의 범죄 증거와도 같은 상자를 빼앗다시피 받아들고 현관문을 거칠게 닫았다. 아마 노인은 심장마비를 일으켜 바닥에 쓰러졌거나 잠이 되어 그녀에게로 돌아갔을지도 모른다.

엘리아나 양은 종이 상자를 마루의 소파 위에 던져두고 다시 침대 안으로 숨어들었다. 하지만 곧 방을 가득 채운 기묘한 냄새 때문에 결국 다시 실내등을 켜야 했다. 그리고 이불과 자신의 잠옷에 잔뜩 묻어 있는 핏자국을 보고 기겁했다. 혹시 노인이 종이 상자와 함께 칼을 내밀었거나 소음기 달린 권총의 방아쇠를 당긴 것은 아니었을까. 그녀는 급히 자신의 몸뚱이를 더듬으며 붉은 통증이 솟아나고 있을 상처를 찾았다. 그때 자신이 최근에 살이 많이 쪘다는 사실을 깨달았다. 아직도 꿈속에서 헤매고 있는 것인지 아무리 더듬어도 통증의 입과 같은 상처는 발견되지 않았다. 그래서 그녀는 피가 묻은 손바닥으로 뺨을 때리고 꼬집으면서 잠에서 깨어나기 위해 필사적으로 노력했다. 잠 때문에 제때에 지혈을 하지 못했다고 말한다면 아무도 믿지 않을 게 분명했다.

결국 그녀는 입고 있던 옷을 모두 벗어던진 채 욕실로 달려가 거울 앞에서 자신의 육신을 꼼꼼히 살펴보았고—몸안의 피는 가득했고 쉬지 않고 맴돌고 있었으며 아무리 조그만 상처에도 어김없이 붉은색을 드러냈다—아무런 징후도 발견되지 않자 안심하고 세수를 했다. 그렇다면 어디서 묻은 피일까? 그러다가 갑자기 소름이 구속복처럼 엘리아나 양을 덮치기 시작했고 그녀는 제대로 반항 한번 하지 못한 채 무릎을 바닥에 찧으며 힘없이 주저앉았다.

새벽 다섯시에 자신의 소포를 들고 찾아왔다는 이유로 늙은 관리인을 부지깽이로 찔렀던 것은 아닐까? 아니면 문틈 사이에 마지막까지 남아 있었을 노인의 손가락을 작두 같은 현관문을 닫으면서 모조리 잘라버렸는지도 모른다. 잠결에 일어난 사고였다는 변명으로 몇 명의 배심원을 설득할 수 있을까? 만약 인종차별과 관련된 혐의가 추가된다면 최소한 오 년 동안의 형벌은 불가피할 것이다. 지금이라도 달려나가 문밖에 쓰러져 있을 노인을 일으켜세우고 바닥에 떨어져 있을 손가락들을 주워모은 다음 병원 응급실로 데려가야 한다고 머리는 지령을 내리고 있었지만 정작 팔과 다리는 그 명령을 수용하지 않았다. 엘리아나 양은 몇 분 동안 움직이지 못한 채 지난 저녁의 환락을 깊이 후회하는 수밖에 없었다.

간신히 마비 상태에서 벗어난 그녀는 현관문 쪽으로 걸어갔다. 그때 그녀의 목적은 그저 현관문 밖에 놓여 있는 노인의 시체나 손가락을 집안으로 들여서 오늘 아침 아파트 최초의 출입자에게 자신의 범죄가 발각되지 않도록 하는 것이었다. 아침까지 냉철한 이성을 회복한 다음 도망칠 방법을 궁리할 작정이었다. 하지만 현관문 밖에서는 노인이나 손가락이 발견되지 않았을 뿐만 아니라 핏자국도 묻어 있지 않았다. 엘리아나 양은 크게 안도하여 현관문을 닫고, 집안으로 다시 들어서며 깊은 숨을 내쉬었다. 무너지는 중심을 간신히 받치고 그녀가 눈을 치켜떴을 때 소파에 던져놓은 종이 상자가 보였고 거기서 흘러나온 붉은 피가 이미 피륙 소파의 절반을 장악했다는 사실을 알아차렸다.

다행히 저것 때문이었군.

잠결에 사람을 죽이거나 손가락을 자르는 일에 비하면 피로 소파가 절반쯤 젖는 일 따위는 전혀 걱정할 일이 아닌 것처럼 생각되었다. 그러다가 엘리아나 양은 늙은 노인의 말이 다시 생각났다. 그 소포 속에서 흘러나오는 피를 보고 이웃들이 관리인을 찾아가 소포의 주인에게서 직접 해명을 듣지 못한다면 오늘 아침에 경찰을 불러 확인하겠다고 협박했단 말이지. 엘리아나 양은 소포가 깨어나지 않도록 발소리를 죽여 다가가서는 그것을 집어들지 않고 그저 내려다보면서 수취인과 발신인의 이름을 찾았다. 주소는 맞았으나 수취인의 이름이 자신의 이름과 달랐고 발신인의 이름 대신 인터넷 사이트 주소밖에 없었으므로 그녀는 그것의 정체를 알아차릴 수 없었다. 일단 폭탄이나 탄저균 같은 화학물질은 아니었고, 피가 배어나오는 것으로 보아 동물의 사체이거나 장기, 또는 음식 재료인 게 분명했다. 그녀는 자신이 이 의심스러운 소포와 아무런 관계가 없다는 사실을 증명하기 위해 오전에 자신의 집으로 찾아올 경찰과 이웃들, 그리고 늙은 관리인이 직접 소포를 열어볼 수 있도록 그 자리에 그대로 놔두려고 했다.

하지만 그것은 소파를 심하게 망치고 있었으므로 적어도 자리를 옮겨놓을 필요는 있었는데, 현관에 핏자국이 없는 것으로 보아, 그것을 늙은 관리인에게서 건성으로 건네받아 소파 위에다 거칠게 던지는 바람에 상자 속에 고여 있던 피가 쏟아졌을 것이라고 생각하니 그녀는 어쨌든 자신의 파괴적 행동에 대해 해명할 필요가 있었고, 그러자면 소포 속의 내용물을 알아야 자신의 범죄에 대한 변명이 완성될 것 같았다.

그래서 그녀는 알리바이를 수정하기로 결심하고 조심스레 종이 상자를 열어보았다. 만일의 사태에 대비하여—가령 피를 흘리고 있는 동물이 갑자기 튀어올라 그녀의 얼굴이나 가슴에 이빨과 발톱을 박아넣는 사태를 막아볼 요량으로—오른손엔 부지깽이를 든 채 왼손만으로 상자를 열었다. 종이 상자 속엔 은박지로 덮인 두 개의 패킷이 피범벅이 된 채 들어 있었다. 엘리아나 양은 오른손에 든 부지깽이를 바닥에 내려놓았다. 그러니까 누군가 인터넷이나 텔레비전 홈쇼핑에 등장한 상품을 주문했으나 유감스럽게도 주소가 잘못 기재되어 자신에게 온 것이다. 주소와 입주자의 이름이 일치하지 않아서 오랫동안 그것은 공동 우편함 속에 보관되어 있었으나 피 같은 액체가 저절로 흘러나오면서 결국 사람들의 주목을 끌었고, 늙은 관리인은 이름보다 주소가 더 신뢰할 만한 정보라고 판단하여 오늘 새벽 그녀를 찾아온 것이다. 우체국의 엑스레이 검사대를 무사히 통과한 제품이라면 적어도 위험하지 않은 것임은 분명했다. 그리고 은박 패킷 밑에는 사용 설명서가 분명한 종이 한 장이 함께 들어 있었는데 대부분의 글씨들은 피에 젖어 지워져 있었으나 제일 상단과 하단의 큼직한 두 개의 문장들만큼은 최초의 발견자를 기다리며 어기차게 의미를 지켜내고 있었다.

'당신의 깊고 어두운 비밀과 작별하고 당당하게 결혼하라.'

'언제든 첫날밤으로 만들어준다.'

이미 엘리아나 양은 출근 전까지 잠드는 것을 포기한 채 한참 동안 그 수상한 물건들의 쓸모를 알아차리기 위해 궁리했다. 그러다가 결국 컴퓨터를 켜고 종이 상자에 적혀 있는 인터넷 사이트 주소로 접속한 뒤에야 모든 의문이 해결되었다. 그와 동시에 그녀는 갑자기 분노가 치밀었다. 그것은 자신을 조롱하기 위해 누군가 준비한 것이었고, 그녀는 발신인이 누구인지 곧바로 짐작할 수 있었다.

그년이 분명해. 그년 이외엔 나를 이토록 경멸할 수 있는 이는 없어.

어제 브라이들 샤워에서 만난 여자. 그녀는 한때 엘리아나 양의 애인이었던 남자를 유혹하여 결혼하게 되었다. 그러고는 뻔뻔스럽게 신랑의 전 애인이자 오랜 친구이기도 한 자신에게 이런 상품을 보내 처녀막 하나를 지켜내는 대가로 포기해야 했던 연애와, 처녀막이 없다는 이유로 일 년에 수백 명의 신부가 첫날밤에 살해되고 있는 파키스탄의 악습을 한꺼번에 조롱하려고 한 것이 분명했다. 그런데도 엘리아나 양은 이런 선물이 일주일 전부터 공동 우편함 속에서 자신을 기다리고 있었다는 사실도 모른 채 늦은 저녁까지 불편한 자리를 지키면서 새로운 부부의 행복을 빌어주기 위해 기꺼이 파키스탄 전통춤까지 추지 않았던가. 하지만 역사를 반영하지 않은 편견만으로 상대의 문화를 평가하는 행동만큼 위험한 것도 없으리라. 정조대를 발명한 자들이나 인조 처녀막을 발명한 자들이나 다를 게 뭐란 말인가. 이곳에서 중요한 건 오로지 개인의 윤리일 따름이고 친구의 애인을 유혹하여 빼앗은 여자에겐 결코 평화와 행복이 있을 수 없다. 그래서 엘리아나 양은, 자신의 옛 애인이 성적 환상에 너무 집착한 나머지 발기가 되지 않는다는 사실을 신부에게 귀띔해주지 않은 걸 그나마 다행으로 여겼다.

"'삼만원에 처녀 회복' '거시기'한 사이트 등장"(동아일보, 2012. 9. 19.)

서점과 도서관의 대위법

서점은 만남의 공간이고 도서관은 은둔의 공간이다. 어떤 자는 서점과 도서관을 조리원과 요양원으로 비유하는데 도시의 중심에 위치한 서점은 새로 태어난 책들이 제구실을 할 때까지 돌봐야 하는 반면 도시의 외곽에 자리잡은 도서관은 오래된 책들이 평화롭게 늙어갈 수 있도록 돕기 때문이란다. 그렇다고 모든 늙은이가 요양원에 들어갈 수 없듯이, 서점에서 자라난 모든 책들이 도서관에서 늙어가는 건 아니니다. 서점의 책들은 의자에 적대적이고 도서관의 책들은 통로에 적대적이다. 서점의 책들이 정치인이라면 도서관의 책들은 학자여서 전자는 대중 앞에서 떠들기 좋아하고 후자는 소수에게 귀엣말하기 좋아한다. 그래서 서점은 시끄럽고 도서관은 따분하다. 서점의 잉크 냄새는 구매욕을 높이고 도서관의 종이 냄새는 식욕을 줄인다. 서점은 빛을 발산하고 도서관은 수렴한다. 서점의 직원들은 책을 수평적으로 진열하길 좋아하는 반면 도서관의 사서들은 책을 수직적으로 쌓는다. 그 결과 서점은 공간적 형식이고 도서관은 시간적 형식이다. 서점의 책들은 제목에 따라 알파벳순으로 정리되는 반면 도서관의 책들은 작가의 이름에 따라 정리된다. 마지막 페이지부터 열어보는 사람들은 서점의 책들에선 가격표를 보고 도서관의 책들에선 대출 빈도를 확인한다. 서점의 책들은 북디자이너의 화려한 기획이 필요하지만 도서관의 책들은 서적 복원 전문가의 세심한 솜씨가 필요하다. 서점의 직원들은 책을 찾느라 바쁘고 도서관의 사서들은 책을 감추느라 바쁘다. 서점의 책들은 권리를 양도하지만 도서관의 책들은 의무를 보급한다. 서점은 입구와 출구를 여러 개씩 따로 가지고 있지만 도서관은 단 한 개의 입구를 출구로 삼는다. 서점에는 책을 위한 책이 많고 도서관에는 책에 의한 책이 많다. 그러니까 서점용 책을 쓰는 사람들은 책을 위해 여행한 자들이고 도서관용 책을 쓰는 사람들은 책에 의해 여행한 자들일 가능성이 높다. 서점은 책을 소유하게 만들고 도서관은 책을 공유하게 만든다. 서점을 산책할 땐 삼림욕에 적당한 복장에다 콜라를 지닐 것을 추천하지만 도서관을 몽유夢遊할 땐 우의 차림으로 커피를 준비하는 게 낫다. 서점은 상상 가능한 모든 책들로 채워져 있지만 도서관은 반드시 존재해야 하는 책들로 채워진다. 그러니까 서점은 도서관의 가능태이고 도서관은 서점의 현실태이다. 서점의 책들로는 관악기를 만들 수 있고 도서관의 책들은 현악기의 재료가 될 수 있다. 작가가 서점보다 도서관에 자주 들른다면 그의 작업은 순조롭게 진행되고 있는 게 틀림없다. 그 반대의 경우엔 새로운 작업을 구상중이거나 절필의 유혹에 시달리고 있을지 모른다. 아직까지 도스토옙스키를 읽지 않은 독자에겐 서점이 도서관보다 더 적합한데 서점엔 도스토옙스키를 쉽게 이해하도록 돕는 책들이 많지만 도서관에는 그를 반박하고 대체할 책들이 많기 때문이다. 서점에서 경계할 자들은 평론가들이고 도서관에서 경계해야 할 자들은 서지학자들이다. 서점은 미술관의 별관이고 도서관은 건축가의 휴식처이다. 아이들은 서점 대신 도서관에서 자라야 하고 노인들은 도서관 대신 서점에서 늙어야 한다. 그리고 서점이나 도서관 어느 곳에서도 독자와 작가의 구분은 사라져야 한다.

환각지통幻覺肢痛

오후 세시경 한 사내가 찾아왔다. 닥터 블랙먼은 그 사내가 예약 환자 명단에 없다는 사실을 확인하고는 그를 곧장 돌려보낼 작정이었다. 이미 다른 환자와 세시에 진료 예약이 잡혀 있는데다가 오늘은 아내와의 스물세번째 결혼기념일이었으므로 평소보다 일찍 병원 문을 닫고 스프링필드 시내의 쇼핑몰에 들러 미리 보아두었던 선물을 산 다음 일곱시까지 유명 프랑스 식당에 도착해야 했다. 만약 자신에게 저녁식사 약속이 없고 그 사내에게 오후 다섯시까지 기다릴 시간이 있었더라면 닥터 블랙먼은 기꺼이 정해진 진료시간을 넘겨가면서까지 호의를 베풀었을 것이다. 하지만 그 사내는 운이 없었다. 미리 전화로 예약하고 그 약속을 지키기 위해 불편과 불이익을 감수하면서 찾아온 환자들이 병원의 무원칙에 불쾌감을 느끼지 않도록 원칙을 지켜야 할 의무가 그에게 있었다.

물론 그 사내가 피를 많이 흘리고 있거나 곧 숨이 멎을 것처럼 기침을 쏟아냈다면 닥터 블랙먼은 세시까지 오기로 한 환자나 스물세번째 결혼기념일을 맞이한 아내에게 양해를 구한 뒤에 그를 응급처치하고 진단서를 써서 대학병원으로 급히 실어 보냈을 것이다. 하지만 그 사내에게선 심각한 외상이나 수상한 바이털 사인이 발견되지 않았을 뿐만 아니라 스스로 침착함을 유지하고 있었으므로 닥터 블랙먼은 사무적인 태도로 일관했다. 아시아 인종에게만 나타나는 특이한 증상에 대해 독일 출신의 의사가 미처 알아차리지 못했을 수도 있지만, 평범한 가정의에 불과한 자신에게 모든 인종의 신체적 특성을 이해한 뒤 적확하게 진단하고 치료할 수 있는 권능을 기대하는 건 불합리하다고 생각했다.

병원이라고 해보았자 두 평 남짓의 진찰실에 책상과 검사용 침대와 책꽂이와 약 보관함이 전부인데다가 그 진찰실로 통하는 복도에는 의자 몇 개만이 놓여 있고, 간호사도 없이 의사 혼자서 예약 접수부터 진찰과 처방, 그리고 수납까지 맡고 있었기 때문에 닥터 블랙먼이 환자들을 위해 할 수 있는 최선의 서비스란 고작해야 예약시간에 맞춰 진찰이 이루어질 수 있도록 일정을 정확하게 관리하는 것뿐이었다. 그래서 닥터 블랙먼은 약속시간이 지났는데도 나타나지 않고 있는 예약 환자에게 전화를 걸어 상황을 확인하려고 했다. 만약 그녀가 약속을 취소한다면 그는 기꺼이 불청객을 진료할 것이다. 하지만 그녀는 전화를 받지 않았으므로 닥터 블랙먼은 그녀가 병원 앞에 도착하여 주차를 하는 중이거나 지병인 조울증이 도져서 휴대전화를 옷장이나 욕조 속에 처박아두었을지도 모른다고 상상했다. 그래도 이십 분 정도는 기다려준 다음 그는 병원 문을 닫을 작정이었다.

"전화가 왔는데요?"

불쑥 사내가 말했다. 그의 발음으로 미루어 보아 그는 최근에 입국한 관광객은 아닌 것 같았고 이곳에서 태어났거나 적어도 어릴 적에 이민 와서 시민권을 발급받았을 게 틀림없었다. 하지만 그의 얼굴을 전혀 기억할 수 없었으므로 최근에 이곳으로 이사해 왔을 것이라고 추측했다. 닥터 블랙먼은 책상 위에 던져두었을 휴대전화를 찾기 위해 흰개미집처럼 쌓여 있는 서류 뭉치들을 파헤쳤다. 자신의 휴대전화 번호를 알고 있는 것으로 보아 환자가 아니라 아내가 전화를 걸어온 것이리라. 오늘 무슨 옷을 입어야 하는지 상의하려 했거나 이미 프랑스 식당 앞의 카페에 도착하여 커피를 마시고 있다고 말하려 했을 수도 있다. 촌각을 다투어 환자들의 통증과 공포에 대처해야 하는 의사들은 대개 진료시간 동안 휴대전화의 전원을 꺼두거나 진동 모드로 바꿔놓기 때문에 한 번에 통화가 이루어지는 경우는 거의 없다. 대개는 진료시간이 끝날 무렵 휴대전화를 집어들고 남겨진 메시지를 한꺼번에 확인한 다음 통화가 꼭 필요하다고 생각되는 상대에게만 전화한다. 늘 닳고 닳은 변명을 늘어놓아야 하기 때문에 가능하면 상대의 숫자를 줄이는 게 필요하다. 수 시간이 지나면 관심과 열정을 잃어버린 상대의 반응도 시큰둥해진다. 그래서 아예 휴대전화를 없애는 의사들도 늘어나고 있다.

"제가 도와드릴까요?"

닥터 블랙먼은 불청객이 이미 진찰실을 떠났다고 착각했는지 등뒤에서 갑자기 들려오는 목소리에 너무 놀라 손에 쥐고 있던 서류 뭉치들을 바닥에 떨어뜨리고 말았다.

"선생님의 휴대전화 번호를 알려주시면 제가 걸어볼게요."

"아니, 됐소."

최근 소아성애증을 앓고 있는 환자에게 무심결에 휴대전화 번호를 알려주었다가 불면증 치료를 받아야 할 만큼 곤혹을 치른 뒤였기 때문에 닥터 블랙먼은 새로 바꾼 휴대전화 번호를 가족과 친한 동료들에게만 알려주었다. 혹시 세시 이십분이 되도록 나타나지 않고 있는 환자에게도 전화번호를 알려주었던 건 아닐까. 하긴 인터넷만 연결하면 어느 누구라도 타인의 개인정보를 만족스러운 수준까지 얻어낼 수 있는 시대이니 평범한 가정의의 휴대전화 번호 따윌 알아내는 건 그리 어려운 일도 아닐 것이다. 닥터 블랙먼은 이 불편한 상황에서 서둘러 벗어나고 싶었기 때문에 마치 물에 빠진 사람처럼 필사적으로 팔을 허우적거리며 책상 위의 서류들을 더듬었고 기적처럼 그것들 사이에서 자신의 휴대전화를 찾아낼 수 있었다. 하지만 휴대전화에는 부재중 전화를 알리는 메시지가 부표처럼 떠올라 있지 않았다. 그래서 닥터 블랙먼은 불쾌한 표정으로 사내의 얼굴을 다시 쳐다보았다.

"선생님의 휴대전화가 아니라 제 휴대전화에 전화가 걸려왔단 말입니다. 그리고 지금도 벨이 울리고 있고요. 선생님은 휴대전화를 찾으셨으니 이제 제가 휴대전화를 찾을 수 있도록 선생님이 도와주실 순 없는지요? 운이 좋다면 십 분도 채 걸리지 않을지도 모릅니다."

닥터 블랙먼은 하마터면 그 사내를 향해 이렇게 소리를 지를 뻔했다.

'여긴 전화국이 아니라 병원이란 말이오!'

하지만 간신히 혀의 발작을 막아내고 사내를 다시 쳐다보았을 때 닥터 블랙먼은 비로소 사내의 병증을 짐작할 수 있었다. 사내가 상체를 비틀자 셔츠의 양팔 부분이 힘없이 그의 의지를 따랐는데 살과 뼈가 있어야 할 자리가 공기로 채워져 있는지 아무 곳이나 구부러지고 비틀렸다가 느리게 제자리로 돌아왔다. 이라크 전쟁에라도 참전했던 상이군인일까. 양쪽 귀가 모두 드러나는 짧은 헤어스타일이 그의 짐작을 뒷받침했다. 그렇다면 무사히 귀환한 오디세우스에게 최소한의 예의를 보여주는 게 필요하지 않을까. 어쨌든 그를 전쟁터에 보낸 이는 우리였고 양팔이 잘린 그를 살린 이도 역시 우리였으므로 그에게 살아갈 용기를 줘야 하는 것도 우리가 아닐까. 비록 자신이 당시의 대통령과 의원들에게 찬성표를 던지지는 않았더라도 미국 시민권을 보유하고 있고 그가 납부한 세금으로 운영되는 군대가 미국의 이익을 위해 외국과의 전쟁에 참여한 이상 책임으로부터 완전히 자유로울 수는 없었다. 이십여 년 동안 스프링필드의 작은 병원 밖으로 벗어난 적이 없었지만 단

한 번도 만나지 못한 이라크인들의 적이 되어 있는 사실을 이해하려면 무엇보다도 미국의 역사를 개인의 역사로 수용해야 한다. 그런데 그는 양팔의 도움 없이 어떻게 진찰실의 문고리를 돌리고 들어올 수 있었을까. 환자들의 예약시간에 맞춰 진찰이 이루어질 수 있도록 일정을 정확하게 관리한 덕분일 수도 있었다. 즉 한 명의 환자가 진찰실을 나가는 동시에 한 명의 환자가 진찰실로 들어온다면, 양팔이 없는 남자의 출입도 가능하다.

"좋소. 오늘은 시간이 많지 않으니까 용건만 간단히 이야기합시다. 그리고 진료 도중이라도 세시에 예약한 환자가 나타난다면 어쩔 수 없이 진료를 멈출 것이오."

사내는 마치 고국으로 돌아가는 마지막 수송선에 오른 군인처럼 기뻐했다. 어쩌면 그는 양팔과 귀국 명령서를 바꾸었는지도 모르겠다.

"어디가 아파서 날 찾아오셨소?"

닥터 블랙먼은 자칫 사내를 자괴감 속에 빠뜨릴 수 있는 자신의 동정심을 들키지 않기 위해 시선을 책상 위에 고정시킨 채 건조한 어투로 물었다. 때때로 의사는 환자와 같은 병약한 인간이 아니라 환자의 목숨을 걸고 신과 내기를 즐길 수 있는 반신반인처럼 행동해야 한다. 그러지 않으면 인간이 인간을 치유하는 건 결코 불가능한데, 치유의 첫번째 단계는 환자가 의사를 완전히 신뢰하는 것이다.

"휴대전화를 잃어버렸습니다."

하지만 닥터 블랙먼은 이미 인내심을 회복한 뒤였다.

"어디서 잃어버렸는데 날 찾아오신 거요?"

양팔이 없는 사내가 정말로 휴대전화를 지니고 있었을까. 닥터 블랙먼은 잠시 의심했다가, 설령 그걸 지니고 있었던들 어떻게 사용했을지 상상해보았다. 양팔과 함께 휴대전화를 동시에 잃어버리는 끔찍한 사고를 겪은 뒤로 시공간은 물론이거니와 세계와 자신의 경계가 뒤섞이면서 양팔 대신 휴대전화를 찾아 헤매고 있는 것은 아닐까 상상하니 머리카락들 사이로 수만 볼트의 전기가 흘러가고 소름이 돋았다.

"설마 내가 가져가기라도 했다고 말하는 거요? 아니면 여기서 잃어버렸다는 거요?"

닥터 블랙먼은 사내와 벽시계를 번갈아 보았다. 다행히 사내도 그 행동의 의미를 알고 있었다. 만약 그에게 단 하나의 팔이라도 온전히 달려 있었더라면 그는 곧장 벽시계 쪽으로 다가가 그걸 벽에서 떼어내어 바닥에 던졌을지도 모른다. 아니면 주머니 속에서 권총을 꺼내 상대를 쏘고 난 뒤 자신의 머리에도 총알 하나를 박아넣을 수도 있었다. 양팔이 없는 환자는 적어도 위험하지 않다는 사실을 닥터 블랙먼은 새삼 깨달았다.

하지만 사내는 네시가 되어서야 돌아갔고 다음주 화요일 네시에 다시 찾아오기로 약속했다. 닥터 블랙먼은 환자들의 방해 없이 사내의 이야기를 듣고 싶어서 일부러 마지막 예약시간에 그를 배정했다. 닥터 블랙먼에겐 내일 오후도 가능했지만 사내의 개인 사

정 때문에 약속을 앞당길 수는 없었다. 오후 세시에 진료를 예약했던 환자는 네시가 다 되어서야 비로소 나타났고 아내와의 약속시간에 맞추려면 우선 사내부터 진찰실에서 내보내야 했던 것이다. 여자 환자는 열두시부터 외출 준비를 했으나 세시가 넘을 때까지도 자신의 모습에 만족할 수 없어서 집을 나서지 못했다고 말했다. 결국 진정제 한 알을 삼킨 다음 집을 나섰는데 약기운에 취해 운전 도중 하마터면 큰 사고를 일으킬 뻔했단다. 결국 견인차를 불러 자동차를 집에 가져다 놓고 택시를 타고 오는 바람에 약속시간에 늦었다고. 닥터 블랙먼은 그녀에게 각성제를 처방하고 병원 밖에서 이십 분째 그녀를 기다리고 있던 택시에 그녀가 다시 오르는 모습까지 지켜본 뒤 급히 병원 문을 닫고 스프링필드 시내의 쇼핑몰을 향해 전속력으로 자동차를 몰았다. 하지만 러시아워의 차량들 사이에 갇히는 바람에 식당에 도착했을 땐 예약시간보다 한 시간이나 늦었고 결국 아내의 기분을 망치고 말았다. 굴욕감을 누르지 못하고 집으로 곧장 돌아가려는 아내를 간신히 자리에 앉히고, 주문한 훈제 연어 요리와 프랑스식 돼지 넓적다리 요리가 식탁에 올라오길 기다리면서 닥터 블랙먼은 양팔이 공기로 된 사내에 대해 이야기했다.

사내는 퇴근길에 자동차 사고를 당했다. 그의 일생은 이라크나 팔레스타인과는 아무런 관계가 없었다. 이틀에 걸친 수술 끝에 양팔을 제외한 모든 신체를 살려낼 수 있었지만 끝내 기억은 되살릴 수 없었다. 신분증과 소지품은 사고 직후 완전히 사라졌다. 그는 국가의 보조금을 받아 임시 거처에 머물면서 일 년째 사고 지점 주변을 떠나지 못하고 있었다. 그곳은 닥터 블랙먼의 병원으로부터 채 삼백여 미터도 떨어져 있지 않았다.

그런데 언제부터인가 사내의 주위에서 휴대전화 벨소리가 들려오기 시작했다. 처음에는 주위에 있는 사람들의 주머니 속에서 들리는 것인 줄 알았다. 하지만 혼자 있을 때에도 그것은 들렸다. 처음엔 하루에 한 번 정도 들려오던 것이 밤낮으로 한두 번씩 들리더니 나중엔 오 분이 멀다 하고 들려왔다. 밤에는 벨소리 대신 진동이 밀려왔다. 그러면 양팔을 잃었다는 사실도 잊고 어둠 속에서 휴대전화를 찾기 위해 침대 주위를 발끝으로 샅샅이 더듬곤 했단다. 사내는 불의의 사고로 사지가 잘려나간 사람들에게서 자신과 비슷한 증상이 나타난다는 사실을 알게 되었다. 의사들은 그런 증상을 두고 환지통 또는 환상지통, 환각지통이라 부른다. 팔다리가 사라진 자리에 통증은 계속 남아서 산 자를 괴롭히는 것이다.

하지만 사내의 경우는 달랐다. 사내는 통증을 느끼는 게 아니라 제 신체 가까이에서, 어쩌면 팔을 뻗으면 닿을 수 있을 만큼의 공간 안에서, 휴대전화의 벨소리를 감지하는 것이다. 마치 잊어버린 세상으로부터 누군가 끊임없이 자신과 통화하려고 시도하고 있다는 듯이. 그래서 그는 수술 도중 의사나 간호사가 실수로 전화기를 자신의 몸속에 집어넣은 채 봉합한 게 아닐까 추측하고 몇 차례 엑스레이를 촬영해보았지만 아무것도 발견되지 않았다. 휴대전화가 숨어 있을 곳이 흉부가 아니라 두개골 속이라고 지목한 의사들은 값비싼 단층촬영을 시도하고도 그것을 찾아내지 못했다.

아무런 성과도 없이 퇴원한 뒤에도 사내는 여전히 휴대전화의 벨소리와 진동을 감지한다. 벨소리는 가끔 달라지는데, 저장된 전화번호들을 몇 개의 그룹으로 묶어 서로 다른 벨소리가 울리게 하는 기능이 휴대전화 속에 내재되어 있다는 걸 그는 알고 있다. 그러니 사내의 행방을 찾기 위해 적어도 세 그룹 이상이 그에게 일 년 동안 꾸준히 전화를 걸어오고 있는 것이다. 배터리 충전 없이 휴대전화가 일 년 동안 작동할 수 있다는 사실은, 수은전지를 갈거나 태엽을 감지 않고서도 그저 손목에 차고 흔들기만 하면 저절로 충전이 된다는 손목시계에 대한 이야기를 듣고 난 뒤부터 이해할 수 있게 되었다. 하지만 벨소리가 언제 멈출지 몰라 사내는 몹시 불안하다. 벨소리가 멈추면 그는 더이상 자신의 기억을 되찾을 수 없을 것이기 때문이다.

"그래서 나는 그 사내에게 신경안정제를 처방했지. 그러면 적어도 세 시간 동안은 휴대전화 소리와 진동은 사라질 수 있겠지."

닥터 블랙먼은 돼지 넓적다리에서 살들을 발라 아내의 접시 위에 놓아주면서 말했다. 아내는 너무 오랫동안 남편으로부터 괴이한 환자들에 대한 이야기를 들어오고 있었기 때문에 사내에 대해 특별한 흥미를 보이지 않았다. 게다가 결혼기념일 저녁식사만큼은 어느 환자의 괴이한 사연 때문에 방해받고 싶지 않았다. 병원으로부터 자동차로 이틀 정도는 쉬지 않고 달려야 겨우 도달할 수 있는 식당을 예약하지 못한 게 후회되었다. 그랬더라면 남편은 마치 단기 기억상실증 환자처럼 기괴한 환자들의 이야기를 까맣게 잊을 수 있었을 텐데. 그러다가 문득 아내가 남편에게 물었다.

"이번 주말에 코네티컷 강에서 야영하자던 샐리 부부의 문자 메시지에 답신을 보냈겠죠?"

"아니, 그런 문자 메시지를 받은 적이 없는데."

그러자 닥터 블랙먼의 아내는 낮은 목소리로 중얼거렸다.

"당신의 문제는 양팔이 멀쩡하게 붙어 있는데도 휴대전화를 늘 양팔이 닿지 않는 곳에다가 처박아두고 다닌다는 것이죠. 이 음식들도 벌써 신물이 나네요."

그러면서 닥터 블랙먼의 아내는 자신 앞에 놓인 접시를 남편 쪽으로 슬그머니 밀어내었다.

"휴대전화 환청·진동 착각 '나만 그런 줄 알았더니'"(아시아경제, 2012. 9. 13.)

소문

어쩔 수 없었어요. 그 전쟁은 적어도 우리의 잘못은 아니죠. 당신이 권력의 빈자리를 놓고 이웃나라 사내들과 싸우는 동안 저는 당신의 빈자리를 놓고 이웃집 사내들과 싸워야 했던 거죠. 당신도 아시잖아요, 세상의 모든 사내들이 저 같은 여자를 돕지 못해 안달이 나 있다는 사실을? 그들은 자신이 얼마나 친절한 사내이며 제가 얼마나 연약한 여자인지, 그래서 자신의 도움이 저의 생존에 절대적이라는 걸 늘 증명해 보이고 싶어하죠. 그리고 당신이 그 흉흉한 소문 때문에 제 정숙함을 의심하는 것도 충분히 이해할 수 있어요. 하지만 소문을 퍼뜨린 장본인은 바로 저랍니다. 전 어떻게든 당신을 기다려야 했으니까.

그래서 전 어느 날 이 동네에서 가장 음탕하다고 소문난 유부남 한 명을 집으로 초대했어요. 그리고 멋진 저녁과 술을 대접하면서 그를 유혹했죠. 자신이 온전히 누리게 될 희열에 대한 기대감으로 그는 평상심을 잃고 들떠서 제가 잔을 채우는 대로 단숨에 마셔댔죠. 그러고는 미처 침대까지 걸어가지 못할 정도로 너무 취해서 응접실 바닥에 쓰러져 잠이 들었어요. 그를 침대까지 옮기고 옷을 벗기느라 밤의 대부분이 흘러갔지요. 그가 깨어나는 순간을 놓치지 않기 위해 저는 침대에 걸터앉아서 허벅지를 꼬집으며 잠과 싸워야 했어요.

아침이 되어 그가 선잠으로 뒤척일 때쯤 저는 잠옷만을 걸친 채 슬쩍 그의 옆자리에 누웠지요. 술기운과 잠에서 동시에 깨어난 그는 이불 속에서 저를 발견하고 너무 감격했어요. 저는 지난밤의 격렬한 기억을 떠올리고 부끄러워하는 듯한 연기를 했죠. 그도 자신을 감싸고 있는 불쾌한 두통과 피로가 자신의 잃어버린 기억과 관계가 있을 거라고 생각했고요. 성욕으로 가득 차오른 그를 침대에서 쫓아내기 위해 저는 그에게 아침식사 준비를 맡기면서 볼에 키스를 해주어야 했어요. 매일 아침 집에 들러 자신이 구운 빵을 건네고 가는 친척 언니의 인기척에 놀라 그는 뒷문으로 집을 빠져나갔고 저의 기대에 부응하듯 동네 사내들에게 은밀히 소문을 내기 시작했어요. 저는 그의 허풍을 돕기 위해 술집으로 거짓 정표를 보내기도 했죠.

사내들은 저와의 잠자리를 기대하며 더욱 친절하고 부드러운 방법으로 저를 돕고 보호해주었어요. 그 덕분에 전쟁중인데도 부족한 살림살이 없이 왕후장상보다도 더 안전하게 지낼 수 있었지

요. 하지만 당신이 조금만 더 늦게 도착했더라면 그 소문도 진실을 추궁당하고 말았을 거예요. 사내들은 제 몸속에 쌓이는 욕망을 해결하지 못해서 서서히 부풀어오르고 있었거든요. 집안에서 터지기라도 한다면 전 제가 만든 소문 때문에라도 진짜로 창녀가 되어야 했을 거예요. 하지만 모든 게 신의 뜻대로 잘 끝나게 되어서 얼마나 다행인지 몰라요. 당신의 귀환을 단 한 순간도 의심하지 않았어요.

그런데 왜 제가 정숙함을 지키면서 당신을 기다렸는지 묻지 않는군요. 왜냐하면 전 당신과 진심으로 이혼하고 싶었거든요. 평화가 찾아오고 여자들이 다시 쇼핑을 하려면 돈이 필요한데 이 나라의 사내들이 만들어놓은 법에 따르자면 간통은 위자료 지급 사유에서 제외되니까 하는 수 없이 저는 정숙함을 지켜야 했던 거예요.

사실은 최근에 사랑하는 사람이 생겼거든요. 그리고 당신과의 사랑은 이미 지나가버렸어요. 그렇다고 실망하지 말아요. 전 정말로 당신이 살아 돌아와 날아갈 듯 기쁘니까요.

공쿠르상

공쿠르 아카데미는 주요 일간지에 세번째 광고를 내고 수상자의 커밍아웃을 종용했다. 하지만 영예를 거부한 채 은신한 작가는 신문을 읽지 않는 게 분명했다. 장님이거나, 자신의 주변에 신문을 읽는 사람들마저 없거나, 이웃으로 삼을 만한 사람 하나 없는 곳에서 홀로 살고 있을지도 몰랐다. 프랑스는 물론이고 유럽 사회 전체에 커다란 반향이 일자 작가를 사칭한 자들이 여러 나라에서 등장했다. 그들 중에는 이름만 들어도 그가 쓴 작품의 제목 두어 개가 즉각 떠오를 만큼 유명한 소설가들까지 포함되었는데, 그 어느 누구도 공쿠르상 수상작을 출판한 편집장의 질문에 제대로 대답하지 못했다. 그러자 그들은 호탕하게—또는 겸연쩍게—웃으면서, 자신들은 명예나 금전적 이익을 탐했던 것이 아니라 투명한 의도를 지닌 채 단지 공쿠르상의 권위를 시험해보려 했던 것이라고 항변했다. 그러면서 에밀 아자르 같은 불순한 인물이 다시는 공쿠르 상의 역사에 등장하지 않아야 한다고 목청을 높였다.

공쿠르 아카데미가 고용한 대여섯 명의 탐정들마저도 미궁에서 빠져나오지 못하고, 여타 문학상들의 발전을 위협하기 위해 벌인 비열한 마케팅에 불과하다는 비난이 들끓기 시작할 무렵, 출판사로 한 남자가 찾아왔다. 그는 원고를 발송한 사람만이 알 수 있는 사실들—원고의 상태, 사용한 펜의 종류, 발송일과 발송 장소, 겉봉에 기록된 것들, 그리고 계약서의 내용까지—을 정확히 알고 있었으므로 더이상 시상식을 미룰 필요는 없을 것 같았다. 바늘 같은 스트레스에 만신창이가 되어 있던 편집장은 왜 이제야 나타났느냐고—어떻게 마음을 바꾸게 되었느냐고 묻지 않고—그 남자를 다그쳤다. 사실은 원작자가 너무 아파서 급히 돈이 필요해졌기 때문이라고 남자는 낮은 소리로 대답했다. 편집장의 가슴이 다시 철렁했다. 그리고 출판업자들 사이에서 한때 유행했던 공쿠르상의 저주에 대한 소문을 떠올렸다. 그해 공쿠르상 수상작을 배출한 출판사는 이 년 뒤에 출판사의 존립이 위험해질 정도로 극심한 실패를 경험하게 되며 편집장을 교체해야만 저주에서 해방될 수 있다는 소문이 그것이었다. 그러지 않아도 편집장은 이번 해프닝이 마무리되는 대로 출판사에 휴직계를 내고 한적한 시골로 내려가 반년쯤 요양을 하려는 계획을 세우고 있었다.

그래서 편집장은 일단 그 남자와 원작자 사이의 약속을 존중하여 원작자의 정체를 묻지 않은 채 남자에게 인세의 일부를 현금으로 건네주었다. 남자는 편집장의 우호적인 대응에 감사했다. 하지만 남자의 조심성으로는 편집장이 은밀하게 붙인 추적자를 따돌릴 수 없었는데, 수십 년 전 에밀 아자르라고 추정되는 남자를 찾아 헤매면서 얻은 교훈들은 공쿠르상 심사위원들뿐만 아니라 출판사 편집장들에게도 유용했기 때문이다.

그리하여 출판사의 편집장과 공쿠르상의 심사위원장과 유력 신문의 문화부 기자 한 명과 사진기자가 그 수상한 남자를 사흘 동안 추적하여 파리 외곽의 한 아파트를 급습했을 때—그 수상한 남자는 혹시 있을지도 모를 추적자를 따돌리기 위해 출판사로부터 직선거리로 고작 이십 킬로미터밖에 떨어지지 않은 거리를 버스와 기차를 번갈아 옮겨 타면서 사흘 동안 달렸다. 그 덕분에 추적자들은 하이델베르크와 프라하의 모텔에서 잠을 자야 했다—오층에 위치한 그곳에는 그 남자 이외엔 아무도 없었다. 다급해진 원작자가 탈출하거나 투신자살하는 상황에 대비하여 집 주위에 수 명의 경찰들까지 치밀하게 배치해두었음에도 원작자의 행방은 묘연했으므로 사흘 동안의 추적은 실패로 끝나는 듯했다.

저녁식사를 끝내고 소파에 앉아서 비둘기에게 시럽을 먹이고 있던 남자는 불청객들의 갑작스런 출현에 적이 놀라 들고 있던 물컵을 떨어뜨리고 말았다. 그러나 날개를 심히 다친 비둘기는 날아오르지 못하고 소파의 팔걸이에 앉아서 간신히 중심을 잡았다. 남자는 불청객들의 무례함과 신의 없음을 힐난했다. 하지만 뻔뻔스런 침입자들은 위압적인 기세로, 원작자에 대한 결정적인 증거를 즉시 제시하지 못한다면 타인의 이익을 편취한 혐의로 체포될 수 있다고 남자를 협박했다. 불리한 처지를 간파한 남자는 소파의 팔걸이 위에 앉아 있는 비둘기를 손가락으로 가리키면서 그가—혹은 그것이—바로 당신들이 그토록 찾아 헤매던 원작자라고 진술했다.

놀라는 자들보단 웃는 자들이 더 많았다. 그 비둘기가 어떤 발로 펜을 잡느냐고 사진기자가 웃는 얼굴로 물었다. 원고지에 글을 채워넣는 게 자신의 역할이라고 남자가 말했다. 문화부 기자는 비둘기의 두뇌나 발성기관은 결코 본능 이외의 욕망을 표현할 수 없다고 주장했다. 공쿠르상의 권위를 모독하는 것은 프랑스 전체를 부정하는 행위라고 생각하는 심사위원장은 심사위원들이 수상작 한 편을 골라내기 위해 매년 얼마나 많은 책들을 읽고 얼마나 치열하게 토론하는지 간략하게라도 설명하고 싶은 충동에 사로잡혔다. 남자는 마치 명령을 기다리는 군인처럼 침묵 속에서 비둘기만 초초하게 바라보았을 뿐이고, 그의 시선을 좇아 자세히 쳐다보니 비둘기의 부리가 오른쪽으로 휘움한 걸 알게 되었다.

그것이 갑자기 소파의 가죽을 쪼기 시작하자 남자는 식탁 위에 놓여 있던 쇠쟁반 하나를 가져왔다. 그러고는 비둘기와 함께 그것을 창가에 올려놓으면서, 저 비둘기가 올해의 공쿠르상을 수상하는 데 조금의 부족함도 없을 만큼 유능한 능력을 지닌 작가라는 사실을 증명해 보이겠다고 말했다. 그러니까 비둘기의 휘움한 부리는 오랜 세월 펜을 쥐고 있느라 굳은살이 박인 작가의 손가락과

mont
n'inspire
que
aucune
et,
moins
Il
même
pitié,

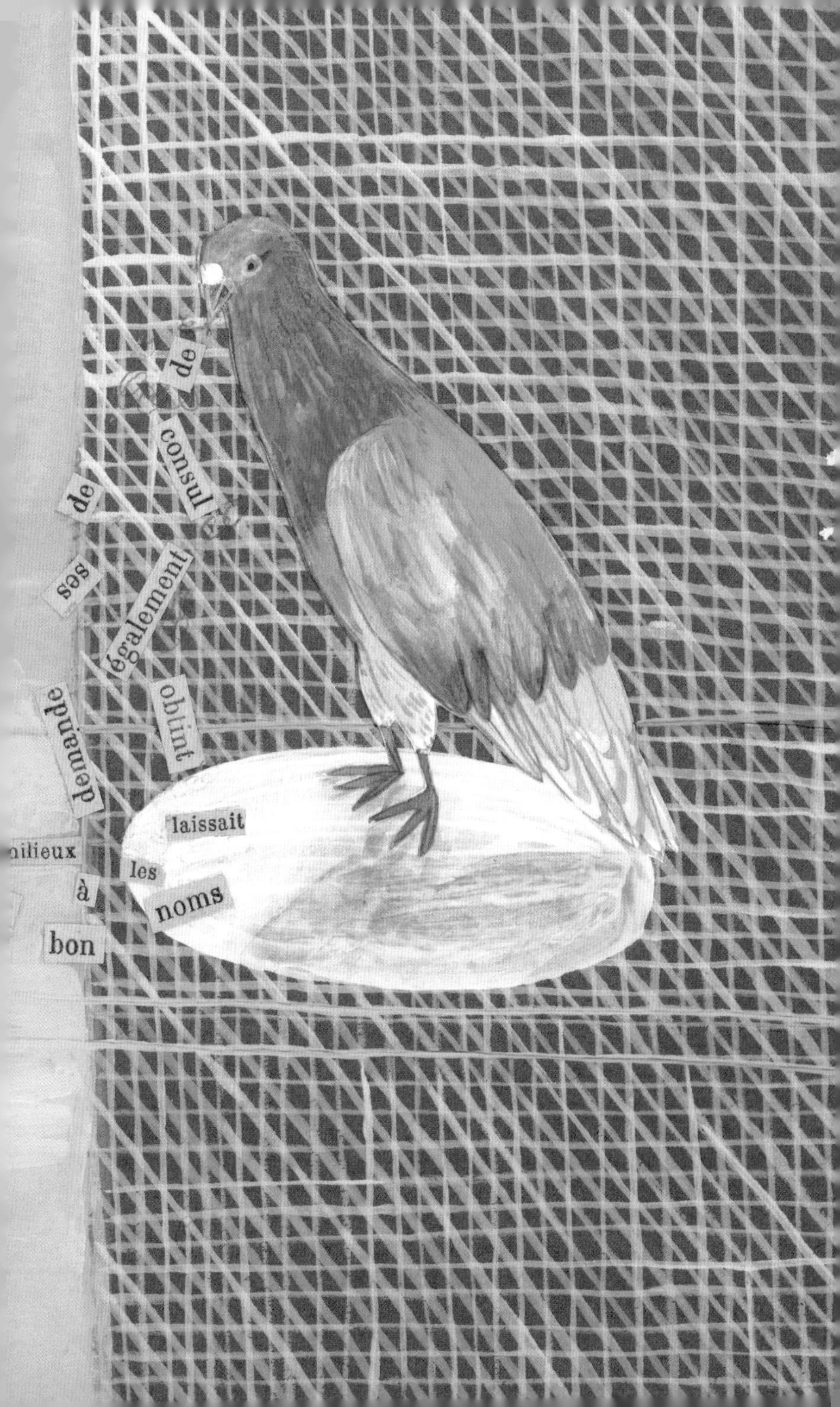
de
consul
de
ses
également
obtint
demande
laissait
ilieux
les
à
noms
bon

같다고 그는 주장했다. 그리고 비둘기 작가가 이야기를 시작할 때까지 침묵해달라고 침입자들에게 요구했다. 사색에 잠긴 듯 한참 동안 쇠쟁반 위를 걷던 비둘기는 마침내 일정한 리듬을 가지고 부리로 쟁반을 쪼아대기 시작했고 남자는 그걸 인간의 언어로 옮겨 말했다.

"나는 마케도니아 출신의 소설가 토메 파코프스키가 작년에 발표한 소설에 공쿠르상을 수여하지 않은 것은 매우 잘못되었다고 생각한다. 그리고 집밖에 서성거리고 있는 장 파울이라는 경찰이 내일 저녁 아내와 함께 홍합 요리를 먹으려는 식당은 파리에서 가장 형편없는 곳 중의 하나라는 생각에도 여전히 변함이 없다."

창가로 몰려든 사람들의 작은 소란 때문에 비둘기 작가는 잠시 이야기를 멈추어야 했다. 그러고는 다시 부리로 쟁반을 맹렬하게 쪼아대기 시작했다. 오른쪽 날개의 부들기에서 피가 배어나오고 있었다. 남자는 침입자들 앞에서 그걸 읽었다.

"오늘 마침내 공쿠르상의 위엄을 확인했네. 이 정도의 진정성이라면 적어도 저 심사위원들이 살아 있는 동안만큼은 인간에게 잠시 영혼이란 게 깃들 수도 있다는 사실을 믿어도 되겠어. 하지만 『조하르』라는 작품을 쓴 작가가 비둘기처럼 생겼고 부리로 쇠쟁반을 두들겨서 글을 썼다는 사실을 이해하려면 인간에겐 아직도 시간이 필요하겠지. 게다가 내가 저 금발의 사진기자에게 느끼기 시작한 성욕을 그가 어떻게 받아들일 수 있겠어? 그래서 난 공쿠르상을 정중하게 거절했던 것일세. 하지만 결국 그 빌어먹을 상이

나의 일상을 완전히 망쳐놓고 말았군. 이제 평범한 비둘기로 살아가는 수밖에. 즐거웠네. 그리고 감사했네. 저자들이 보관하고 있을 상금과 인세는 이제 모두 나의 유일한 친구이자 법적 대리인인 자네의 것이라네."

그리고 비둘기 작가는 오른쪽 날개를 거의 사용하지 않고 건물 오층으로부터 활강해서 날아갔다. 창가로 다시 몰려간 침입자들은 비둘기를 눈으로 좇으며 긴 탄식을 흘렸다. 심사위원장은 그것이 거울을 이용한 남자의 속임수에 불과하다고 말했다. 하지만 편집장은 육필 원고에 서명처럼 찍혀 있던 비둘기 발자국을 기억해내고 심사위원장에게 귀띔해주었다. 자정이 되어서야 귀가한 심사위원장은 다음날 오후 심사위원 전원을 어느 식당으로 불러 밤늦게까지 회의를 주관했다. 그리고 다음날 오후 기자들 앞에서 짧은 성명을 발표했다.

"공쿠르 아카데미는 한 작가가 아니라 한 권의 책에 투표한 것이다. 탄생과 죽음이 그렇듯, 한 권의 책이 인간의 영혼에 깊은 감동을 준 이상, 공쿠르상은 수락하거나 거절할 수도 없는 것이다. 은둔한 수상자가 언제든 나타난다면 상패와 상금을 지급할 것이며 책에 대한 모든 권리는 그에게 있다."

그러나 수상작 선정 기준에 대해 새로 성문화한 조항 하나는 말하지 않았다.

"단, 인간이 쓴 작품일 것."

오디션

그녀가 예선 참가 신청서를 제출할 때까지만 하더라도 주위 사람들은 그저 손가락질이나 받지 않고 무대를 내려오는 것만으로도 만족해야 한다고 생각했다. 하지만 그녀는 예선을 일등으로 통과했을 뿐만 아니라 본선 무대에서도 비범한 실력을 발휘하여 이등으로 입상했다. 고작해야 은도금된 메달과 농협 상품권 오십만 원이 전부였지만 텔레비전에서 그녀의 모습을 본 사람들이라면 누구라도 그녀가 진정한 우승자라는 사실을 인정하지 않을 수 없었다. 그러나 일흔이라는 나이가 무색할 정도로 목소리가 우렁차고 발음이 정확할 뿐만 아니라 숨이 길어서 〈수궁가〉 한 대목을 명창 빰치도록 불러젖힌 할머니에게 우승의 영광을 건네주는 것은 심사위원들의 당연한 임무였다. 그리고 그것은 노인의 일생을 위로하는 동양적인 방법인지도 몰랐다. 하지만 관객들은 시종일관 너무 천박하거나 너무 고상하지 않으면서도 적당히 뇌쇄적인 자태로 녹화에 임한 그녀에게 열광했고 방송 직후 인터넷 공간으로 흘러들어간 그녀의 사진 한 장은 중소 연예기획사들의 호기심을 자극했다. 나중에 그녀의 일거수일투족은 지나치게 상업적이고 경박하다는 비난을 받게 된다. 상업적이라니. 상업적이지 않고서 어찌 텔레비전에 등장할 수 있단 말인가.

박사장은 '전국 노래자랑'이 방송되던 일요일 정오에 결혼식장에 있었다. 자신이 살고 있는 Y시의 공설운동장 야외무대에서 지난 화요일에 그 프로그램을 녹화했다는 이야기를 듣긴 했지만 크게 관심을 두지 않았다. 그는 그 떠돌이 악단이 수십 년째 진행하고 있는 프로그램의 시청률이 일주일 동안 공중파로 방송되는 모든 음악 프로그램들 중에서 가장 높다는 사실을 알지도 못한데다가 이해할 수도 없는 사람이었다. 연예기획사들에 의해 기획된 신인 가수들이 중앙 무대에 데뷔하기에 앞서 그 무대에 올라가려고 순서를 기다리고 있다든지, 가수가 되는 게 꿈인 사람들이 고작 이 분여 동안의 출연을 위해 녹화 한 달 전에 그 도시로 전입신고까지 한다는 이야기도 듣지 못했다. 피로연에서 마신 술에 불콰하게 취한 그는 목욕탕에 들러 낮잠을 자고 여덟시가 넘어서야 노래방 셔터를 올렸다.

전당포 정씨가 제일 먼저 그녀의 입상 소식을 듣고 친구들과 함께 찾아와서는 박사장에게 그녀를 불러줄 것을 요구했다. 정씨는 친구들에게 그녀를 자신의 애인이라고 소개했지만 정작 그녀가 자신을 베니스의 유대인 고리대금업자보다도 더 혐오하고 있다는 사실은 알지 못했다. 박사장은 놀라운 사건에 대해 더 자세히 묻고 난 뒤에 그녀에게 전화를 걸었다. 그녀는 급한 집안일이 생겨서 오늘은 일을 할 수 없다고 심드렁하게 대답했다. 그러자 박사장은 장사꾼의 예민한 직감을 발휘하여 그녀가 숨긴 뜻을 간파할 수 있었다.

'유명세를 타기도 전에 몸값부터 올릴 작정이로군. 하지만 이 작은 도시에는 그렇게 한물간 음악 프로그램을 챙겨 보는 사람들이 많지 않을 거야. 게다가 다들 늙어서 사람을 제대로 알아볼 수도 없지. 내가 누구야? 마음만 먹으면 얼마든지 그런 여자들의 운명에 개입할 수도 있어. 그년은 사람을 잘못 봐도 한참 잘못 본 거야.'

하지만 좀더 깊이 생각해보면 협상을 유리하게 이끌어갈 카드는 박사장이 지니고 있었다. 왜냐하면 한 가정의 아내이자 두 자녀의 어머니인 그녀는 자신의 아킬레스건과도 같은 신상 정보를 박사장에게 알려주었기 때문에 그가 만약 한 달간의 영업정지와 오백만원의 벌금만을 각오한 채 영업을 강행한다면 그녀는 자신의 일상을 보호하기 위해서라도 그의 제안을 거부할 수 없을 것이기 때문이었다. 그러니 자신의 불리한 처지를 충분히 이해하고 있는 그녀가 전화로 그렇게 말했다면 일단 사실로 믿어도 될 것 같았다. 아내이자 어머니이자 며느리가 텔레비전에 나와 큰 상을 탔으니 일요일 저녁 밥상 주위에 모인 가족들끼리라도 축하해야 하지 않겠는가. 그래서 박사장은 전당포 정씨의 실망 어린 표정을 짐짓 모른 척하면서 다른 여자 둘을 들여보내는 대신 마른안주와 이십 분의 추가 시간을 공짜로 제공했다.

다음날부터 그녀는 박사장의 전화를 받지 않았다. 지금 거신 번호는 없는 국번이오니 확인하신 뒤에 다시 걸어달라는 응답만이 반복해서 들려왔다. 그래도 노래방에서 그녀와 친했던 여자들로부터 그녀의 근황을 들을 수 있었는데, 방송을 지켜본 연예기획사들이 그녀를 찾아와 전속 계약을 제안했다는 뉴스도 포함되어 있었다.

"하지만 그렇게 도덕적으로 문제가 많은 여자가 연예인이 될 수 있는 건가?"

그녀가 직접 들었다면 치욕을 느낄 만한 발언이었지만 정작 박사장은 자신이 무슨 이야기를 내뱉었는지 깨닫지 못했다. 그러자 울컥한 그녀의 동료들이 일제히 칼처럼 날 선 목소리를 그의 턱밑에 쑤셔넣기 시작했다.

"쳇, 별걱정 다 하셔. 이런 곳에서 일한다고 우리가 꿈도 없는 줄 아시나? 도덕이라고요? 우리가 몸을 팔기라도 했나요? 그저 무감한 노래방 기기처럼 손님들의 노래를 따라 불러주었을 뿐이라고요. 그리고 그 도덕이란 게 도대체 누구를 위한 것이죠? 남자들은 이런 곳에서 처음 만난 여자들이 도덕적으로 타락하길 기대하면서도 정작 자신의 아내나 딸은 정숙하기를 바랄 만큼 하나같이 위선적이지. 쥐꼬리만큼 적은 월급을 받는 게 미안하거든 그것이라도 온전히 마누라한테 가져다주면 될 텐데, 왜 처자식 생각은 까맣게 잊어버리고 이런 곳에서 펑펑 쓰냔 말이야? 그러니까 우리 같은 여자들이 남편이나 아이들 속이고 이런 곳에 나와서 반찬값이라도 벌어야 하는 수밖에."

"언니 말이 백번 맞아. 그리고 요즈음이 어느 세상인데 구더기 무서워 장을 못 담근다는 거예요? 연예기획사에서 소영이를 영입하기로 결정했다면 박사장님과의 협상쯤은 간단히 해치울 자신이 있겠지요. 소문엔 연예기획사마다 왕년에 주먹깨나 썼던 해결사들이 포진해 있다고 하던데. 굳이 나이트클럽 밤무대에 서지 않아도 전국의 각종 이벤트나 축제를 쫓아다니기만 해도 지금보다 훨씬 많은 돈을 벌 수 있을 거예요."

"정 안 되면 문화센터 같은 곳에서 아줌마들을 상대로 노래를 가르쳐도 될 거야. 우리들처럼 노래방에서 일하고 싶어하는 주부들도 많을 테니까."

한 여자의 극적인 탈출기가 그곳의 여자들에게 용기를 준 게 분명했다. 그리고 그것은 박사장의 권위가 심각하게 훼손되었다는 뜻이기도 했다. 그는 가능한 한 평정심을 유지하면서 그녀들 중 가장 나이가 많은 미세스 최를 향해 말했다.

"그 오랜 세월을 함께 지내는 동안 미세스 최가 이토록 유식하고 달변인지는 오늘 처음 알았는걸? 하지만 적어도 나의 소중한 손님들 앞에서는 오늘처럼 알은체하지 않는 게 좋아. 남자들은 예쁜 아가씨들의 생각을 몹시 불쾌하게 여기니까."

"그럼 저도 곧 이곳을 떠나야 할 것 같네요. 쳇, 설마 여기 말고

갈 데가 없을라고."

짝.

박사장이 지켜내려고 했던 도덕이란 고작 상대의 뺨을 때려서라도 자신에게 항의하는 자들의 분노를 짓누르는 것이었다. 고삐 풀린 말처럼 노래방을 뛰쳐나간 미세스 최는 이십 분 만에 경찰들을 데리고 돌아왔고 그의 노래방에는 음악산업 진흥에 관한 법률을 위반했다는 이유로 한 달간의 영업정지 처분이 내려졌다. 술을 팔거나 접대부를 고용해서는 안 된다는 조항들이 음악산업 진흥에 어떤 영향을 미치는지 이해하기도 힘들었거니와 그저 무감한 노래방 기기처럼 노래만 따라 불렀다는 미세스 최가 자신을 접대부로 전락시키면서까지 박사장의 파멸을 희망했다고 하니 기가 막힐 노릇이었다. 그는 미세스 최의 남편과 막역한 사이가 아니던가. 우연히 그와 백주의 길거리에서 만날 때마다 박사장은 아내의 안부를 형식적으로 묻곤 했는데, 자칫 말실수라도 할까 걱정되어 서둘러 자리를 피했을 뿐만 아니라 집으로의 초대를 거절할 핑계를 급히 둘러대느라 진땀을 뺀 적도 많았다. 그런 사실을 전혀 알 리 없는 미세스 최는 자신에게 배은망덕한 짓을 저질렀고 박사장의 인내심도 이미 한계에 이르렀다.

영업정지 기간에도 호객꾼을 가게 앞에 배치하고 실내의 불빛이 새어나가지 않도록 암막 커튼을 둘러친 채 노래방 영업을 계속했지만 단골들의 발길마저 끊어지자 박사장은 마침내 자제력을 잃고 말았다. 정당한 복수가 박사장의 도덕이다. 어쩌면 잘된 일인지도 모르겠다. 미세스 최를 본보기로 삼아 정의를 세우고 나면 소문을 전해 들은 이소영도 잔뜩 겁을 집어먹고 먼저 연락해 올 것이라고 생각했다. 그러면 박사장은 이소영과 모텔에서 하룻밤을 보내면서 비밀을 폐기하는 데 필요한 대가를 두고 협상을 벌일 것이다.

박사장은 우선 미세스 최를 만나 담판을 지으려고 했다. 하지만 미세스 최가 자신에게 알려주었던 신상 정보는 모두 거짓이었다. 그래서 박사장은 미세스 최의 남편이 자주 나타나는 길거리의 초입에서 며칠 동안 기다린 끝에 어렵사리 그를 만날 수 있었다. 그동안 번번이 저녁 약속을 거절했던 것을 사과하면서 그를 가까운 식당으로 데려갔다. 그리고 서먹한 분위기를 맥주로 누그러뜨리면서 기회를 살폈다. 분위기가 무르익을 무렵 박사장은 전화를 걸어 전당포 정씨를 불러냈다. 정씨에겐 그저 알고 지내는 좋은 후배로 미세스 최의 남편을 소개했다. 그러고는 짐짓 많이 취한 척 연기하면서 정씨가 자신의 애인과도 같은 미세스 최에 대해 이야기하도록 유도했다. 미세스 최의 남편은 박사장의 노래방에서 돈벌이를 하고 있는 여자들에 대해 전혀 알지 못했다. 그리고 박사장이 나중에 자신의 노래방에 한번 들르면 공짜로 대접하겠다고 말했을 때 미세스 최의 남편은 귀까지 붉혔다. 박사장의 의도대로 전당포 정씨는 미세스 최와의 음란한 관계에 대해 가감 없이 이야기했다. 하지만 미세스 최의 남편은 아내의 정조를 전혀 의심하지 못했다. 결국 참다못한 박사장이 미세스 최의 은밀한 직업에 대해 그녀의 남편에게 폭로하면서 그녀 때문에 자신이 입게 된 금전적 손해의 배상을 요구했다. 그제야 그 술자리의 목적을 알아차린 전당포 정씨는 미세스 최의 남편에게 오뉴월 개처럼 두들겨맞지 않기 위해 점퍼를 자리에 벗어둔 채 줄행랑을 치고 말았다. 만약 미세스 최의 남편이 자신에게 주먹이나 발부리를 날려온다면 박사장은 그것을 피하지 않고 몸 전체로 수용한 뒤 기꺼이 바닥에 쓰러져서는 만족스러운 수준의 합의금을 받아내기 전까진 절대로 일어나지 않겠다고 다짐했다. 하지만 미세스 최의 남편은 조금의 미동도 하지 않았을 뿐만 아니라 박사장의 이야기를 여전히 이해하지 못하겠다는 표정을 한참 동안 지어 보였다. 그러더니 지갑 속에서 사진 한 장을 꺼내면서 말하길, 자신은 매일 아침 일곱시부터 저녁 열시까지 읍내의 과일가게에서 아내와 함께 일을 하고 있기 때문에 아내 혼자서 외출하는 일은 거의 없다는 게 아닌가. 박사장은 그 사진 속의 여자를 자세히 뜯어보았지만 그녀를 미세스 최라고 단정지을 만한 유사점을 전혀 발견할 수 없었다. 도대체 미세스 최는 이렇게 완벽한 거짓말을 어디에서 배운 것일까. 어쩌면 세상의 모든 곳에서 흘러들어오는 영화들이 그녀의 스승일지도 모른다. 그녀의 유일한 취미가 영화 감상이라고 들었던 것 같다.

그럼 이소영씨는 어떨까? 물론 그녀에 대해 알고 있던 정보들 역시 모두 거짓이었다. 그래서 그녀의 스승이 필경 미세스 최였다는 생각을 떨쳐버릴 수 없었다. 박사장은 허탈함과 함께 두려움을 느꼈다. 세상에 진실이라는 것은 정말로 존재하는 것일까? 그리고 겨우 존재하는 진실조차 얼마나 많은 거짓들 위에 겨우 서 있는 것일까? 어쩌면 진실과 거짓을 구별하는 행동은 동전의 양면을 분할하려는 시도만큼이나 어리석은 행동일지도 모른다. 불필요한 진실과 미필적 거짓의 가치는 똑같기 때문이다. 영업정지 기간이 거의 끝나갈 무렵 박사장은 인간의 위선은 거짓에서 나오는 게 아니라 진실에서 나오는 것이라고 확신하게 되었다.

그래도 그는 마지막으로 확인하고 싶은 게 있었다. 그래서 인터넷 사이트를 통해 한 달 전 방송된 '전국 노래자랑'을 보았다. 그리고 분명 그 속에서 이소영씨를 확인했다. 그러고 나자 비로소 그는 무감한 노래방 기기처럼 손님들의 노래를 따라 부르면서 자신의 꿈을 단련시키고 있는 사람들이 있다는 사실을 인정하지 않을 수 없었다. 가령 이소영씨야말로 가수의 꿈을 실현하기 위해 '전국 노래자랑'이 열리기 몇 달 전에 Y시로 전입신고를 한 뒤 노래 연습을 하기 위해 자신의 가게를 찾아왔을 수도 있다. 돈까지 받아가면서 노래를 부를 수 있다는데 그녀가 거부할 리 없지 않았을까.

일 년 뒤 박사장은 자신의 노래방 셔터에 붙어 있는 한 장의 포스터를 보았다. 그리고 그날은 가게문을 열지 않았다. 대신 그는 결혼식 같은 중요한 자리에서만 입는 양복을 꺼내 입고 일찌감치 극장식 나이트클럽으로 들어갔다. 무대 바로 앞에 앉아서 그는 초조하게 이소영씨—이제는 '다이안 리'라는 예명을 쓰고 있었다—가 나타나기를 기다리면서 맥주 네 병을 비웠다. 그리고 그녀가 노래를 시작하자 자리에서 일어나 춤을 추었다. 관객들은 그

별책 스토리북
글 김솔 | 그림 박순용
망상, 語

반야심경 般若心經

육 년 동안의 수련 끝에 남자는 마침내 한 톨의 쌀 위에 『반야심경』 260자를 새겨넣는 데 성공했다. 그것은 새로운 기네스 세계 기록이었다. 그는 세상에 이 소식을 빨리 알리고 싶어서 지인들을 자신의 오두막으로 초대했다. 그러고는 아내에게 손님 접대를 소홀히 하지 말라고 신신당부했다. 궁핍한 살림살이에도 아내는 먼길을 오느라 허기 진 사람들을 위해 산에선 귀한 돼지고기 수육을 밥상에 올렸다. 초대의 목적이 궁금해진 손님들은 밥상 앞에 둘러앉아, 한때 서울의 화랑가에서 나무 조각가로서 명성을 날리다가 갑자기 잠적해버린 남자가 최근에 완성했다는 작품이 등장하기를 조용히 기다렸다. 그때 작업실로 들어간 남자가 부엌의 아내에게 다급히 소리쳤다.

"도대체 여깄던 쌀을 어찌한 거요?"

아내가 심드렁하게 말했다.

"손님들 식사를 준비하는 데 모두 썼지요."

남자는 놀라 말을 더듬기까지 했다.

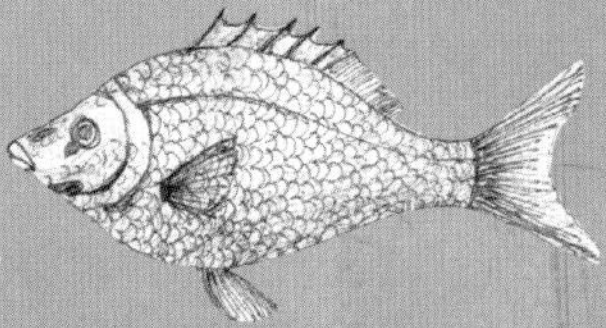

"아, 아니, 작업 상, 상자 속에 넣어둔 쌀 한 톨까지 모, 모두 긁어 썼단 말이오?"

아내는 하던 일을 멈추지 않고 말했다.

"농부는 단 한 톨의 쌀도 낭비하지 않는 법이에요. 게다가 우린 가난하잖아요."

남자는 숨이 멎을 지경에 이르렀다.

"당신, 도대체 내가 이곳에서 그동안 무슨 일을 했는지 알고 있는 거요?"

아내는 물러서지 않고 맞섰다.

"당연히 모르죠. 그리고 지금도 알고 싶지 않아요. 그 일에 대한 당신의 헛된 욕심 때문에 우리가 지금 이렇게 불행해졌으니까요. 그리고 오늘로써 우리의 지난한 결혼생활도 막을 내린다는 사실까지 알아주면 좋겠어요. 당신의 손님들에게 작별 인사를 하지 못해 유감이네요."

의 취기가 공연을 망치고 있다고 생각했지만 이소영씨만큼은 그의 목적을 정확히 알아차렸다. 그래서 그녀는 노래를 마치고 무대를 떠나기 전에 이렇게 말했다.

"사람들은 누구나 바닥을 딛고 일어나는 것이지 하늘을 붙잡고 일어나는 건 아니죠."

병아리

이유야 어찌되었든, 병아리를 키우는 건 아주 즐거운 일이 될 거예요.

전 병아리는커녕 개나 고양이 같은 애완동물을 키워본 적이 없어요.

그것들은 일주일 내에 굶어 죽고 말 게 분명해. 아니면 닭 우는 소리나 닭똥 냄새를 더이상 참지 못하게 된 이웃들에게 우린 살해당하고 말겠지.

미국의 유명한 사업가가 아프리카에 닭 십만 마리를 기부하기로 했다는 뉴스 보셨어요? 다른 가축에 비해 닭을 사육하는 비용이 적게 드는데다가 닭값이 상대적으로 안정적이고, 수시로 달걀을 얻을 수 있으니 생활비를 벌거나 아이들에게 영양분을 꾸준히 제공할 수 있다는 장점이 있다죠. 게다가 닭은 주로 여자들이 키우기 때문에 그녀들이 자립하는 데도 도움이 될 것이라고 하네요.

한때 미국의 적이 되어야 했던 이유가 결코 우리의 의지가 아니라 크렘린 차르들의 오만함 때문이라는 사실을 그 천박한 사업가가 깨닫고 지금이라도 우리를 긍휼히 여겼으면!

쳇, 위선적인 미국 놈들. 항상 악과 선을 한꺼번에 발명해내지. 하지만 악이 선보다 항상 거대하고 체계적이며 자본주의적이라는 사실을 잊지 마쇼.

너무 비관적으로 생각하지 말아요. 대부분 병아리를 키워본 경험이 없지만, 우리 모두 힘과 지혜를 모은다면 그리 어려운 일도 아닐 거예요. 사육과 관련된 정보는 제가 인터넷으로 구해볼게요.

제가 가족들과 함께 살고 있는 아파트는 너무 좁아서 병아리조차 키울 공간이 없어요.

내가 집을 비운 사이 천사의 얼굴을 하고 있는 그놈들이 내 세간을 몽땅 엉망으로 만들 게 분명해.

걱정하지 말아요. 그래서 학교 운동장 뒤편에다 닭장을 만들어 달라고 이미 교장 선생님에게 요청해두었어요. 긍정적으로 검토해주신다는 답변도 들었고.

그럼 우린 수업 준비하랴 닭모이 준비하랴 잠시도 쉴 시간이 없겠군요.

아이들에게 닭 키우는 방법을 따로 가르쳐야겠군. 병아리를 죽인 놈들의 엉덩이를 때려줘야겠어.

세르비아산 병아리의 생명력과 생식력이 더 뛰어나다는 당국의 발표를 전 믿어요. 설마 그런 것까지 거짓말하진 않았겠죠.

우즈베키스탄 사람들이 세르비아 사람들보다 닭 키우는 일에 더 무능하다는 사실이 문제겠죠.

위대한 세르비아에선 선생들까지 나서서 닭을 키울 필요가 없을 거요.

도시에서만 살고 있는 아이들이 병아리들을 돌보게 된다면 생명의 소중함을 깨닫게 될 수도 있지 않을까요? 감성 발달에도 큰 도움이 될 거예요.

하지만 학부모들은 이미 우리 선생들이 왜 갑자기 병아리를 키우게 되었는지 알고 있기 때문에, 만약 자신의 아이들이 학교에서 병아리들에게 먹이를 주고 있다는 사실을 알게 되면 가만히 있지 않을 거예요. 아동 학대나 아동노동 착취를 이유로 법적 소송을 걸지도 몰라요.

자신의 아이들이 나중엔 우크라이나산 암소를 건강하게 키워야 학교를 졸업할 수 있다는 사실도 학부모들은 잘 알고 있소. 그땐 체육관을 없애고 그곳에 축사를 짓게 되겠군.

솔직히 지금처럼 살인적인 인플레이션이 오래 지속된다면, 가축을 기르는 일이 오히려 우즈베키스탄에선 전도유망한 직업이 될 수도 있지요. 그러니 지금 우리가 하려는 행동이 아이들에게 전혀 교육적이지 않은 건 아니죠.

그렇게 되면 십 년 안에 우리나라는 닭과 암소로만 가득해질 겁니다. 다른 나라 아이들이 우주로 가고 첨단기기를 만들고 새로운 인류로 성장하는 동안 우리 아이들은 기껏해야 닭똥이나 소똥을 어디에 쓸지 고민하게 될 거예요.

머지않아 우리나라 국기에 닭과 암소가 등장하겠군.

하지만 이 병아리들은 저에게 아주 중요해요. 올해 여름휴가를 아랄 해에서 보내기로 제 아이들과 약속했단 말이에요. 그러려면 닭고기나 달걀 값을 잘 받아야 해요.

이렇게 말씀드려서 죄송합니다만, 닭고기나 달걀을 팔아서 여름휴가 비용을 마련할 순 없을 것 같아요. 선생님이 닭고기나 달걀을 팔려고 할 무렵에는 다른 선생들도 닭을 잡고 달걀을 모을 테니까. 공급이 많아지면 가격이 떨어지는 게 상식이죠.

우리나라 선생이 파리로 휴가를 가려면 얼마나 많은 닭을 키워야 한다는 말이오?

설마 다음달에도 병아리가 지급될까요?

교육 당국이 교육정책을 바꾼 것 같아요. 선생과 학생들을 중세

시대의 농노로 만들 작정인 것 같아요.

제발, 곰이나 악어를 지급하지나 않았으면 좋겠네. 그것들은 굶주리는 즉시 우릴 먹어치울 테니까.

"우즈벡 공무원들, 봉급으로 병아리 받아"(연합뉴스, 2012. 4. 11.)

노총각 M의 위산이 녹인 크리스마스

(1) '오렌지' 주스 한 컵: 사막에서부터 두 발로 걷기 시작한 현생인류에게 강과 바다는 신앙과 예술이 자라나는 세상의 끝이었다. 직립보행은 재앙이었다. 수만 년 뒤 배를 타고 도착한 포르투갈 상인들에 의해 폭풍의 곶은 희망의 곶으로 위장된다. 그러나 희망은 여전히 잃을 것 없는 자들의 유일한 재산이었을 뿐이다. 자신들을 주인 없는 땅으로 이끌어준 탐험가들을 기리기 위해 네덜란드인들은 마을 앞의 강에 '오렌지'라는 이름을 붙였다. 그리고 서로를 네덜란드어로 농민이라는 뜻의 보어Boer라고 불렀다. 밀과 목초의 땅에서 다이아몬드가 발견되면서 구대륙으로부터 범죄자들이 몰려들었다. 현생인류의 무릎뼈가 녹아서 만들어진 것들은 언제 어디서나 파리스의 사과로 작용했다. 보어인들은 오렌지 자유주Orange Free State를 세우고 항거했지만 영국과의 전쟁에서 패하

여 식민의 역사를 경험한다. 반세기 전에 겨우 독립한 그들은 피부색을 이데올로기 삼아 잃어버린 시대를 만회하려고 했으나 종신형을 선고받고도 자유롭게 감옥 안팎을 드나들 수 있었던 한 명의 위대한 영혼—검은 오렌지 왕자—에 의해 좌절한다. 감옥에서 나와 대통령이 되고 다시 촌로가 된 뒤에도 그는 크리스마스 때마다 단 한 번도 빠뜨리지 않고 자신이 자랐던 마을의 가난한 아이들을 자신의 숙소로 초대하여 책을 읽어주고 선물을 나누어주었다. 예년보다 세 배나 많이 몰려든 사람들이 줄을 서서 차례를 기다리다가 배고픔과 더위로 쓰러진 적도 있었다. 설령 광폭한 소란 속에서 시체가 발견된다고 하더라도 축제는 계속될 것이 분명했다. 용서와 화해가 크리스마스의 유일한 목적이기 때문이다.

(2) '호밀' 빵 한 개: 12월 8일 밤 열한시쯤 뉴욕의 다코타 아파트 앞에서 한 남자가 물었다. "당신이 레넌이오?" "그렇소." 그러자 다섯 번의 총소리가 들렸다. 명성의 희생자는 병원 응급실로 향하는 경찰차에서 과다 출혈로 죽었다. 그리고 살인자는 후대에 성소가 될 범행 현장을 떠나지 않았을 뿐만 아니라 경찰을 기다리면서 『호밀밭의 파수꾼』을 읽고 있었다고 알려졌다. 그 책의 위대함을 알리는 게 범행 동기였다는 소문도 돌았다. 샐린저는 믿을 수 없었다. 그는 12월 14일 일요일에 미사를 끝내고 돌아와 라디오에서 처음으로 그 이야기를 들었다. 레넌의 장례식이 진행되는 동안 모든 라디오 방송이 중단되었다. 센트럴 파크에 모여든 수십만의

추모객들 중에는 호밀밭의 파수꾼에게 분노하는 자가 많았다. 그나마 다행이었을까. 언론과의 접촉을 극도로 혐오해온 성향 덕분에 작가는 홍위병들의 습격을 피할 수 있었다. 암살자가 나타나기 전에 이미 낙양지가귀의 명성을 날리고 있던 그 책은 그 일요일을 정점으로 역사상 가장 많이 팔린 책 중 한 권이 되고 말았다. 연방수사국의 금서 목록에 그 책이 포함되었다는 소문 또한 주마가편이 되었다. 유명이란 곧 몰이해를 의미하며 명성은 면목을 완전하게 먹어치운 뒤에야 사라진다. 레넌의 신곡을 더이상 들을 수 없다는 사실만큼이나 슬픈 일은 자신이 더이상 살아서 서랍 속의 원고들을 발표할 수 없게 되었다는 것이다. 경쟁자들의 성공으로 파산 직전까지 내몰린 중소 출판사의 사장들은 그 유명 작가마저 암살할 태세였다. 공황 상태에 빠진 샐린저는 더이상 작업실에 머물 수 없었다. 그래서 그는 홀든 콜필드나 그의 여동생 피비를 찾아 크리스마스 무렵 뉴욕을 떠난다. "아무튼, 나는 작은 꼬마 아이들이 호밀밭에서 놀이하는 장면을 상상하곤 해. 수천 명의 아이들이 놀고 있는데 주위에는 아무도 없는 거야. 어른은 아무도 없다고. 나밖에는 아무도 없는 거야. 나는 무서운 절벽 위에 서 있는 거야. 내가 할 일은 어디로 향하는지도 모른 채 그 벼랑을 건너려고 하는 아이들을 붙잡는 거야. 그게 내가 온종일, 그리고 여생을 바쳐 해야 하는 일이야. 난 그저 호밀밭의 파수꾼이 되고 싶어. 말도 안 되는 생각이라는 것 나도 알아. 하지만 그게 내가 하고 싶은 유일한 거야. 나도 안다니까, 내가 지금 말도 안 되는 소리를 지껄이고 있다는 걸. 하지만 그냥 이대로 제발 놔둬." 단단해서 쉽게 부스러지지 않는 호밀 빵과 크바스야말로 여행에서 가장 훌륭한 신앙이 되어 줄 것이다.

(3) 마른 '오징어' 반 마리: 수평선은 거대한 거울의 표면이다. 그것을 경계로 하나의 사건은 완벽하게 겹쳐지는 두 개의 반쪽 사건으로 흩어져 역사에 반영된다. 한파가 한 달째 허공을 굳히자 빗살은 날카로운 촉을 잃고 둥근 구슬로 흩날렸다. 그 사건은 수평선 아래에서 가역可逆반응을 일으켰으니 해파리들은 페르세우스의 칼에 독수毒手를 모두 잘리고 칼의 형상을 닮은 오징어로 변했다. 멀리서 보면 울릉도는 밤바다를 뒤집느라 해거름에서 해 뜰 녘까지 수십만 개의 등화燈花를 밝힌 거대한 오징어잡이 어선을 닮아 있었다. 사흘이 멀다 하고 바닥이 드러나는 공동 경유 탱크들을 채우기 위해 정유회사에서는 뭍 가까운 곳에 유조선을 정박시켜야 했다. 그의 전 생애 동안 섬에 가장 가깝게 다가간 순간이었다. 크리스마스를 뭍에서 보내려는 날품팔이 일꾼들이 거룻배를 띄웠다. 뱃머리에서 그는 이국적 감상感傷으로 흔들거리는 자신을 다잡았다. 홀로 병상 위에 누워서 죽음을 참으며 어둠 속을 떠다니고 있을 아내 때문에 명치끝은 여전히 시렸다. 하지만 일당을 조금 더 올려 받을 수 있는 기회를 놓칠 순 없었다. 아내의 생명을 꺼뜨리지 않기 위해서라도 그는 노동을 쉴 수가 없다. 일행들과 헤어져서 혼자 부둣가로 나온 까닭이 막걸릿값 몇 푼을 아끼자는 건 아

Merry

Coca-Cola

니었다. 저녁을 먹고 난 뒤부터 느낀 더부룩함이 오래 지속되었다. 가난이 자신에게도 몹쓸 병을 슬었는지 모른다. 그리하여 자신의 가난은 조만간 자손들을 유전적 하층민으로 퇴화시킬 것이고 약값을 해결하느라 더욱 절망하게 만들 것이다. 두런두런 불빛이 새어나오고 있는 건물 앞에서 그의 발걸음이 저절로 멈췄다. 할복 금지! 머리털이 칼처럼 섰다. 누군가 그를 격려하기 위해 붙여둔 표지 같았다. 그 역시 자살을 생각해보지 않은 건 아니다. 하지만 그토록 격렬한 방법을 생각한 적은 없다. 삶과 마찬가지로 죽음에 대한 열정도 그에겐 없기 때문이다. 창문을 들여다보니 바닥에 주저앉은 아낙들이 칼로 오징어의 눈과 내장을 제거하면서 이야기 삼매경에 빠져 있었다. 그녀들이 웃을 때마다 내장이 없는 오징어들은 더 납작하게 몸을 펼치고 바닥에 엎어졌다.

(4) '코카콜라' 한 캔: 제일차세계대전 뒤에 미국 의회는 금주법과 함께 이민법을 차례로 통과시켰지만 수년 동안 밀주와 불법 이민자들의 등장을 거의 막지 못한 채 같은 해 폐지되었다. 전자가 발명한 것이 마피아와 코카콜라와 재즈라면 후자는 KKK와 대공황과 뉴욕을 발명해냈다. 마피아나 재즈 연주자나 댄서들, 건설노동자나 불법 이민자들, 심지어 KKK 단원들도 무허가 술집 밖에선 코카콜라로 마른 입술을 적셔야 했다. 코카콜라의 재료인 카카오의 소비량이 급격히 늘어나면서 그것의 찌꺼기로 만든 립스틱마저 평범한 주부들에게 날개 돋친 듯 팔려나갔다. 그러나 밀주의 수

요를 뒤따를 수 없게 되자 코카콜라는 새로운 마케팅을 도입하지 않으면 안 되었다. 술을 마시지 않는 아이들과 여자들이 새로운 소비자였다. 그리고 겨울철 판매량을 늘려 생산량을 연중 균일하게 조절할 필요가 있었다. 그래서 그들은 뚱뚱하고 수염이 덥수룩한 세일즈맨에게 자사의 로고 색깔로 만든 옷을 해 입힌 뒤 크리스마스의 자선을 연기하도록 지시했다. 아이들이 받은 건 무의식 속의 전단지일 뿐이다. 키가 크고 날씬하며 청록색 계통의 옷을 입고 있던 유럽의 성聖 니콜라스는 정작 서슬 퍼런 이민법에 막혀 미국으로의 입국이 거절되었고 그 덕분에 코카콜라는 제국의 신화를 신대륙에 건설할 수 있었다.

(5) '사찰 정식' 한 그릇: "아기 예수님의 탄생을 축하합니다." 조계사에 걸린 플래카드 아래를 지나면서 점심 약속 장소로 사찰 음식점을 선택한 게 부끄러워졌다. 침묵으로만 진리를 전달하는 절대자에겐 경전과 성소와 담지자가 전혀 필요 없을 텐데, 불교 신자라고 해서 천주교와 개신교의 축일에 굳이 절밥을 먹어야 할 이유는 없었던 것이다. 퍽퍽한 칠면조 요리 이외엔 딱히 크리스마스 음식이 생각나지 않았다면 또 모를까. 그렇다고 시아버지로 변신할지 모를 남자에게 그렇고 그런 음식들을 대접할 순 없는 노릇이었다. 남자는 그녀를 기다리고 있었다. 목도리를 풀고 앉자마자 기다렸다는 듯이 음식들이 들어왔다. 들깨죽. "정말 아이를 낳을 거냐?" 두부조림. "예." 전병. "남편 없이 혼자서도 괜찮겠냐?" 일곱

가지 산나물. "예." 김치. "그래도 결혼식은 해야지." 상추겉절이. "예." 버섯튀김. "언제가 좋겠냐?" 호박전. "내년 크리스마스쯤." 연근. "그래, 몸 풀고 난 다음이 좋겠지." 잡채. "아이 아버지의 일주기이기도 하고." 조린 감자. "어디서 하는 게 좋겠냐?" 방풍나물. "아버님이 집사로 계시는 교회라면 좋겠는데." 더덕무침. "하지만 네가 불교 신자라서 힘들진 않을까?" 밥. "크리스마스에 하객들을 가장 많이 불러모을 수 있는 곳은 교회일 테니까요." 된장찌개. "아이를 위해서라도 축하를 받고 싶은 게로구나." 결명자차. "예." 유과. "그런데 스님들이 한끼에 이렇게 많은 음식들을 먹는 게 진짜인 게냐?"

(6) 에스프레소 '커피' 한 잔: 세상에서 가장 훌륭한 미술관 중 하나는 콜롬비아의 보고타에 있다. 피카소, 밀레, 고흐, 쿠르베, 샤갈, 베이컨, 헨리 무어, 보테로 등의 작품들이 시대나 국적, 가격과 미추의 구분 없이 평화롭게 벽을 나누어 쓰고 있다. 콜롬비아 출신의 화가 보테로는 자신이 평생 모은 그림들을 국가의 재산으로 귀속시켰다. 그래서 보고타에서는 어느 누구도 인류 미술사를 개략하는 데 돈을 지불할 필요가 없다. 국가는 경호원들의 월급만 책임지면 된다. 자신들이 감시하고 있는 그림의 유파에 따라 경호원들의 표정이 사뭇 달랐다. 그것을 확인하는 데에도 세 시간 남짓 걸렸다. 그러니 출구를 나서는 자들의 현기증과 갈증은 지극히 자연스러운 현상이었고 카페는 기진맥진한 몸을 숨길 오아시스였

다. 여급은 서툰 영어로 에스프레소 대신 카페 틴토café tinto를 권했다. 그것이 콜롬비아의 영혼이라면서. 틴토는 스페인어로 붉다는 뜻이다. 흑설탕을 녹여 끓인 물에 원두 가루를 넣고 저은 뒤 그 가루가 가라앉을 때까지 기다렸다가 위쪽의 맑은 커피만 따라 마시는 것이 콜롬비아식 전통이라고 여행 서적에 쓰여 있다. 붉은 커피라. 브라질의 커피가 검은 까닭은 검은 노예들이 이역만리에서 고난의 역사로 길러냈기 때문이다. 그리고 콜롬비아의 커피가 붉은 까닭은 최근까지 땅 위에 뿌린 피 때문이다. 십여 년간 계속된 내전La Violencia은 커피 생산 방식을 두고 벌인 싸움이었다. 마치 목화꽃이 남북전쟁을 일으켰듯이. 단맛은 없고 시고 쓰다. 부탁하지도 않은 재떨이를 들고 나타난 여급은 카메라를 보더니 보고타의 거리에선 옷 속에 감추고 다니라고 충고한다. 크리스마스 휴가차 입국했던 미국인 일곱 명이 보고타 북부의 산악 지대에서 좌익 반군들에게 납치되었다는 게 이유다. 몸값이 한 사람당 무려 백만 달러가 넘는다. 그리고 계산기를 꺼내 콜롬비아 페소로 계산까지 해준다. 숫자가 너무 길어서 생명의 가치를 가늠할 수도 없다. 열기가 식자 커피는 더욱 붉어진다. 커피 농장을 잃고 산으로 내몰린 농민들에겐 마약을 재배할 땅밖에 남지 않았다. 멕시코의 치아파스 반군들 역시 커피를 재배한다. 무기가 쥐어지자 비로소 정치적 견해가 생겨났다. 그래서 붉은 커피엔 환각 작용이 있다.

연꽃

인간에겐 단 두 가지의 사건만이 일어난다.

사랑과 죽음.

탄생은 결코 인간에게 일어나는 사건이 아니다. 모든 인간들은 어딘가에 이미 태어나 있기 때문에 어느 누구도 자신이 태어나는 순간을 기억할 수 없다. 물론, 한 여자의 신성한 겨드랑이에서 태어나자마자 일어서서 일곱 발자국 걸어간 다음 유아독존을 선언한 위인이나, 죽은 뒤 일주일 만에 부활하여 자신의 죽음은 물론이거니와 전생까지 정확하게 기억해낸 위인이 역사에 잠시 등장했지만 그들을 인간으로 분류하는 데는 이견이 많다. 그저 타인의 탄생으로써 자신의 시작을 추정할 따름이다. 그리스의 신들에겐 탄생은 있으나 죽음이 없는 반면 그리스인들에겐 탄생이 없으나 죽음은 있다. 그리고 우리는 모두 그리스인들의 후손이다. 인간은 자신의 죽음을 수용하는 순간부터 비로소 삶을 시작할 수 있다. 유한하고 하찮은 존재라는 사실이 삶에 집중하도록 만든다. 죽음의 권위를 무력화하고 그것을 대체할 대상을 찾아 헤매는 게 인생이다. 삶의 의지는 탄생으로부터 시작된 파동 에너지가 아니라 죽음으로부터 건너오는 암흑 에너지이다. 에너지의 속도나 방향이 변할 때 사건이 일어난다. 그게 사랑이다. 그렇게 하찮기 때문에 인간에겐 너무 중요하다. 인간의 일생이 하찮지 않다면 우주는 그들을 모두 껴안고 있을 수 없을 것이고 결국 예정보다 서둘러서 자살하고 말 테니까.

어떤 이에게는 사랑이 죽음보다 앞서 도착한다. 반면 어떤 이는 죽기 전까지 사랑을 감지하지 못한다. 하지만 어느 인간도 자신의 죽음을 부정할 수 없고 명백한 죽음으로부터 삶의 의지가 건너오는 이상, 사랑이 일어나지 않는 삶이란 결코 존재할 수 없다. 그리하여 한 인간의 삶은 자신에게만 고스란히 속하지 않고, 가족과 이웃과 후손과 조상의 삶에 적절히 분산되어 있다는 사실마저 인정해야 한다. 그런 뒤에야 비로소 사랑과 죽음이 결코 변증법으로 진행되지 않는다는 사실을 이해할 수 있다. 죽음에 대한 두려움과 사랑에 대한 기대감이 서로 완벽한 주기를 지닌 채 한 생을 운행해간다. 사랑은 결코 죽음을 방해할 수 없으며 죽음 역시 사랑을 침식하지 않는다. 전자와 후자가 동시에 개입하여 만들어내는 어떤 하찮은 상황조차 인간은 결코 완벽하게 이해할 수 없다. 한 가지 사건과 그 사건에 연관된 인간들을 이해했다는 사실보다 더 지독

한 몰이해는 없을 것이다.

그런 무력함으로 그녀는 겨우 살아간다. 그녀에겐 사랑과 죽음이 거의 동시에 일어났다. 뱃속의 아이가 죽었고 그보다 조금 전에 그녀는 한 남자에게 프러포즈를 했다. 머뭇거리던 남자가 마침내 대답했을 때 그녀는 아득해졌다. 비 갠 뒤의 죽순처럼 자라오르는 통증이 아랫배를 왁달박달 찔러대자 그녀는 모래 기둥처럼 바닥으로 흘러내렸다. 고통을 사랑의 징후라고 착각할 만큼 그녀는 서른한 살이 되도록 자신의 삶을 이해하지 못하고 있었던 것이다. 앰뷸런스의 사이렌을 그녀는 남자가 우는 소리로 착각할 정도였으니까. 마취에서 풀려난 그녀는 비로소 자신이 하혈을 했으며 자신의 몸속에 사 개월 자란 아이의 시체가 들어 있었다는 사실을 알았다. 자신이 삼킨 음식을 나누어 먹고 자신의 감정을 검열하며 꿈속까지 드나들던 인간이 제 몸속에 사 개월 동안이나 살고 있었다고 생각하니 섬뜩해졌다. 하지만 산속 외진 단식원에 머물렀던 지난 일 년 동안 그녀의 몸속에다 자신의 산란관을 찔러넣었을 만한 남자를 결코 떠올릴 수가 없었다. 마지막 사랑의 파국으로부터 벌써 이 년이 지났다. 그 남자는 영혼마저도 푸석살로 채워져 있다고 그녀를 경멸했다. 처음에 그녀는 사랑 때문에 죽을 작정을 했고 나중엔 죽음 때문에 사랑을 갈구했다. 고작 삼 킬로그램의 살을 빼는 데 이 년이라는 시간이 걸렸다. 그리고 그녀는 다시 그를 만났다.

자궁 속에서 아이가 살 수 있는 기간은 고작 열 달뿐일까? 메소포타미아의 유적 속에서 발견된 연꽃 씨앗이 이천 년 만에 싹을

틔웠다는 뉴스를 들은 적이 있다. 혹시 그렇게 태어나는 아이도 있지 않을까. 그러다가 그녀는 엉뚱한 생각에 이끌린다. 아이는, 그녀가 그에게 프러포즈를 하는 순간, 이 년 동안의 잠에서 깨어나 전생과 숙명을 모두 기억해냈을 것이다. 겨자씨만한 몸 안에 수천 년의 기억을 지닌 아이는 아직도 자신이 어둠 속에 갇혀 있으며 빛에 닿으려면 광속으로 여섯 달을 더 달려가야 한다는 사실을 깨달았다. 무한한 죽음에 비해 반년의 시간은 아무것도 아니었다. 낭만적 습관과 낙관적 성격이 아이가 둘러싸여 있는 우주를 아주 폭신하게 만들어주었을 수도 있다. 하지만 아이는 갑자기 죽음을 들이켰다. 이 년 전 자신과 어미를 버린 남자에게 다시 소속되어야 한다는 사실이 아이를 절망시켰는지도 모른다. 삶의 의지가 흘러오는 방향으로 제 몸을 싣지 않고 반대 방향으로 거슬러올랐다. 그리고 사랑을 하찮은 사건이 아닌 절대적인 목적으로 착각하고 말았다. 치욕스런 기억을 지닌 채 태어나느니 차라리 죽은 몸—우주의 유일한 질료, 또는 거름—으로 태어나기로 작정했던 것이다. 그래서 그것은 바닥으로 깊이 내려갔다. 그리고 제 몸을 한없이 부풀렸다가 펑! 그렇게 해서 어미는 이 킬로그램 정도 가벼워졌다. 아시아인들과 유럽인들이 인간의 나이를 서로 다르게 셈하는 까닭은, 전자의 전통은 어미의 시간으로 아이의 나이를 세지만 후자는 전적으로 아비의 시계로 그것을 측정하기 때문이다. 그러니까 아이는 어미에게만 태어났고 아비에게는 아직 태어나지 않았던 것이다.

협상

축하하네. 마침내 자네도 아들을 얻었군. 딸들을 키우는 것도 보람되지만 모름지기 가문을 이을 아들 한 명은 있는 게 좋겠지. 그 녀석 덕분에 자네도 한시름 놓았겠군. 그런데 아들 이름은 지었나?

무한나드. 무슨 의미인지는 모르지만, 그 이름을 말할 때 내 혀가 부드러워지는 것으로 짐작하건대 아주 좋은 이름을 찾은 것 같군. 코란에 등장하는 위인의 이름이겠지? 훗날 그 이름 때문에 이곳에 사는 모든 사람들이 평화와 번영을 함께 되찾게 되길 기도하겠네.

물론 나는 야훼에게만 기도한다네. 하지만 선한 목적으로 올리는 기도라면 비록 자네가 우리에겐 위험한 이교도라고 하더라도 야훼는 크게 문제삼지 않을 거야. 자네의 알라도 역시 그러하겠지.

그러니 가끔은 나를 위해 기도해주면 정말 고맙겠네.

자네의 기도는 매일 "알라 외에 다른 신이 없음을 맹세하노라"라고 시작되고, 나는 아침마다 "너 이스라엘아, 우리의 하느님은 야훼시다. 야훼 한 분뿐이시다"라고 암송하지. 어쩌면 이곳의 평화를 위해선 두 가지 이름이 필요할지도 모르겠어. 그래봤자 어차피 둘은 하나일 것이고, 우주의 모든 것인 절대자에게 이름이 있을 리가 없지. 우린 그저 오래된 습관대로 그를 서로 다른 이름으로 부르고 있다네.

그렇다고 오해하지 말게. 난 지금 야훼의 가르침을 부정하거나 알라를 폄하하고 있는 건 결코 아니니까.

사소한 오해 따위에 마음을 다치지 않을 만큼 우린 이곳에서 오랫동안 잘 지내고 있는 것 같은데? 벌써 십오 년째네. 비록 철창을 사이에 두고 우리가 안팎으로 나뉘어 있지만, 사실 우린 모두 한곳에 갇혀 있다고 할 수 있겠지.

물론 자네는 내 말에 동의하지 않겠지. 나는 근무시간이 끝나면 매일 이곳을 나갈 수 있으니까. 하지만 내가 매일 밤 아주 매혹적인 세계로 드나들고 있는 건 아니야. 자네도 알지만 난 오래전에 이혼을 했고 아내는 아이들을 데리고 이 나라를 떠났지. 법원은 내가 너무 가정일에 소홀하고 가끔씩 이해할 수 없는 폭력을 행사한다는 이유로 허가 없이 아이들에게 접근하는 걸 금지했어. 설상가상으로 그 판결 결과가 이웃에게까지 알려지면서 나는 완전히 고립되었다네. 그래서 거의 매일 집에서 혼자 저녁식사를 하지. 음식이라고 해보았자 빵과 수프와 맥주가 전부이니 이곳 식단보다 월등히 낫다고는 말할 수 없어. 부끄럽지만, 외롭기는 나도 자네와 마찬가질세.

그래도 자네와 십오 년을 함께 지내는 동안은 덜 외로웠다고 고백하겠네. 자넨 정말 남자 중의 남자였지. 지금이야 양처럼 순해져서 재미없긴 하지만, 폭탄 테러를 감행하고 이곳으로 잡혀 온 자네의 첫인상을 지금도 잊을 수가 없어. 마치 수사자 같았지. 철창이 단단하고 촘촘하지 않았더라면 나는 자네의 분노 어린 이빨이나 손톱에 찔려 오래전에 목숨을 잃었을 것이야.

한 인간이 다른 인간에게 무려 삼십이 년이라는 징역형을 내린다는 건 정말 끔찍한 비극이지. 자네가 살인을 하긴 했지만, 그건 자네의 의지라기보단 조직의 명령 때문이었고 시대의 광기에서 비롯된 것이니까 법원은 자네에게 관용을 베풀 수도 있었어. 폭탄을 터뜨린 자네도 당시 자신이 무슨 일을 저지르고 있으며 그 일이 이웃들에게 어떤 영향을 미치게 될는지 명확하게 알지 못했을 수도 있겠지. 젊은이들은 누구나 그러니까. 내가 살아보니까 나이가 들어야 비로소 이해할 수 있는 게 있더군. 형기를 다 채우면 자네도 그렇게 될 거야.

자네의 출소에 필요한 서류들을 챙겨주지 못하고 내가 정년퇴직을 하게 되어서 유감이군. 하지만 나중에라도 집주소를 알려주게나. 그러면 내가 조만간 축하 선물을 보낼 테니.

걱정하지 말게. 난 누군가에게 복수하기엔 너무 늙었어. 그리고

이곳에서 벗어나면 평범한 유대인 늙은이로 살아가겠지.

나도 자네처럼 아이를 하나 갖게 되면 좋겠어. 그래서 새로운 삶을 시작하고 싶어. 그럴 수만 있다면 난 당장 이 일을 그만둘 거야. 이 일은 결코 모두를 행복하게 만들지는 못하니까. 감옥은 절대로 인간을 갱생시킬 수 없지. 오로지 용서와 화해만이 평화를 지켜낸다고 굳게 믿고 있네. 그러려면 세상에 더 많은 시너고그와 모스크가 필요하겠지. 난 이제 후세를 위한 일을 하고 싶어.

그래서 자네의 도움이 필요하단 말을 하려다보니 말이 너무 길어졌군. 이건 간수로서 부탁하는 게 아니라 한 이웃으로서 부탁하는 걸세. 자네가 일생을 송두리째 바쳐가면서까지 기대하는 세상이란 결국 아이들을 정의와 평화 속에서 길러낼 수 있는 곳이 아니었나? 그렇다면 더욱더 나를 도와주어야 하네.

사실 난 자네 때문에 큰 곤경에 빠졌다네. 이곳에 십오 년째 수감되어 있는 자네가 인공수정을 통해 아들을 낳았다는 뉴스를 읽고 고위층 인사들이 크게 진노했다네. 신문 기사 제목이 너무 노골적이어서 그들을 더욱 자극했지. 그래서 경위를 상세하게 조사하여 관련자들을 엄중히 문책하라는 명령이 내려왔다네. 이곳을 책임지는 교도소장이 나를 의심하는 거야 당연하겠지. 우린 이곳에서 사이좋게 지내는 것으로 아주 유명한 이웃이니까. 하지만 우리 사이에 추악한 거래가 있었던 건 아니잖나? 난 아직도 자네가 어떻게 정자를 이곳 밖으로 반출할 수 있었는지 도저히 짐작할 수 없다네. 자네가 방탄유리를 사이에 두고 아내를 만나던 면회실엔 어김없이 나도 함께 있었으니까. 그렇다고 정자라는 게 몇 달씩 보관하거나 불결한 방법으로 옮길 수 있는 것도 아니고. 물론 몇 가지 음란한 상상을 하지 않은 건 아니네. 입에 담기 민망하지만, 가령 남자들 사이의 비역질 같은 방법 말일세. 그래서 최근 출감한 사람들의 명단을 확인해보기도 했지만 자네와 접촉할 수 있는 사람들이 아니더군. 그건 누구보다 내가 제일 잘 알 수 있지. 그러니 나는 더욱 미궁에 빠질 수밖에.

좋아. 시간이 없으니 더 솔직히 말하겠네. 난 자네가 어떤 방법으로 자네의 정자를 빼돌렸는지 전혀 알고 싶지 않다네. 그리고 자네의 유전자를 물려받은 아들이 나중에 아버지의 불명예를 씻어줄 만큼 위대한 업적을 이루길 진심으로 바란다네. 하지만 지금 우리에겐 서로의 생존을 위한 타협이 필요하지. 그러지 않으면 나는 불명예스럽게 이곳을 떠나게 될 것이고 자네의 운명은 잔혹한 유대인 간수에게 제압당하고 말 거야.

그러니까 내 제안은……

물론 나는 자네 아내의 정숙함을 조금도 의심하지 않는다네. 그리고 모든 여성들을 보호하려는 무슬림의 관습을 존중한다네.

하지만 내 제안은, 자네가 먼저 나서서 무한나드는 자네의 피가 섞인 아들이 결코 아니라고 나의 상사에게 말해달라는 것일세. 그러지 않으면 자네 아들을 차지하기 위해 이스라엘과 팔레스타인이 또다시 전쟁을 일으킬지 모른다네. 솔로몬의 재판을 기억하나? 아이를 죽여서라도 반을 갖겠다는 여자에 맞서서, 아이를 죽이느니 차라리 친권을 포기하는 편을 택한 생모의 지혜가 필요하단 말일세. 이스라엘은 자네 아이의 배를 갈라 진실을 확인하려 할 걸세.

자네가 내 제안을 받아들인다면 우린 모두 지금처럼 평화롭게 지낼 수 있을 것이고 자네에게 남은 형기도 금방 지나갈 걸세. 혹시 누가 알겠나, 그사이에 알라가 기적을 일으켜 유대인을 팔레스타인 땅 밖으로 내쫓게 될는지? 부디 현명하게 판단하게나.

노파심에서 말해두는데, 자네가 내 제안을 받아들이지 않는다면, 나는 어쩔 수 없이 자네가 법정에서 숨길 수 있었던 악행을 판사에게 고백하지 않을 수 없다네. 왜냐하면 나는 더이상 뭐든 잃는다면 죽은 것과 별반 다름없는 상태에 처박힐 만큼 너무 늙었기 때문이지. 반면에 자넨 이곳에서 형기를 모두 채운 뒤에도 여전히 오십대의 남자로서 인생을 새롭게 시작할 수 있지 않나?

부디 알라의 지혜가 자네의 용기와 함께하길.

"십오 년째 복역중인 男, 정자 빼돌려 아들 낳아"(조선일보, 2012. 8. 15.)

스와핑

고등학교 이학년 겨울방학에 만나 옥탑방에 살림을 꾸린 지가 벌써 십일 년이나 되었는데도 우리의 나이는 아직도 서른을 채우지 못했다. 아내는 아이를 두 번이나 유산했다. 처음은 산모의 영양 상태가 좋지 못하여 자연유산되었고 두번째는 태아에게서 기형의 징후들이 발견되어 어쩔 수 없이 낙태 수술을 받아야 했다. 자신이 임신 팔 주째에 접어들고 있다는 사실도 깨닫지 못한 채 담배와 폭음을 일삼은 게 화근이었다. 며느리가 술집에 다닌다는 사실은 꿈에도 상상하지 못한 시어머니가 나서서 우리들의 성교를 관리해준 덕분에 마침내 세번째 아기가 장남으로 태어났다. 맞벌이를 이유로 아이는 오 년 전부터 부모님의 고향집에서 자라고 있다. 요란한 맞벌이부부의 실상을 말하자면, 내가 하루에 열두 시간씩 서울 시내를 택시로 샅샅이 훑고 다니면서 겨우 벌 수 있는 액수의 돈을 아내는 운이 좋은 날이면 한 테이블을 돌고 나서 팁으로 받는다. 그러니 아내에게 윤리 따위를 가르치는 것보다 재테크를 가르치는 편이 훨씬 낫다. 그래야 경상도 사투리를 쓰기 시작한 아들을 다시 서울로 데려올 수 있다.

우리는 십여 년 동안 밤낮을 가리지 않고 너무도 다양한 체위로 너무도 자주 성교를 해서 이제는 서로의 밤을 거들떠보지 않고서도 잘 잔다. 우리의 직업은 결코 불면증을 일으키지 않는다. 잠은 천년 묵은 진흙으로 채워져 있어서 아무 소리도 투과하지 못한다. 오직 허기와 두통만이 우리에게 아침을 돌려준다. 정오까지 이부자리 속에 몸을 묻을 수 있는 날이면 우리는 서로의 미래에 대해 이야기하기도 한다. 이제는 육신보다는 영혼에 관한 이야기가 많다. 성교가 줄어들면서 우리는 확실히 유식해졌다. 고3 수험생이 되어보지 못한 아내는 교복에 대해 일종의 페티시즘을 지녔다. 나는 부모님 돈으로 겨우 이 년제 대학을 졸업하기는 했으나 온갖 아르바이트 자리를 전전하느라 단 한 순간도 온전히 대학생이거나 직장인으로 살아본 적이 없다. 아내는 대학을 졸업해서 평범한 사람들이 일하는 시간에 일할 수 있기를 원했고, 나는 하고 싶지 않은 일들을 하면서 명예로워지느니 차라리 명예를 포기하더라도 하고 싶은 일을 하는 게 낫다고 생각했다. 그런 일 중에 하나가 나는 요리와 육아라고 생각했다. 그래서 언제나 집에서 음식을 준비하는 쪽은 나이다. 아내는 숙취 때문에 음식의 간을 볼 수 없는 날이 대부분이기도 하고.

십여 년 동안 밤낮을 가리지 않고 너무도 다양한 체위로 너무도 자주 성교를 했지만 여전히 우리는 성교할 때 상대가 느끼는 감정과 감각이 너무도 궁금하다. 가능하다면 역할을 바꾸어 서로를 온전히 경험해보고 싶다. 결혼생활의 가장 치명적인 적이라면 당연히 권태이다. 지긋지긋한 의무감만이 부부의 파국을 유예한다는 충고를 우리는 결코 받아들일 생각이 없다. 낡은 습관에 대해 병적 거부감을 지닌 우리는 서로의 묘지기로 남고 싶지 않다. 십일 년 전에 시작된 사랑의 유효 기간은 이미 끝났으므로 새로운 계약을 체결하기 위해선 새로운 조항들을 추가하지 않으면 안 된다. 그게 가능할까? 그래서 우리는 어느 날 오후 정신병원을 찾아갔다. 비록 성적도착증이 개인이 아닌 사회나 문화의 폭력으로부터 기인한 중병이라고 하더라도 그 치료는 언제나 개인의 몫이다. 어쩌면 우리는 육체에 전혀 맞지 않는 영혼을 지닌 채 태어났을지 모른다. 영혼의 정체성이 분명하다면 설령 몸을 바꾼다고 하더라도 전혀 문제되지는 않는다. 진단 결과 우리는 지극히 정상이었다. 하지만 정신과 의사들이 말하는 정상이란, 자신의 생물학적 유전자에 따라 남성성과 여성성이 약간의 양적 차이를 지닌 채 조화를 이룬 상태다. 즉, 생물학적 남자에겐 남성적 성향이 지배적이긴 하나 여성적 성향도 다분히 존재하고 있어서 성적 충동에 따른 극단적인 행동을 두 성향의 화학적 결합을 통해 스스로 절제할 수 있다는 것이다. 생물학적 여성의 경우도 마찬가지다.

그래서 우리는 일 년 동안 적어도 집안에서만큼은 성적 역할을

바꿔보자는 데 합의했다. 전통적으로 구별되어 있는 역할은 물론 이거니와 육체적 역할마저도 바꿨다. 처음엔 어색하고 민망하여 서로의 얼굴을 쳐다보는 것조차 쉽지 않았으나 집에 돌아오자마자 서로의 옷을 바꾸어 입자는 제안을 실천하면서부터 우리는 완전히 두 가지의 성 정체성을 동시에 발현할 수 있게 되었다. 귀가한 아내는 내 사각 팬티에 러닝셔츠를 입고 나는 그녀의 란제리에 스타킹을 신는다. 아내는 내 발톱에 매니큐어까지 발라주었다. 그랬더니 정말로 아내는 남자처럼 게을러지고 나는 여자처럼 예민해진다. 일 년 뒤에도 여전히 새로운 역할에 만족하고 있다면 우리는 성전환 수술을 고민하게 될 것이고 누비이불 속에서 나누어 꾸었던 꿈에 좀더 가깝게 다가갈 수 있을 것이다. 아내는 사회에서 실력을 인정받는 남자가 되고 나는 그런 남자의 퇴근시간에 맞춰 음식을 마련하고 그 경험을 살려 부업을 운영하는 당찬 여자가 된다. 성전환 수술 이전의 기억들은 우리의 성공에 큰 도움이 될 것이 분명하다. 남성이나 여성의 성공에 필요한 제일의 요소는 남성의 여성성과 여성의 남성성이기 때문이다. 화려한 성공 이후에도 우리는 여전히 금슬 좋은 부부로 남아 자신의 피가 반반씩 섞여 있는 아이를 키우게 될 것이다. 일 년에 채 열 번도 만나지 못해 우리의 얼굴을 잊은 아이는 엄마와 아빠가 바뀌었다는 사실을 결코 알아차리지 못할 것이다. 아이와 부모가 유전적으로 아무런 차이가 없으니 도덕적으로도 아무 문제가 없다.

우리에겐 수술비를 마련하는 일이 가장 시급했다. 그래서 우리는 일 년 동안 거의 쉬지 않고 일을 했다. 택시를 운전하지 않는 날에는 친구 가게에서 통닭을 팔았고 대리운전기사 노릇도 했다. 한 달에 한 번 쉬는 아내는 술집에서 빼돌린 양주들을 팔러 남대문시장에 다녀오곤 했다. 하지만 통장 대신 몸이 먼저 무거워졌다. 우리에겐 좀더 경제적인 부업이 필요했다. 범죄라고 규정하고 처벌할 만한 법규가 아직 마련되지 않은 사업들에 대해 우리는 끊임없이 아이디어를 교환했지만 어느 것 하나 제대로 시작할 수 없었다. 가령 아내는 대리모 역할을 고민했고 나는 장기 매매 브로커의 수입을 조사한 적이 있다. 그러나 마지막 단계에서 그 망상들은 폐기되었다. 우리는 우리의 아이가 살아갈 세상에 괴물들을 풀어놓고 싶지는 않았기 때문이다.

우리는 정말 정당한 방법으로 열심히 일했다. 더군다나 동성애를 인류적 재앙에서 사회현상으로 해방시킨 의학계의 노력 덕분에 성전환 수술비는 대폭 인하되었으므로 우리의 꿈은 생각보다도 일찍 이루어질 수 있을 것 같았다. 그리고 하나의 꿈을 공유하고 있다는 신뢰감은 부부 사이의 애정을 더욱 공고하게 만들어서 일상의 피로감이 무거워질수록 우리는 서로를 더욱 아끼고 배려할 수 있었다. 파김치가 되어 돌아와 내 사각 팬티와 러닝셔츠로 갈아입은 아내는 곧장 소파에 눕지 않고 설거지를 돕는 날이 많았으며 나 역시 란제리와 스타킹 차림에 외투를 걸친 채 쓰레기를 버리러 자정에 외출하는 날도 많았다. 그리고 우리는 곧 사라지게 될 서로의 육신에 대해 깊이 탐구하고 기억했다.

마침내 장장 칠 년 동안 불려왔던 장기주택마련저축의 만기일이 도래했다. 육체야말로 영혼의 집이니, 그런 저축 상품으로 새로운 육체를 마련하는 게 얼마나 감동적인 일인가.

우리는 각자의 일터에 휴가를 내고 은행이 아닌 병원에 먼저 들렀다. 정형외과 의사는 우리의 생각을 전혀 이해하지 못하는 것 같았다. 진찰보다는 우리의 결정을 무효화시키는 데 대부분의 시간을 소모했을 뿐만 아니라 자신과 친분이 깊은 정신과 의사를 추천해주었다. 하지만 끝내 우리의 고집을 꺾지 못했을 뿐만 아니라 오히려 우리의 간청에 설득당해 파격적인 수술 비용을 제시하기에 이르렀다. 남성을 여성으로 만드는 수술보다는 여성을 남성으로 만드는 수술에 훨씬 더 많은 비용과 기술과 용기가 필요했다. 걱정스러워하는 아내의 표정을 들여다보면서 나는, 하지만 유전적으로 여성이 남성보다 강하기 때문에 시험관 시술을 통해 태어난 아이들은 대개가 여자이며 미래에는 여성이 남성보다도 더 강력한 권리를 향유하게 될 것이라는 전망에 대해 말해주지 않은 걸 후회했다. 우리는 비밀 보장을 재차 확인받은 뒤 병원을 나왔다. 그리고 은행에 들러 돈을 모두 인출했다. 그리고 각자의 이름으로 건강보험에 가입했고 만약의 경우에 대비하여 보험금 수령인으로 아들의 이름을 적어넣었다. 이부자리에 나란히 누워서 우리는 타임머신을 타고 시간여행을 하는 상상을 즐겼다. 며칠 동안의 통증과 혼란이 끝나고 다시 일상으로 귀환하면 우리는 새로운 삶과 세계의 주인이 되어 있을 것이다.

하지만.

출항 전날 밤에 우리에게 불면증이 찾아왔다. 새벽 네시가 되어서야 겨우 찾아온 잠은 너무 밝고 묽어서 눈을 감고 있는데도 현실의 사물들이 훤히 드러나 보였다. 게다가 진흙으로 채워져 있지 않아서 여기저기서 불순한 소리들이 이팝꽃처럼 피어났다. 아내가 갑자기 헛구역질을 하기 시작했다. 그러고는 아랫배를 찔러오는 통증을 참지 못하고 방바닥을 쥐며느리처럼 뒹굴었다. 아내는 결국 구급차에 실려 응급실로 향했다. 우리의 복장을 보고 의사와 간호사들은 놀라지 않을 수 없었다.

축하합니다. 임신 삼 개월입니다. 하지만 아내분께서 낙태 수술을 받으신 경험이 있으니까 입덧이 멈출 때까지 남편분이 각별히 신경쓰셔야 할 것 같네요.

의사는 임신한 여자가 아내인지 아니면 여자 복장을 하고 있는 남자가 아내인지 구별할 수 없어서 난감한 표정을 지어 보였다. 그러고는 절망에 휩싸여 오장육부를 게워낼 기세로 울기 시작한 우리들의 반응에 한번 더 놀랐다. 만약 의사의 책상 아래에도 은행원들의 그것처럼 비상벨이 설치되어 있었다면 그는 자신이 빠져든 화이트아웃 현상에서 재빨리 탈출하기 위해 그것을 힘줘 눌렀을 것이고 정신병동에 배치되어 있던 덩치 좋은 남자 간호사들이 달려왔을 것이다.

집으로 돌아와 나는 아내에게 낙태 수술을 권유했지만 아내는 이혼까지 들먹거리면서 단호하게 거절했다. 그렇다면 하는 수 없이 이 아이가 스스로 앞가림을 할 수 있을 때까지 몇 년을 또 기다리는 수밖에.

부탁

인간으로서 죽음에 이르기 직전까지 지니고 있어야 할 최소한의 소지품들을 각자의 무덤 같은 여행가방 속에 쑤셔넣고 있을 때 초인종이 울렸다. 감정을 드러내지 않기 위해 느리게 움직이던 가족들의 표정이 일순간 굳고 어두워졌다. 그들이 떠나야 하는 목적지나 그곳으로 데려다줄 기차의 일정이 바뀌었는지도 몰랐다. 나는 급히 딸의 여행가방을 여미고 지퍼를 올리려고 애를 썼다. 내일부터 시작되는 여행이 자신의 삶에 어떤 영향을 미칠지 제대로 이해하지 못하는 열두 살 소녀에겐 지난 삶을 반추하기 위한 기념품보다는 앞으로 살아가는 데 필요한 물건들이 더 매력적이었으리라. 인간을 살리는 건 어쨌든 희망이 아니겠는가. 몇 가지 물건들을 부득이 여행가방에서 꺼내야 했을 때 딸은 마치 제 몸 어딘가를 잘라내야 하는 사람처럼 심각하게 고민했다. 만약 전쟁이 없는 곳에서 자란다면 필경 딸은 자신의 바람대로 의사가 될 수 있을 것이고 지금의 표정은 그 직업과 절묘하게 어울릴 것 같았다. 발바닥에 들러붙는 몽상을 떼어내면서 전진하느라 불청객을 현관문 밖에 너무 오랫동안 세워두고 말았다.

아내가 조심스럽게 현관문을 열었을 때 밖에는 이웃의 노파가 서 있었다. 그녀의 딸도 일주일 전 여행가방을 들고 가슴에 노란 별을 단 채 폴란드 국경으로 향하는 기차를 탔다. 딸이 떠난 뒤로 노파는 집안에 틀어박혀 식음을 전폐한 채 유령처럼 지내고 있다고 들었다. 어둠 속에서 우리를 감시하고 있을 누군가가 내일이 되기도 전에 우리집으로 군인들을 불러들일까 두려워, 아내는 현관 앞에서 머뭇거리고 있는 노파를 급히 집안으로 들이더니 현관문을 재빨리 닫았다. 딸은 그녀에게 인사를 했고 노파는 우리가 준비한 세 개의 여행가방에 오랫동안 눈길을 고정시켰다.

신의 가호가 함께하길.

그러고는 서럽게 울기 시작했다. 용케 침묵을 견디고 있던 아내의 눈에서도 용암처럼 뜨겁고 끈적이는 눈물이 흘러내렸다. 죽음의 여행이 시작되기 전까진 희망을 빼앗기고 싶지 않았기 때문에 나는 서둘러 아내와 노파의 울음을 중지시켜야 했다.

할머니, 보시다시피 저희도 소지품들을 챙길 시간이 많지 않아요. 용건만 간단히 말해주세요. 하지만 할머니를 도와드릴 수 있을지는 모르겠어요. 만약 작별 인사를 하러 오셨다면, 진심으로 감사드리고 싶군요. 신의 가호가 모두에게 함께하길.

노파는 울음을 멈추었다. 아내도 얼굴을 닦고 헛기침을 했다. 하지만 딸이 울기 시작했으므로 노파의 용건을 들으려면 시간이 더 필요했다. 노파는 딸을 껴안고 어깨를 다독였다. 울음소리가 잦아들자 노파는 주머니에서 낡은 컵 하나를 꺼내 나에게 내밀었다.

부탁이 있어서 왔어요. 아는지 모르겠지만, 제 딸도 일주일 전에 당신들처럼 기차를 타고 어디론가 떠났지요. 노란 별을 가슴에 달고요. 목적지가 어딘지는 모르지만 돌아오는 게 쉽지 않으리라는 건 이 늙은이도 단숨에 간파했지요. 집으로 갑자기 들이닥친 군인들이, 단체생활을 하는 데 꼭 필요한 소지품들만 챙기라고 을러대는 바람에 오래 생각할 겨를이 없었어요. 그곳에 수용된 사람들의 입을 강제로 벌려서 금니까지 뽑아낸다는 소문도 들리더군요. 하지만 제 딸에게 희망을 전해주고 싶어요. 그곳 밖에서도 여전히 많은 사람들이 살고 있으며 언젠가는 제자리로 돌아올 수 있을 것이라는 사실을.

혹시 이걸 제 딸에게 전달해줄 수 있나요? 딸이 어려서부터 사용했던 컵이에요. 남편을 잃고 직업마저 잃은 뒤로 밥벌이가 변변치 않아서 세간들을 팔았기 때문에 더 비싼 것은 이제 남아 있지 않네요. 알아요, 제가 지금 얼마나 염치없고 어리석은 부탁을 하고 있는지. 당신들도 어디로 가는지 모르고, 제 딸을 만날 가능성이 낮은데다가 설령 우연히 마주치더라도 알아볼 수 없겠지요. 사진도 도움이 되지 않을 거예요. 지옥에 갇힌 자들은 하나같이 얼굴이 없을 테니까. 하지만 이렇게라도 하지 않으면 제가 제 딸을 위

해 할 수 있는 게 아무것도 없어요. 더군다나 내일 당신 가족들마저 떠나면 제 주위엔 아무도 남지 않게 되겠죠. 저도 오래 버티진 못할 것 같네요. 그러니 그곳에 있는 동안 제발 이 컵을 지니고 있어주세요. 제 딸이 이 컵을 먼저 알아보고 당신들에게 말을 걸어올지도 모르니까. 제 딸을 끝내 만나지 못한다면 당신들이 가져도 좋아요. 그건 누군가 내 딸을 대신해서 살아가고 있다는 의미이니까. 너무 어려운 부탁을 드린 건 아니겠죠? 시간을 너무 많이 빼앗아서 죄송해요. 신의 가호가 함께하길.

절망을 감지한 딸이 다시 울기 시작했고, 생의 또다른 목적을 부여받은 나는 밖으로 눈물을 쏟는 대신 몸안에다 소금을 쌓아올렸다.

"아우슈비츠서 칠십 년 만에 발견된 금반지 '뭉클'"(SBS News, 2016. 5. 21.)

미각

불행하게도 사랑할 능력을 가지고 태어나지 못한 사람들이 있다. 또한 그런 능력은 타고났으나 불의의 사고로 인하여 상실한 사람도 있다. 적어도 사랑이 호르몬과 연관된 사건이라면 말이다. 나는 아주 어렸을 때 소파에 기어올라갔다가 바닥으로 떨어졌다고 한다. 그 소리가 얼마나 크고 묵직했던지 마당의 평상에 앉아서 졸고 있던 할머니까지 놀라 방안으로 뛰어들어올 정도였다. 어른들의 호들갑과는 대조적으로 나는 울지 않았다고 한다. 그래서 어른들은 그 충격으로 내가 벙어리가 된 줄 알고 더욱 발을 동동 굴렀다. 아버지가 회사에서 급히 돌아왔고 그의 등에 업혀서 나는 응급실로 갔다. 없는 형편에도 병원이 권장하는 정밀 검사를 모두 받았지만 이상이 전혀 발견되지 않아 나흘 만에 퇴원했다. 어른들은 하나같이 의사들의 무능함과 탐욕스러움을 비난했다.

그뒤로 나는 또래들보다 발육이 뒤처지기 시작했다. 할머니의 증언에 따르면 그 사고가 있은 뒤로 나는 음식을 잘 삼키지 못했고 자주 뱉어냈다고 한다. 그래서 몸에 좋다는 약들은 가리지 않고 먹어야 했다. 초등학교 육학년이 되어서야 비로소 또래의 몸무게와 키에 육박할 수 있었다. 하지만 끝내 평균에 이르지 못한 채 성장이 멎고 말았다. 나는 시도 때도 없이 허기를 느꼈으나 식도락을 즐기진 않았다. 식사시간은 고통스러웠고 단지 직립보행에 필요한 최소한의 에너지를 얻을 목적으로 음식을 삼켰다. 내가 맛을 느끼지 못한다는 사실은 충치를 치료하면서 알게 되었다. 정확히 말하자면 혀끝의 미각세포들은 여전히 살아 있으나 그것들로부터 전해지는 정보들을 뇌로 보낼 수 있는 통로가 끊겨 있었다. 그리고 그것은 필경 아주 어릴 적 머리부터 바닥으로 떨어진 경험과 깊은 관계가 있었다. 당시 의학으로도 충분히 알아낼 수 있는 사실이었지만 흑백의 사진들을 제대로 읽지 못하는 의사들마저 버젓이 존경받던 시절이었다.

내가 맛을 느끼지 못한다고?

매운맛은 미각이 아니라 통각이다. 그러니까 나는 그동안 떡볶이를 먹으면서 통증을 느꼈던 것이다. 사실 매운 음식을 먹을 때에만 나는 즐거웠다. 그래서 거의 모든 음식에 고춧가루가 들어가야 했고 부모님은 내게 위장병이 생겨날까 걱정하여 식보를 돕는다는 한약을 먹였다. 그것은 전혀 쓰지 않았기 때문에 나는 쓰디쓴 약을 어른보다도 더 잘 마신다는 칭찬까지 들었다.

나는 음식 속에 포함되어 있는 재료들을 통해 맛을 상상해보곤 했지만 같은 모양과 같은 색깔을 지닌 것들, 가령 설탕의 달콤함과 소금의 짜디짬, 식초의 신맛과 소주의 쓴맛을 한꺼번에 상상할 수는 없었다. 그래도 사람들 앞에선 나의 장애를 드러내지 않기 위해 어머니의 표정을 보고 어떤 표정을 지어야 하는지 연습해두긴 했다.

사춘기가 지나면서 나는 어쩌면 사랑마저도 할 수 없게 될지 모른다는 두려움에 사로잡혔다. 그도 그럴 것이 뇌과학자들은 사랑의 정체가 뇌에서 흘러나오는 몇 밀리그램의 호르몬과 연관이 있다는 내용의 논문을 앞다투어 발표했다. 얼굴에 여드름이 빽빽하게 돋아나고 사타구니가 털로 거뭇거뭇해졌으며 변성기를 지나 울대가 도드라졌는데도 나는 여자의 살냄새가 전혀 그립지 않았다. 그저 오랫동안 잠자고 싶었고 가끔 죽고 싶었을 뿐이다.

나는 스스로를 시험하기 위해 공용 버스터미널 근처의 좌판 상인들에게 은밀하게 접근하여 도색잡지를 구입하기도 하고 일부러 늦은 시간에 사창가를 천천히 통과하여 하교하기도 했지만 마치 몸속에 아무것도 살아 있지 않은 것처럼 아무런 움직임도 감지할 수 없었다. 그렇다고 목욕탕에서 발기가 되지 않는 것도 아니었다.

책이나 영화 속에 등장하는 사랑 이야기는 지루하기 이를 데 없었다. 나는 당시 일기장에, 인간들은 사랑과 같은 불순한 행동으로 인생을 너무 낭비하기 때문에 결국 멸종하게 될 것이라고 적었다. 하지만 처녀인 양호 선생님은 성교육 시간에 나의 생각과는 정반대로 이야기했다. 진화를 통해 인간이 자웅동체나 근친교배 대신 이성 간의 사랑으로 생식하게 된 까닭은 열성유전자의 대물림을 막고 새로운 우성유전자를 발굴해내기 위해서라고. 남녀 성기의 차이를 설명하는 선생님에게도 나는 성욕을 전혀 느끼지 못했다.

나는 사랑은 결코 성욕에 지배받지 않으며 호르몬과 같은 물질로 이루어진 것은 더욱 아니라고 생각했다. 자연히 아가페나 플라토닉 러브만이 인간의 의무이고 에로스는 악마가 인간을 타락시키기 위해 고안한 형벌로 간주했다. 그렇다고 내가 교회나 성당이나 절집을 드나들었던 것도 아니다. 고등학생이 되기도 전에 나는 담배를 피우고 술을 마셨다. 새로운 맛이 새로운 담배와 술에 추가되었다는데도 차이를 감지할 수 없었다.

아무런 결핍도 느끼지 못한 나는 무엇인가를 사랑하여 갈급하는 마음으로 생을 전진시키지 않았다. 그저 여생이 너무 길고 심심할 것 같아서 무엇인가를 하지 않으면 안 되었다. 부모님과 선생님들의 만류에도 불구하고 지방대학 고고학과에 입학원서를 제출했던 이유도, 수천 년 동안 쌓여온 유물들을 찾아내고 정리하는 것만으로도 내 한평생이 부족할 것 같았기 때문이다. 게다가 그 대학에는 인류학 연구의 권위자가 교수로 있었다. 통일신라 시대에 건축된 왕릉을 뒤지는 일보다는 오스트랄로피테쿠스의 아버지의 아버지를 찾는 일이 더 재미있을 것 같았다.

대학생활 동안 나는 단 한 번도 사랑에 현혹되지 않았다. 하지만 몇 명의 여자들이 나의 전 애인을 자처하면서 나를 비난하고 다닌다는 소문을 들었다. 그들은 하나같이 내가 아주 파렴치한 방식으로 자신들의 헌신을 짓밟았다고 떠들어댔다. 그들의 얼굴을 모두 기억할 수 있었으나 그들에게서 받았던 감정들은 결코 그럴 수 없었다. 그래서 일일이 대응할 수 없었다. 고삐 없는 소문은 걷잡을 수 없을 정도로 몸집을 불려 나의 숨통을 점점 압박해왔다. 변명이라도 하지 않으면 여학생회나 학생처에 소환되어 게시판에 내걸 사과문이라도 작성하게 될 판국이었다.

나는 도처에서 사랑의 열병을 앓는 세상이 너무 혐오스러웠다. 그래서 어느 날 나는 머리를 모두 깎고 등교해서 운수납자로 살아가겠노라고 선언했다. 하지만 병역을 기피하기 위해 속임수를 쓰고 있다는 오해만 살 뿐이었다. 그래서 나는 입대했고 나를 힘들게 만들었던 여자들로부터 몇 통의 편지가 날아왔다. 사랑과 증오는 같은 나무의 열매라는 주장엔 전혀 동의할 수 없었다.

미각과 사랑에 대한 갈망이 전혀 없었으므로 군대생활은 어렵지 않았다. 사랑에 의한 고통을 근절시키려면 운수납자보다는 직업군인이 더 유리하겠다고 생각했다. 각 지역의 관광명소가 된 절집보다는 군대 면회소를 찾아오는 여자들의 숫자가 훨씬 적을 테니까. 겨우 안정을 찾았다고 생각했을 때 제대 명령이 떨어졌다. 나쁜 시력 때문에 부사관이 될 수 없었다.

나는 여자가 남자보다 훨씬 독립적인 삶을 살 수 있을 것이라는 생각에 이르렀다. 그래서 성전환 수술을 하기로 마음먹었다. 그러려면 일 년 이상 정신과 상담을 받으면서 성적 정체성을 바꾸어야 했고 마침내 에스트로겐 알약이 처방되었다.

하지만 끝내 나는 뜻을 이루지 못했고 지금은 순하디순한 여자의 남편으로서, 그리고 두 아이의 아버지로서 살고 있다. 팔 학기 만에 고고학과를 졸업하긴 했으나 경영학을 복수전공한 덕분에 조그만 무역회사에 취직했다. 여전히 담배를 피우고 술을 마시며 늘 신제품의 출시를 기다린다. 음식에 자극적인 양념을 가급적이면 적게 사용하라고 아내에게 조언하기도 한다. 장모님이 환절기마다 챙겨 보내주시는 한약을 먹지 않으려고 버티다가 기어이 부부싸움에 이르기도 하고 운명이 시기한 사랑 이야기 앞에서 애처럼 울기도 한다. 그리고 너무 매력적인 나머지 윤리 의식을 지닐 수 없는 여자와 어느 호텔방에서 만나 이름도 묻지 않고 서로의 밤과 살을 섞는 상상을 하기도 한다. 그리고 일주일에 적어도 한 번씩은 부부관계를 맺고 있다.

이런 극적 반전은 어느 날 갑자기 찾아든 통증에서 비롯되었다.

당의로 감싼 여성 호르몬 알약을 삼키면서 잠들기를 반복하던 어느 날 새벽 나는 몸 전체를 뒤흔드는 치통을 느끼고 비명소리와 함께 깨었다. 그러고는 잠옷 차림으로 택시에 올라 대학병원 응급실로 향했다. 하지만 아래쪽 사랑니를 뽑는 수술은 결코 간단하지 않아서 당직 레지던트들은 수술을 결정할 수 없었다. 사랑니를 뽑다가 신경을 다쳐 평생 언어장애를 입거나 목숨까지 잃었다는 소문을 나도 익히 들어 알고 있었지만 통증을 없애기 위해 턱을 통째로 뽑아낸다고 하더라도 나는 묵인했을 것이다. 엉터리 의사들

은 내 어린 시절 흑백사진을 제대로 읽지 못했던 사람들로 족했다. 두어 곳의 병원을 전전한 끝에 겨우 나는 치과 전문의로부터 수술을 허락받을 수 있었다. 하지만 새벽에 수술을 집도하기엔 의사의 나이가 너무 많은 게 아닌지 걱정이 되긴 했다.

수술은 성공적으로 끝났다. 통증과 함께 새어나오는 신음이 그 증거였다. 그럴수록 침이 고였다. 간호사는 내 입속으로 핀셋을 밀어넣어 피 먹은 솜뭉치를 새걸로 바꾸어주었다. 그때 나는 어떤 생소한 감각을 느끼고 무의식적으로 표정을 일그러뜨렸다. 그러자 간호사는 멋쩍은 웃음을 보이며 말했다.

그렇게 쓰진 않죠?

삼십여 년 만에 내가 다시 느낀 미각은 쓴맛이었다. 국어사전에는 쓴맛에 대한 정의가 이렇게 적혀 있다.

소태나 씀바귀 따위의 맛처럼 느껴지는 맛.

그래서 퇴원하는 길에 재래시장에 들러 씀바귀를 조금 샀다. 그 후로 삶이 고달프다고 생각될 때마다 나는 그 대학병원으로 간다. 멀리서 그 늙은 의사와 간호사의 얼굴을 확인하고 돌아온다. 그들은 분명 오스트랄로피테쿠스에게 선악과를 따준 뱀의 자손들일 것이다. 노의사가 정년퇴임을 하기 전에 다시 치과 치료를 받게 된다면 진찰대에 누워 꼭 물어보고 싶다.

사는 데 꼭 기억해야 하는 맛이 뭘까요?

오필리아

약혼자의 칼에 쓰러진 아버지를 끌어안고 오필리아는 잔인한 운명 앞에 흐느꼈다. 신은 질투심에 눈이 멀어 아버지와 약혼자를 자신에게서 빼앗아갔다. 어쩌면 신은 그녀가 평생 동안 순결을 지키면서 오직 자신에게 헌신하기를 기대했는지도 모른다. 세례를 받으면서 어머니가 신부에게 다짐했던 약속이 그녀에게 저주가 되었다. 어머니는 어린 그녀가 세상의 모든 유혹에 흔들리지 않고 오직 신의 뜻에 따라 살게 해달라고 기도했다. 하지만 오필리아는 결코 어머니의 뜻대로 살고 싶지 않았다. 그녀의 부모 역시 과년한 딸이 어느 날 갑자기 수녀가 되겠다고 선언할 것 같아 늘 불안했다. 한때 덴마크 왕국의 계승자였던 왕자와 약혼을 한 뒤에도 여전히 그녀의 부모는 까닭 모를 불안감에서 해방되지 못했다. 그녀의 어머니는 매주 성당에 나가 자신의 어리석은 약속을 회개하고 불경의 벌은 모두 자신이 받게 해달라고 기도했다. 하지만 결국 단죄는 자신의 죽음으로도 모자라 딸의 약혼자에게 남편이 살해되는 비극으로 이어졌다. 그리고 끝내 그 딸마저 죽음에 봉인되었다.

훗날 존 에버렛 밀레이는 그녀의 숭고한 죽음에 감동받아 〈오필리아〉라는 명화를 남겼다. 후세 사람들은 오직 그 그림으로 오필리아의 얼굴을 기억한다. 그 속에서 오필리아는 핏기 없는 표정으로, 눈동자를 허공의 한 점에 고정하고, 입은 조금 열어두었으며, 두 팔은 누군가를 안으려는 듯 활짝 벌린 채 호그스밀Hogsmill 강물 위를 양귀비꽃과 함께 떠내려가고 있다. 강가에 피어 있는 식물들의 꽃말이 그녀의 비극을 지나치게 과장한다. 버드나무는 버림받은 사랑을 상징하고 팬지꽃도 사랑의 허무함을 노래한다. 데이지의 꽃말은 순수이고 제비꽃의 꽃말은 절개이다. 양귀비꽃은 늘 죽음 곁에서 핀다.

하지만 비현실적으로 보일 만큼 지나치게 경건한 광경은, 죽음을 관장하는 신이 자신의 자비로움을 강조하기 위해 그의 충직한 종을 시켜 만들어낸 환상에 불과하다. 그렇게 해서 신은, 살아 있는 그녀에게서는 결코 빼앗지 못한 동정과 연민을 쟁취해낸 것이다.

그래도 그녀의 죽음과 관련하여 은밀하게 전해 내려온 이설異說은 이렇다.

신의 무자비함에 맞서 오필리아는 입술을 깨물었다. 절대 운명에 굴복하지 않겠노라. 죽음을 맞이하더라도 결코 신을 배신하진 않겠지만, 음습한 수도원 골방으로 끌려가서 동정녀가 되지는 않으리라. 약혼자가 자신의 아버지를 죽인 살인자가 되었더라도 끝까지 그와의 사랑을 지켜내리라. 칼을 쥔 건 약혼자였지만, 그 칼로 찌른 건 그가 아니라, 그의 아버지를 죽이고 제 형수와 결혼하여 왕국을 차지한 그의 숙부이자 지금의 왕이다. 그의 칼에 쓰러진 자도 자신의 아버지가 아니다. 자신의 아버지는 포악무도한 지금의 왕에게 신하의 맹세를 하는 순간 이미 이 세상에서 죽은 사람이었다. 그리고 덴마크의 유일한 계승자와 정혼을 한 이상, 한 가문의 명예가 아니라 덴마크 전체의 영광을 위해서만 헌신할 것이라고 오필리아는 다짐했다.

그러려면 무엇보다도 자신의 약혼자에게서 죄책감을 씻어주는 게 급선무였다. 아울러 자신의 오빠가 약혼자에게 품고 있는 적개심 또한 속히 없애주어야 했다. 그래서 그녀는 부지런히 두 남자들 사이를 오가며 화해를 중재했다. 비록 그녀의 행동을 이해하진 못했지만 그녀의 효심만큼은 부정할 수 없었던 사람들은—그들은 제 작은아버지를 살인자라고 부르는 햄릿 왕자의 광기와, 아버지의 비참한 죽음을 앙갚음하려는 그녀 오빠의 분노도 잘 알고 있었다—바다 같은 슬픔이 그녀를 미치게 만들었다고 속닥였다. 하지만 그녀는 소문 따위에 아랑곳하지 않고 가혹한 신이 헝클어놓은 운명의 날줄과 씨줄을 풀기 위해 백방으로 노력했다. 그리고 그녀의 노력이 두 남자의 굳은 마음을 조금씩 누그러뜨리고 있었다. 적어도 그 남자들 사이의 생사를 건 결투만큼은 영원히 연기될 것 같았다.

하지만 이승의 모든 인과관계를 주관하는 신이 자신의 권위에 도전하고 있는 그녀의 성공을 보아 넘길 리 없었다. 그렇다고 욕망에 휘둘려 그녀에게만 유독 잔혹하게 굴었다는 비난을 받고 싶지도 않았기 때문에 신중하게 대처해야 했다.

신이 인간을 통제하는 방법 중 가장 은밀하고 확실하지만 성공을 위해 가장 많은 시간과 노력을 투자해야 하는 것이 바로 꿈이다. 꿈을 통해 신이 인간에게 내려오기도 하지만 반대로 인간이 신의 영역으로 올라가기도 한다.

신은 자신의 충복들 중에서 가장 연기를 잘하는 배우들을 골라 그녀의 꿈속으로 내려보냈다. 그러고는 그녀가 절대 꿈을 꾸고 있다는 사실을 깨닫지 못하도록 했다. 그러니까 그녀의 꿈속에는 죽은 아버지나 어머니가 절대로 등장하지 않는다. 그것은 신이 햄릿 왕자의 꿈을 연출했던 방식과는 정반대다. 그녀는 자신의 약혼자가 오빠와 화해하는 모습을 지켜보았다. 그리고 그들이 서로 지혜와 힘을 합쳐 왕조를 바로 세우자고 맹세하는 소리까지 들었다. 그녀는 너무 행복했다.

마침내 자신이 신의 저주로부터 해방되었다는 안도감을 느끼는 순간, 오한이 그녀의 온몸을 관통했다. 정신을 차렸을 때 그녀는 새벽의 강가에 잠옷 차림으로 혼자 누워 있었고 온몸이 강물에 젖어 있었다. 그런데 어떻게 해서 새벽에 문을 열고 수 킬로미터가 넘는 강가까지 혼자 걸어올 수 있었는지 그녀는 전혀 기억할 수 없었다.

몽유병 증상을 보인 사람들이야 동서고금을 막론하고 많았겠지만 유감스럽게도 그것이 질병에 불과하다고 생각한 자들은 많지 않았다. 꿈속을 걷는 자들은 악마의 세례를 받은 것으로 간주되어 집안의 창고나 수도원의 골방이나 정신병원의 지하실에 감금되었기 때문에 사람들에겐 그런 병명이 거의 알려지지 않았을 수도 있다.

강에서 깨어난 그녀는 무서웠다. 마을 사람들이 깨기 전에 귀가하려면 발바닥에서 피가 나더라도 걸음을 멈춰선 안 되었다. 눈물도 멈추지 않았다. 신은 단숨에 그녀의 잠든 육신을 강물 속에 던져넣을 수도 있었지만 그렇게 하지 않았다. 순종하지 않는 자들에게 고통의 크기와 깊이를 직접 알려주려는 의도가 분명했다. 그렇다고 약혼자와 오빠의 목숨이 걸려 있는 이상 순순히 물러날 수도 없었다.

그 사건이 일어난 뒤부터 오필리아는 매일 밤 이교도와도 같은 잠에 필사적으로 저항했다. 밤새 자수를 놓고 책을 읽고 편지를 썼다. 그것으로 안 되면 친구들을 불러들여 이야기를 나누기도 하고 비올라 연주자의 음악을 듣기도 했다. 하지만 잠을 자지 않고 산다는 것은, 먹지 않고 지내는 것만큼이나 불가능한 일이었다. 그녀를 둘러싼 흉흉한 소문이 돌기 시작했다. 그래서 하는 수 없이 그녀는 매일 밤 마을 사람들 중에서 가장 늦게 잠들면서 집안의 모든 문을 안에서 걸어 잠갔고, 하녀를 시켜 자신이 알지 못하는 곳에 열쇠들을 숨겼다.

하지만 그녀는 매일 아침 강가에서 젖은 잠옷을 입은 채 발견되었다. 그리고 결국 그녀는, 후세 사람들이 아는 바대로, 시체가 되어 강물 위로 느리게 떠내려갔다. 하지만 후세 사람들이 아는 바와 다르게, 그녀는 결코 자살하지 않았다. 살해되었다.

신은 오필리아뿐만 아니라 하녀의 꿈속에도 들어갈 수 있었다. 집안의 모든 문을 잠그고 열쇠를 숨긴 다음 잠자리에 든 하녀는 꿈속에서 왕자와 시종들의 호위를 받으며 천국 곳곳을 여행했다. 문이 열리는 소리에 잠시 깨어났을 때 그녀는 자신의 발바닥이 젖어 있다는 사실을 깨달았지만, 식탁 의자에 앉아 있었으므로, 설마 자신이 잠든 채로 현관문을 열쇠로 열고 밖에 나갔다 돌아왔다는 생각은 차마 하지 못했다. 오히려 자신이 아직 잠자리에 들기 전이라고 생각했다. 그래서 문을 안에서 걸어 잠그고 열쇠는 아궁이 속에 숨긴 채 다시 잠자리에 들었던 것이다.

"몽유병 걸린 여성, 한밤중 강에서 수영하다 죽을 뻔"(나우뉴스, 2012. 8. 27.)

그들의 올림픽

*

미국이 이라크를 공습하기 한 달 전, 그러니까 아테네에서 올림픽이 열리기 일 년 전, 바그다드의 대학생이던 모하메드 압둘은 스위스에서 열린 국제육상대회 백 미터 결승전에서 강력한 우승 후보였던 미국 선수들을 모두 물리치고 우승한다. 뒷바람 때문에 세계신기록으로 인정받을 순 없었지만 세계의 유수 언론들은 그가 올림픽에서 인간의 한계를 뛰어넘는 최초의 선수가 될 것이라고 떠들어댔다.

미국의 육상계와 그들을 후원하는 다국적 스포츠용품 회사는 위기감을 느끼고 자국 선수의 기록을 향상시킬 합법적인 약물들을 찾아내려는 노력과 함께 이라크 선수의 올림픽 출전을 막을 방법을 모색했다. 전혀 다른 이유로 미국의 이라크 공습이 비밀리에 결정되면서 군 지휘관들이 이라크 지도 위에서 폭격 대상을 선별하고 있을 때 미국 육상계의 한 임원이 그들 몇 명에게 전화를 걸어 바그다드 운동장을 포함시켜달라고 요구한다. 모스크가 아닌 운동장 하나쯤이야 없앤다고 한들 아랍권 전체 무슬림들을 자극할 리도 없었으므로 그들은 미사일 한 발의 항로를 수정해주었다. 미국 미사일에는 세계 최고의 과학기술이 적용되어 있지만 매번 신의 가호를 받는 건 아니어서—행운을 기대하기엔 미국이 보유한 미사일의 숫자가 너무 많았다—가끔은 항로를 벗어나 떨어지고 있는데도 사람들은 더이상 놀라거나 분노하지 않았다. 그리하여 어느 날 아침 바그다드 운동장엔 공동묘지가 들어서게 되었다.

백 년 만에 고대 올림픽의 발상지로 돌아온 성화가 아테네 올림픽 주경기장으로 옮겨지고 이라크 선수단이 입장하기 시작했을 때 각국에서 모여든 관중들은 정치적 고난에도 불구하고 위대한 올림픽 정신을 발휘한 그들에게 기립 박수를 보냈다. 이미 바그다드에 대한 폭격은 반년 전에 멈추었지만 아직 붙잡히지 않은 독재자를 추종하는 자들의 저항은 여전히 이라크를 불구덩이로 만들고 있었다. 고작 마흔여섯 명으로 구성된 이라크 선수단 속에서 모하메드 압둘 선수의 모습이 보였다. 일 년 만에 국제대회에 나타난 그를 알아본 서방의 언론들은 그가 아테네 올림픽 최고 영웅으로 등극하리라는 데 이의를 달지 않았다. 그는 일 년 전에 비해 다소 수척해져 있었지만 월등한 실력을 발휘하며 무난히 백 미터 달리기 결승까지 올라갔다.

강력한 우승 후보로 손꼽히던 미국 선수 옆에 나란히 웅크리고 앉아 그는 출발신호를 기다렸다. 총소리가 울리고 선수들은 활처럼 튀어나갔지만 이라크 선수 모하메드 압둘은 제자리에 남아 있었다. 그리고 미국 선수가 결승선을 통과할 무렵 출발선을 떠나 결승선으로 단숨에 달려들어왔다. 미국 선수는 인간의 한계 기록 안에서는 우승하지 못했다. 공식적인 기록이 발표되진 않았지만 관중들은 압둘이 미국의 우승 선수보다 더 빨리 달렸다는 데 동의했다. 압둘은 트랙을 조금 걷다가 관중들에게 손을 흔들고 선수 대기실로 급히 사라졌다. 그의 무성의한 경기 태도를 두고 국제육상경기연맹은 선수생활에 치명타를 입힐 제재를 논의하기 시작했다. 다행히 그에게 소명할 기회를 주자는 동정론이 앞서서 그는 기자회견장에 나타날 수 있었다.

그는 덤덤한 어조로 말했다. 일 년 전 바그다드 대공습 이후로 연습을 전혀 할 수 없었다고. 기자들은 심드렁한 표정으로 다른 나라로 피신해서 연습할 수도 있지 않았느냐고 물었다. 그는 그럴 순 없었다고 잘라 말했다.

"저는 이라크의 영웅이나 희망이 아니라 현재입니다. 전 제가 이라크에서 태어났다는 이유만으로 제 나라와 국민들을 너무 사랑하죠. 그들 대부분은 제가 미국 선수들을 이기는 것보다 전쟁에서 살아남기를 더 원했습니다. 그래서 전 방공호를 떠날 수가 없었습니다. 제가 국가대표가 되어 이곳까지 올 수 있었던 것도 그들의 간절한 기도가 만들어낸 기적입니다. 그리고 제가 동료들보다 늦게 출발한 까닭은, 우리 조국의 현재와 미래를 세상의 모든 양심 있는 자들에게 알려주고 싶었기 때문입니다."

**

준결승전을 앞두고 루마니아의 여자 핸드볼 대표팀 감독은 심각한 고민에 빠졌다. 예선전에서 연장까지 가는 혈투 끝에 주전 선수 대부분이 부상과 체력 저하로 다음 경기에 뛸 수 없게 됐기 때문이다.

혼자 숙소에 박혀서 뾰족한 묘책을 찾던 그는 머리를 식힐 셈으로 라운지로 올라갔다. 경기를 마친 선수들이 일광욕을 즐기거나 전자오락을 하거나 텔레비전을 보고 있었다. 낯익은 얼굴들도 보였다. 자국의 리듬체조 선수들과 코치였다. 결선에 진출하지 못했으므로 그녀들은 폐막식 전에 귀국길에 올라야 했다. 심판들의 편파적인 판정에 희생되었다는 소문이 팽배해져 있던 터라 그녀들은 국제체조연맹의 최종 판정이 나올 때까지 그곳에 머물고 싶었다. 틈만 나면 그들은 텔레비전 앞에 모여서 자신들의 경기 모습이 담긴 비디오를 반복해서 보았다. 그녀들은 소리내어 항변하는 자와 우는 자와 침묵하는 자로 나뉘었다.

핸드볼 대표팀 감독도 그들 사이에 끼었다. 핸드볼 관련 소식에만 골몰해 있었던 터라 정작 그는 그제야 그녀들의 아름다운 동작들을 볼 수 있었던 것이다. 그녀들은 아주 능숙하고 우아하게 후프와 리본과 볼을 다루었는데 만약 자신이 심판이었다면 그녀들 중 누구에게 가장 낮은 점수를 주어야 할지 고민했을 것이다. 그녀들은 대개 높은 기술 점수에 비해 낮은 예술 점수를 받았는데, 예술적인 사항에 디지털식으로 점수를 매기는 일이 도무지 이해되지 않았다. 만약 리듬체조 역시 격투기처럼 일대일로 국가 대항 경기를 펼쳐 더 많은 점수를 얻는 쪽이 결승에 진출하는 시스템을 선택했더라면, 그녀들은 당연히 은메달을 확보한 채 느긋하게 결승전에서 상대를 기다리고 있었으리라. 특히 그녀들은 하나같이 볼 연기에서 탁월한 기술과 예술적 감각을 발휘했다. 순간 핸드볼 대표팀 감독의 머릿속으로 빛나는 생각이 스쳐갔다.

당신들이 예상했던 대로, 준결승전에 참가한 루마니아 여자 핸드볼 선수들 중엔, 우아하고 몸에 꼭 들어맞는 레오타드 대신 반소매 티셔츠와 헐렁한 반바지에 등번호까지 적힌 유니폼을 입고 있는 리듬체조 선수들도 섞여 있었다. 그들의 긴 팔과 다리는 관중들의 주목을 사는 데 충분했다. 공을 잡은 그녀들은 핸드볼 규칙에 서툴러서 자꾸 심판에게 공격권을 빼앗겼다. 공을 머리 위로 들어올린 채 네 발짝 이상을 걷거나 가랑이 사이에 공을 끼우는 것은 엄연한 반칙이었다. 하지만 긴 팔을 이용하여 반대편 손으로 공을 옮기거나 한 다리를 곧추들고 서서 몸을 앞뒤로 회전시켜가면서 슛을 던지거나, 허리를 뒤로 젖혀 목과 등 사이로 공을 받는 일들은 결코 규정된 반칙이 아니었다. 난감하기는 심판들이나 상대 선수와 관중들도 마찬가지였다. 루마니아팀이 공격을 할 때마다 한 편의 아름다운 리듬체조 연기가 벌어졌다. 그녀들의 우아함을 향해 쏟아지는 관중들의 찬사에 루마니아 대표팀의 사기는 급격히 올랐다. 심판진의 우유부단함 때문에 그런 상황은 전반전 내내 가능했다.

루마니아 대표팀이 이 점을 앞선 채 전반전을 마치자 화가 난 노르웨이 대표팀 감독은 휴식시간을 이용하여 국제핸드볼연맹에 공식 이의를 제기했고 그들이 경기 속개 여부를 논의하느라 경기는 한 시간 넘게 지연되었다. 마침내 심판들은 규정집과 판례집을 뒤져서 난처한 상황을 벗어날 수 있는 규정을 찾아냈다. 그런데 그것은 핸드볼 규정집이 아니라 리듬체조 규정집에서 발견되었다.

"리듬체조 선수로서 심판이나 관중에게 심한 모욕감을 심어줄 행위를 했을 경우 경기감독관의 재량에 따라 제재를 결정할 수 있음."

그러나 그 경기를 보았던 심판과 관중들 중에서 모욕감을 느낀 건 러시아 출신의 루마니아 리듬체조 코치뿐이었다.

기사記事

톰슨 씨는 병원의 맞은편 도로 모퉁이에 위치한 '올드 파'라는 카페로 들어가, 병원 건물이 보이지 않는 쪽의 창가에 앉았다. 그리고 아메리카노와 머핀을 기다리면서 담배 한 개비를 물었다. 폐암 선고를 받은 지 사 년 만에 다시 물어보는 담배였다. 하지만 그는 불을 붙이지는 않았는데, 의사의 충고를 따르려 했던 게 아니라 그곳이 금연석이라고 알리는 작은 표지를 무시할 수 없었기 때문이다. 아메리카노와 머핀을 들고 온 웨이트리스가 그를 내려다보면서, 아메리카노와 머핀을 포기하든지 담배를 포기하든지 둘 중의 하나만을 선택하라고 표정으로 종용하고 있을 때, 그는 자신이 지금 폐암을 앓고 있기 때문에 이 담배를 피우는 일은 결코 없을 것이라고 말했다. 다만 이 담배에 대한 오래된 추억들이 잠깐 필요해진 것일 뿐이라고. 그리고 새로 산 담배 한 갑 전체를—자신이 입에 물고 있는 한 개비를 제외하고—탁자 위에 놔두고 갈 테니 필요하다면 갖거나 누굴 줘도 좋겠다고 말했다. 흡연자일 게 틀림없는 웨이트리스는 마뜩잖던 표정을 누그러뜨리며, 폐암 환자에게는 말보로 같은 궐련보다 싸구려일지라도 쿠바산이나 자메이카산 시가가 더 좋을 수 있다고 충고했다. 하지만 톰슨 씨는 젊어서 그런 것들을 피운 적이 없기 때문에 추억을 상기하는 데는 도움이 되지 않는다고 대꾸했다. 그렇다면 머핀도 단지 추억을 정리하기 위해 주문한 것이어서 먹지 않고 남길 것이냐고 캐서린이 물었다. 그녀는 왼쪽 가슴에 플라스틱 이름표를 차고 있었다. 톰슨 씨는 그 말을 자신의 투병을 격려하기 위해 던진 농담으로 이해하고 힘없이 웃으며 고개를 흔들었다.

난 지금 투병을 할 수 없을 만큼 배가 고프고 목이 마르오.

항암 치료를 받기 위해 한 달에 일주일씩 병원에 머물면서 그는 칠층 병실의 창가에서 틈틈이 이 카페를 내려다보았다. 이곳은 진단서를 천국행 비행기 티켓으로 바꾸어주는 창구 같았다. 그는 폐암을 완전히 치료하거나 그것에 완전히 굴복해 더이상 병원에 드나들지 않게 되는 날 이곳으로 와서 티켓을 사고 축배를 들겠노라고 다짐했다. 그건 이곳을 드나드는 손님들의 여유로운 표정 때문이기도 했거니와 아름다운 웨이트리스 때문이기도 했다. 하지만 그녀가 캐서린은 아니었고 지금 시간에 근무하지 않는다는 사실도 잘 알고 있다. 캐서린은 다른 테이블로 옮겨갔다.

톰슨 씨는 담배를 입술에서 손가락 사이로 옮기고 아메리카노와 머핀을 절반씩 삼켰다. 그리고 다시 담배를 문 다음 가방 속에서 신문 세 부와 수첩을 꺼냈다. 인쇄된 지 얼마 되지 않은 것들이어서 진한 잉크 냄새가 강력한 각성 효과를 일으켰다. 신문에 대해 반추할 추억은 없었던가? 만약 그때 그런 추억이 곧바로 떠올랐다면 그는 신문지 한 조각을 잘라내어 입에 쑤셔넣고 입담배처럼 잘근잘근 씹었을 것이고, 사오 미터 떨어져 있는 손님에게서 주문을 받으면서도 연신 그를 곁눈질로 감시하고 있는 캐서린을 안심시킬 수도 있었을 텐데. 그는 담뱃갑을 놓아두고 가겠다고 그녀에게 말한 것을 후회했다.

잡념을 떨쳐버리기 위해 톰슨 씨는 나머지 반의 아메리카노마저 들이켰다. 그러고 나서 신문들을 한 장씩 펼치기 시작했다. 하지만 그는 각각의 신문기자들이 자신의 목숨을 덜어내면서까지 간신히 완성한 기사들엔 눈길 한번 주지 않은 채 하단에 실린 광고들만을 읽어갔다. 마치 마흔도 되기 전에 폐암에 걸린 남자에게 세상의 모든 사건과 그것들을 둘러싼 사람들 사이의 관계는 더이상 흥미로운 주제가 아니며, 그저 살아 있는 동안 자신의 욕망을 모조리 소모하는 일만이 중요하다고 생각하는 것처럼. 하긴 오로지 광고주들의 관심을 끌 요량으로 자극적인 기사들을 연재하고 판매 부수를 과장하는 신문사들도 세상엔 많다. 신문은 더이상 세상을 들여다볼 수 있는 유리창이 아니다.

하지만 톰슨 씨가 신문 속에서 찾고 있는 것은 자극적인 상품광고가 아니라 부고였다. 그는 그것들을 발견할 때마다 꼼꼼히 읽었다. 그리고 읽은 것의 일부를 자신의 수첩에 옮겨 적었다. 그는 펜과 담배를 손가락과 입술 사이에 번갈아 끼워넣었는데 그게 캐서린을 즐겁게 만들었다. 그렇다고 오랫동안 생사를 확인할 수 없는 친구나 친척들의 소식을 알아내려는 것은 아니었고, 자신보다 먼저 죽은 자들로부터 위로를 받으려는 목적도 없었다. 그는 자신의 부고 기사를 쓰기 위해 그곳에 왔다. 그는 이미 변호사의 도움을 받아 유언장을 완성해두었다. 변호사는 재산과 유언장의 페이지 수는 비례한다고 귀띔해주었다. 그것은 마치 자신의 생일이나 결혼식에 앞서 친척과 친구들에게 손수 초대장을 적어 보내는 행위와 다르지 않았다. 더이상 피울 수 없는 담배를 불씨 없이 입에 물고 있는 진짜 이유는 톰슨 씨가 알고 지내는 사람들의 대부분이 한때 골초였거나 여전히 골초이기 때문이다. 휴대전화가 널리 보급된 뒤로 사람들은 더이상 편지를 보내거나 종이 신문을 읽지 않는다지만, 그가 외롭게 담배를 피우는 동안 친절하게 말동무를 해주던 친구 중 하나가 신문이었기 때문에, 자신이 알고 지내는 사람들은 자신의 부고를 신문에서 읽게 될 것이라고 확신했다. 일단 활자화되어 신문에 실린 뒤부턴 기사는 수정할 수 없는데다가 후세에 의해 언제든 언급되거나 복제될 수도 있기 때문에, 톰슨 씨는 자신의 누추한 삶과 죽음이 부고의 비문이나 오탈자 때문에 비웃음거리가 되는 걸 몹시 걱정했다. 그래서 우선 최근에 죽은 자들과 연관된 부고를 찾아 꼼꼼히 읽어야겠다고 생각하고 병원에 일주일씩 머무는 동안 신문들을 꼼꼼히 읽었던 것이다. 그리고 자신의 부고 기사를 완성하기에 '올드 파'만큼 적합한 곳이 없다고 확신했다. 만약 누군가 자신의 마지막 순간을 추억하려고 한다면 반드시 이곳에 와서 그가 부고 기사를 완성한 자리에 앉아보아야 할 것이다. 말보로와 아메리카노와 머핀을 함께 준비한 채. 만약 자신이 남긴 담뱃갑을 훗날 자신을 찾아올 사람들을 위해 보관해달라고 부탁한다면, 캐서린은 얼마나 낙담할까?

망자가 직접 작성한 부고 기사들의 가장 큰 특징은, 자신의 이력을 지나치게 과장한다는 점과 모호한 수사修辭를 사용한다는 사실이다. 그 내용이 모두 사실이라면, 인류는 미래의 번영에 절대적 영향을 미칠 수 있었던 위인을 매일 수만 명씩 잃어가는 것이므로 공멸의 비극을 앉아서 기다리느니 차라리 이기적 자살을 선택하는 편이 훨씬 나았다. 반면 직계가족들이나 친구들은 망자가 남긴 유무형적 재산 덕분에 누대에 걸쳐 별다른 어려움 없이 행복하게 살 수도 있을 것 같았다. 그런 부고 기사를 읽고도 유족들에게 곧장 달려가 망자의 전기傳記를 출판하자고 제안하지 않는 출판사의 편집장은 당장 해고하는 게 낫다. 하긴 여섯 다리만 거치면 모든 인간들은 연결되어 있다고 하니, 그 위인들이 쌓아올린 업적으로부터 자신의 삶을 완벽하게 분리할 수는 없는 이상 빚을 갚기 위해서라도 생존자들은 무엇이라도 해야 했다. 그런데 그들이 하는 짓이란 자신들 역시 위대한 인물로 변신시켜 채무감을 고스란히 후대에 전달하는 것이었다. 그럴듯한 묘비명과 부고 기사를 쓰기 위해 그들은 신문사가 운영하는 글쓰기 강좌에 등록했다.

물론 감동적인 부고 기사가 없는 것도 아니다. 솔트레이크 시티에서 췌장암에 걸려 마흔여덟의 나이로 죽은 빌 패터슨 씨는 자신이 직접 완성한 부고 기사에서 자신의 박사 학위가 거짓이라고 고백하면서 그 거짓 때문에 일생이 괴로웠지만 죽기 전까지 아내와 함께 보낼 수 있어 행복했으며 자신의 장례식에 참석해서 아내를 위로해달라고 적었다. 태어날 때부터 선천성 심장병을 앓고 투병해오다가 열세 살의 나이로 오렌지 카운티에서 숨을 거둔 데니스라는 소년은 우주비행사의 꿈을 가지고 있었기 때문에 케네디 우주센터에 근무하는 직원들도 장례식에 참석해주길 부탁했다. 팬아메리칸 고속도로에서 7중 추돌 사고를 당한 지 사흘 만에 숨을 거두기에 앞서 엘리자베스란 여자는 가족들 앞에서 자신의 부고 기사를 구술하면서, 자신은 불교의 윤회설에 따라 곧 자신의 딸의 딸로 태어날 것이므로 생일 축하객의 화려한 복장으로 장례식에 참석해달라고 제안했다.

톰슨 씨는 수첩을 뚫어지게 쳐다보면서 담배의 필터를 잘근잘근 씹었다. 자신의 삶에서 일어난 기적들이 무엇이고 그것들이 누구의 덕분이었는지 기억해내야 했다. 그리고 자신에게 일어나기로 되어 있었으나 갑작스런 사건 때문에 영원히 유예된 결과들도 기록해야 했다. 그러려면 담배와 관련된 자신의 삶을 부각시킬 필요가 있었다. 가령 자신을 '담배 발명가협회 유타 주 지부장'이라고 소개하거나 「담배와 연관된 메뉴 비용과 가격 분산」이라는 경제학 논문의 저자라고 알리면 어떨까. 세상의 모든 기호품에 대한 인간의 권리와 자유를 수호하는 데 삶을 통째로 바친 자신의 업적을 기려 자신의 기일에는 불을 사용하지 않고 요리한 음식들만 먹어달라고 부탁하는 것도 괜찮을 것 같다. 자신의 죽음에 관심을 쏟을 독자들이 모여 살 만한 지역과 그 지역에서 가장 판매 부수가 높은 일간지들을 찾아내 나흘 동안 부고 기사를 싣는 비용을 알아봐야 했다. 그래서 톰슨 씨는 머핀 반 조각을 삼킨 다음 세 곳의 신문사에 전화를 걸어 담배 광고를 제한하는 내부 규정이 있는지 물었다.

그러는 사이 캐서린이 다가와 마치 톰슨 씨가 이미 '올드 파'나 지상을 떠난 망자라도 되는 양 양해도 구하지 않은 채, 그의 담뱃갑을 통째로 쥐더니 커다란 엉덩이를 경쾌하게 흔들면서 카페 뒷문으로 나가는 게 아닌가.

"'나의 부고 기사 내가 쓰겠다'…… 왜?"(경향신문, 2012. 8. 20.)

원작

그는 지금 카페의 창가에 앉아 인도네시아 만델링 커피를 설탕 없이 마시고 있다. 종업원에게 가장 묵직한 커피를 부탁했더니 이걸 추천해주었다. 쓰고 달고 짜고 시고 매운 맛이 각각의 무게를 지녔다면 당연히 쓴맛이 가장 무거울 것이다. 생의 감각이 희미해지는 오후엔 생을 현실에 단단하게 붙들어줄 닻이 절실해진다. 이를테면 신용카드 고지서나 치통이나 김광석의 노래 같은 것들 말이다. 오후 세시는 무엇을 시작하거나 끝내기에 어정쩡한 시간이라고 말했던 사르트르는, 증권 거래가 현대인들에게 얼마나 자극적인 취미가 될 수 있는지 전혀 예상하지 못했을 것이다. 미래가 불확실한 샐러리맨들은 증권거래소의 문이 닫히는 오후 세시부터 월급 통장을 위해 일을 시작한다. 재산의 절반을 판돈으로 걸어놓은 그 역시 세시가 넘어야 비로소 담뱃갑과 커피 한 잔을 가져다

놓고 두번째 일상을 시작할 수 있다. 하지만 정확한 이유도 모른 채 자신의 재산이 크게 줄어든 날이면 해가 질 때까지 자책과 무기력감에 시달리다가 기어이 술집으로 달려가는 것이다. 거기서 메피스토펠레스라도 만나게 된다면 그는 내일의 주식시세표를 얻어내기 위해 기꺼이 자신의 영혼을 팔 것이다. 물론 이런 이야기는 『파우스트』 이후에 수많은 소설과 영화 속에서 반복되었으며, 결말은 항상, 끝 모를 탐욕은 영원한 파멸을 이끈다는 교훈에 수렴되었다. 하지만 그런 결론은 가난한 사람들에게나 적용되는 것일 뿐이다. 만약 가난하지 않았다면 그는 값싼 만큼 위험한 주식들을 사 모으지 않았을 것이고, 오전 아홉시부터 오후 세시까지 오 분 간격으로 생의 진행 방향을 확인할 필요가 없었을 것이다. 증권회사에 다니는 사촌에게서 은밀하게 얻은 정보 덕분에 다행히 그는 오늘 흑자의 하루를 살 수 있었다. 그래봤자 그동안의 쓰디쓴 실패를 덮기엔 성공의 단맛은 너무 묽고 가볍다. 오후 세시 이전까지 그의 일상은 어제의 실패를 만회하여 그저께의 자리로 돌아가는 데 소모되고 있는 것이다. 백일몽을 꾸는 동안 인도네시아의 뜨거운 심장이 식고 있었다.

한 모금을 마시자 비로소 출판사의 사장이자 편집장인 그의 삶이 묵직해진다. 또 한 모금을 마시자 오른손의 감각이 미뢰처럼 돋아나고 신경줄을 따라 몸 전체로 검은 잉크가 돌기 시작한다. 죽음을 목전에 두고도 오른손을 사용할 수만 있다면, 설령 전 재산과 명성을 잃게 된다고 하더라도, 그는 단 한 권의 책을 완성하여 생의 좌표를 단숨에 회복할 수 있으리라는 자신감에 부풀어오른다. 물론 이런 자신감은 내일 아침 주식시장이 열리기 직전까지만 유효하다. 그는 우아하고 느린 동작으로 자신의 가방에서 한 권의 책과 한 꾸러미의 원고를 꺼내 탁자 위에 올려놓았다.

미구엘 나하로라는 작가가 쓴 『맹그로브가 이르는 말』은 1999년 푸에르토리코의 유명 출판사에서 발간되어 다음해 푸에르토리코 최고 권위의 문학상을 수상했다. 맹그로브 나무의 언어를 알아들을 수 있는 원주민 남자와 그를 돕는 프랑스 식물학자가 밀림과 습지를 개발하려는 이주민들을 상대로 십여 년 동안 싸워 마침내 그곳을 지켜낸다는 내용인데, 맹그로브 나무가 사용한다는 언어에 대한 설명이 지극히 사실적이어서 독자들은 마치 자신이 맹그로브 나무가 된 듯한 착각에 빠져든다. 게다가 책 뒤쪽에 실린 나무언어사전을 떼어내어 별도의 책으로도 묶을 수 있을 것 같았다. 책의 앞날개에 기록된 작가 약력에서, 그는 푸에르토리코에서 태어나 어릴 적 미국으로 이민을 갔으며 현재는 푸에르토리코 소재의 대학교에서 식물학을 강의하는 교수라고만 소개되었다. 스페인어를 전혀 독해하지 못하는 편집장은 원서를 덮고 그것을 한국어로 번역한 원고를 펼쳤다. 멕시코 국립대학에 유학중이었던 번역자는 우연한 기회에 그 책을 읽고 너무 깊은 감명을 받은 나머지 푸에르토리코까지 직접 찾아가 작가를 만났고, 한국어 판권 대리인으로 계약한 뒤 한 달 만에 완성한 번역 원고를 그의 출판사로 보내왔던 것이다. 전문 번역자가 아니어서 비문과 오자가 많고, 대체로 밋밋한 문장은 주인공의 성격과 사건의 상황을 입체적으로 재현해내지 못하고 있지만, 그처럼 경험이 많은 편집장이라면 단숨에 상품성을 알아볼 수 있을 만큼 이야기와 그것을 풀어내는 방식만은 한국의 독자들에게 매우 낯설고 흥미로워 보였다. 그래서 대리인의 개입 없이 작가와 직접 판권을 계약하기 위해 그는 작가의 신상 정보를 찾아 나섰다. 원작과 번역 원고의 존재를 알아챈 대형 출판사가 개입하여 판권의 가격을 천정부지로 올려놓는다면, 자신의 회사처럼 영세한 출판사로선 작가에게 계약조차 제안하지 못하게 될까봐 두려웠기 때문에, 추적은 오로지 개인적 네트워크를 통해 은밀하게 진행되었다. 실제로 그런 이름의 푸에르토리코 작가가 그런 제목의 책을 그런 상호의 출판사에서 출간하여 그런 문학상까지 받았다는 사실은 인터넷으로 쉽게 확인할 수 있었다. 하지만 언론에 드러나는 걸 극도로 꺼리는 작가의 성향 때문에 그의 신상에 대해선 거의 알려져 있지 않았다. 작가의 이름은 푸에르토리코 출신의 유명 야구선수 두 명의 이름에서 절반씩 따서 만든 필명이었고, 푸에르토리코 소재의 대학교에서 식물학을 가르치는 교수들은 백여 명에 이르렀으며, 그들 모두는 교수직을 유지하기 위해서라도 한 권 이상의 책을 출간한 경력을 지니고 있었다. 그러니 한국어 판권 대리인을 자처한 그 여자가 푸에르토리코에서 반년 남짓 머물며 추적한 끝에 겨우 작가를 찾아냈지만 판권 위임 계약서에 작가에 대한 단 하나의 정보도 발설하지 않는다는 조항이 포함되어 있기 때문에 작가가 직접 서명한 책과 계약

LE PROCONSUL
LES NOYADES DE NANTES
Kléber en Vendée,
LA NUIT DU 24 FRIMAIRE
Baguenier-Désormeaux
CASIO
1'234'567'890.1234

서 사본과 작가의 편지를 보여주는 것 이외엔 다른 증거가 없다고 말했을 때, 그는 곧이곧대로 믿지 않을 수 없었다. 그 책과 편지를 감정한 국내의 스페인어 전문 번역자는 스페인어권에서 오랫동안 살면서 고등교육을 받은 자들만이 사용할 수 있는 문장들이라는 의견을 보내왔다.

그러니 더이상 머뭇거렸다간 그 대리인과의 계약마저 놓칠 것 같았다. 그래서 그는 판권 계약서를 작성할 목적으로 멕시코에 거주하는 번역자에게 왕복 비행기 티켓을 보냈던 것이고, 일주일 전 광화문 부근의 카페에서 스페인어 전문 번역자와 함께 그녀를 만났다. 그녀는 자신이 의사소통에 문제없을 정도로 한국어를 잘 구사한다는 사실을 입증한 뒤, 스페인어 전문 번역자에게 자리를 비워달라고 요구했다. 또다시 위기감을 느낀 편집장은 자신의 결벽증이 무례함으로 오해된 사실에 대해 정중히 사과한 뒤 그녀에게 계약서를 내밀었다. 문구를 자세히 살피는 내내 불편한 감정을 감추지 않던 대리인은 자신의 번역 원고에서 맞춤법을 제외하고는 일절 수정하지 않는다는 문구를 추가한 뒤에야 비로소 계약서에 도장을 눌러 찍었다. 그러고는 자신 앞에 놓인 커피엔 손도 대지 않은 채 자리에서 일어나 카페 밖으로 사라졌다. 편집장은 사무실로 돌아가는 길에 대리인의 계좌에다 계약금을 송금했다. 통장의 현재 잔고로는 두 명의 직원들에게 월급을 주는 것조차 빠듯했기 때문에 그는 또다시 자신의 집을 담보로 은행에서 대출을 받아야 했다. 하지만 십여 년 동안 출판 일을 하면서 그때처럼 강렬하게 성공을 직감한 적도 없었으므로, 그는 아내와 한마디 상의도 없이 집문서를 들고 출근했던 것이다. 밀리언셀러 한 권이면 그동안 주식 거래로 잃은 재산들을 한꺼번에 만회할 수 있을 것이고, 밀리언셀러 두 권이면 출판사를 주식시장에 상장할 수도 있으리라. 하지만 스페인어 전문 번역자에 의해 술자리에서 발설된 비밀은 경쟁 출판사 편집장의 귀에까지 흘러들어갔다가, 또다시 스페인어 전문 번역자를 통해 충격적인 이야기로 그에게 돌아왔다.

『맹그로브가 이르는 말』은 미구엘 나하로라는 작가에 의해 1999년 푸에르토리코의 유명 출판사에서 발간되어 다음해 푸에르토리코 최고 권위의 문학상을 수상했지만, 그 내용은 한국어 번역본과는 크게 달랐다. 번역자가 번역 원고와 함께 보내온 원서는 제본 기술이 뛰어난 누군가가 『맹그로브가 이르는 말』의 표지만을 정교하게 떼어낸 뒤 다른 인쇄물 위에 덧붙인 가짜였다. 가짜 책과 그것을 그대로 번역한 진짜 원고를 비교했으니, 스페인어 전문 번역자도 속을 수밖에. 미국의 조차지가 된 뒤로부터 나라 전체가 백 달러짜리 위폐들을 대량생산하는 공장으로 전락한 푸에르토리코에서 최근엔, 서구 유명 작품들의 내용을 정교하게 짜깁기해 가짜 책을 만들고 그것을 베스트셀러로 띄운 다음 각국의 유력 출판사에 판권을 팔아 막대한 돈을 벌어들이는 사업이 크게 유행하고 있단다. 오죽했으면 그곳엔 목재소보다 출판사의 숫자가 더 많고, 출판사보다 문학상의 숫자가 더 많다는 자조 섞인 탄식까지 나올까. 그래서 푸에르토리코에서 출간된 책의 판권을 계약하기 전에는 반드시 표절 여부와 작가의 진위를 정밀하게 검증해야 한다는 사실이 출판계의 상식이 되어 있었다. 안 그래도 며칠 전부터 미구엘 나하로라는 작가와 계약을 맺었다는 한국인 대리인과 연락이 되지 않아 궁금해하던 참이었는데, 이런 이야기를 경쟁 출판사의 편집장으로부터 듣게 되자 그의 몸에서는 생의 의지가 모조리 빠져나갔다. 이런 상투적인 결말 역시 끝 모를 탐욕은 영원한 파멸을 이끈다는 교훈을 상기시켰음은 물론이다.

그는 한 권의 스페인어 책과 한 꾸러미의 한국어 원고를 번갈아 만지작거린다. 이미 멕시코의 은행에서 인출된 돈을 되돌려 받을 방법은 거의 없지만 시간이 지날수록 그는, 죽음을 목전에 두고도 오른손을 사용할 수만 있다면 자신의 실패를 모두 만회할 수 있으리라는 자신감을 점점 회복하고 있다. 흥미로운 이야기와 낯선 화법은 그대로 유지하되 작가의 이름과 제목과 문장은 모두 바꿔서라도 책을 출간할 작정이며 이미 커다란 손해를 본 만큼, 어제의 실패를 만회하여 그저께의 자리로 돌아가기 위해서라도 더욱 공격적인 마케팅을 진행하지 않으면 안 된다. 그래서 그는 그 원고에 자신의 이름을 빌려줄 유명 작가나 유령 작가를 찾아야겠다고 생각했다. 생채기 없이는 글을 쓸 수도 없고, 글쓰는 일 말고는 삶을 유지할 방편이 없으나, 생채기 때문에 글이나 삶 어느 것도 완성할 수 없는 자들을 출판사 부근에서 찾는 건 그리 어려운 일이 아니었다. 만델링의 마지막 쓴맛이 몸의 가장 아래쪽에 닿자 그의 혀끝에 이름 하나가 위태롭게 매달렸다.

마지막 만찬

기자가 그 음식점을 다시 찾았을 땐 카운터에 한 젊은 여자가 앉아 있었다. 주변의 직장인들은 물론이고 지방의 미식가들까지 불러모을 만큼 뛰어난 음식 솜씨를 지니기에 그녀는 너무 젊어 보였다. 그는 명함을 꺼내 내밀면서 다음달부터 주말 신문에 연재할 특집 '한국인의 건강 식단'의 집필 의도를 밝힌 뒤 이 음식점의 명성을 일구어낸 주인공의 행방을 물었다. 찬찬히 그를 살피던 여자가 손가락으로 그의 등뒤를 가리켰다.

벽에 붙어 있는 액자 속에는 오 년 전 발행된 신문 기사가 스크랩되어 있었다. 재작년에 세상을 등진 선배 기자 L의 이름도 보였다. L선배는 위암 말기라는 판정을 받은 지 한 달 만에 세상을 떴다. 수술 후유증으로 온몸의 근육이 마비되어서 죽음을 앞두고 유언도 남길 수 없었다. 이 년 동안 기자 수첩을 들고 전국으로 식도락 여행을 다닌 그에게 위암은 일종의 직업병이었다. 위대한 의사이자 연금술사였던 파라셀수스는 독과 약을 구별하는 것은 그 성분이 아니라 사용량이라고 했던가. 소식小食을 장수의 으뜸 비결이라고 주변에 설파하면서 잡곡밥을 천천히 씹고 항상 절반쯤 남기던 그를 떠올리자면 오히려 독과 약은 그 성분에서부터 차이가 난다고 설명할 수밖에 없다. 자체로는 이롭지만 서로 섞이는 순간 격렬한 화학반응을 거쳐 독극물로 변하는 약들은 얼마든지 있을 수 있다. 그것들이 취재를 마치고 집으로 돌아오는 그의 위장 안에 천천히 쌓였던 것이다.

그러는 줄도 모르고 L선배는 매주 그 음식들의 미덕을 칭찬하고 음식점의 매상을 책임져주었다. 올해 L선배의 기일에 모인 동료들이 그를 추모하는 뜻으로 새로운 식도락 특집을 기획했고 편집장은 몇 가지 조건을 달아 승인했다. 문화부 기자이기 이전에 등단한 시인이자 전라도 고택의 종손인 그보다 더 유려하고 감각적인 문장으로 맛을 기록할 필경사는 그 신문사에 없었다. 그래서 기자는 L선배의 미망인을 찾아가 기자 수첩의 사본을 얻었고 그 안의 내용을 바탕으로 오십여 종의 음식과 이백여 개의 식당들을 연결하는 전국 맛 지도를 완성했다.

한국인의 첫번째 건강 식단으로 제안할 삼계탕의 명장들을 찾아 무려 네 시간이나 차를 운전하여 지방까지 내려온 김에 이 근방에서 맵고 달짝지근한 닭발구이로 유명한 이 식당까지 취재하자고 욕심을 냈던 것이다. 그런데 그 액자 옆에 걸린 차림표 속에는 정작 닭발구이가 빠져 있어서 의아하게 생각하던 중이었다. 그러고 보니 테이블마다 매운 연기를 피우고 있는 것은 붉은 닭발이 아니라 물컹한 삼겹살이었다. 하긴 수천 명의 직원을 거느린 기업들조차 겨우 수억원의 어음이 되돌아오는 걸 막지 못하여 부도를 낼 만큼 매서운 불황이 계속되고 있었으므로 오 년 전에 얻은 유명세가 아직까지 마법을 발휘하고 있을 것이라고 기대하는 것 자체가 잘못일 수도 있었다. 그사이 주인이 서너 번은 바뀌었을지도 몰랐다.

기자는 L선배의 수첩 사본에 적혀 있는 그 음식점의 이름 위에다 붉은색 볼펜으로 줄을 그으면서 인터넷으로라도 미리 확인하지 않은 채 들이닥친 자신의 어리석음을 소리 없이 꾸짖었다. 고인에게 최소한의 예의를 지킨다는 차원에서라도 저 액자는 이제 그만 떼어내는 게 옳지 않을까. 하지만 카운터의 여자는 자신의 행운을 놓치지 않을 만큼 젊었다. 그녀는 자신들이 새로 개발한 삼겹살찜을 선전하는 데 L선배의 유물을 이용하려 했다. 하긴 요즈음 음식점치고 벽에 신문 기사 한 쪼가리, 유명인 사인 한 장 안 붙어 있는 곳이 어디 있던가. 더이상 손님들은 음식점 벽에 붙어 있는 선전물들 따위는 주목하지 않는다. 대신 그들은 인터넷 블로거들의 추천을 굳게 믿는다.

입구에서 머뭇거리고 있는 기자의 팔을 끌어 기어이 탁자 앞에 앉히고 여자는 직접 반찬까지 날라 왔다. 기자는 냉수를 들이켜면서 주인과 음식을 확인하기도 전에 자신의 신분부터 밝힌 것을 후회했다. 졸지에 후한 접대나 기대하고 기사를 쓰는 속물로 전락하고 말았다. L선배라면 자신의 신분을 철저하게 숨긴 채 음식의 맛과 종업원들의 서비스를 확인했을 것이고 기사가 신문에 실린 날에야 비로소 간단한 감사 편지를 신문과 함께 음식점 주인에게 보냈을 것이다. 기자는 지금의 궁지에서 벗어날 변명들을 궁리했다.

그러나 설상가상으로 식당 주방에서 주방장이 삼겹살찜과 소주병을 들고 나타나서는 자신을 주인이라고 소개하는 게 아닌가. 매운 국물 냄새에 허기가 돌았다. 기자는 마지못해 술잔을 받으면서 자신이 찾고 있는 건 오 년 전 이곳에서 먹을 수 있었던 닭발구이라고 말했다. 그러면서 이 음식값은 정당하게 지불할 것이며 원칙에서 벗어난 신문 기사는 결코 단 한 줄도 쓸 수 없다고 양해를 구했다. 그러자 갑자기 젊은 여자가 울먹이기 시작하더니 카운터로 돌아가버렸다. 난처해진 기자는 씹고 있는 소태를 뱉을 곳을 찾아 주위를 두리번거렸다.

"그렇게 허망하게 가실 작정이셨다면 당신이 애지중지한 외아들에게라도 비법이나 알려주고 가시지, 뭐 그리 바쁘셨는지."

주인은 오 년 전인 서른다섯에 대기업에서 명예퇴직을 당했다. 그래도 그는 다른 동료들에 비해 현재나 미래가 훨씬 나은 편이었으니, 언론에 여러 차례 소개될 만큼 유명한 식당을 어머니가 경영하고 있기 때문이었다. 시장에서 닭발 장사를 하는 어머니가 너무 창피해서 초등학교 선생님들에게 거짓말을 했던 자신의 유년기 따윈 잊은 지 오래였다. 어머니는 새로운 직장을 구할 때까지만 허락한다는 단서를 달고 아들 내외를 식당으로 불러들이셨다. 서울에서 대학까지 나온 아들이 자신의 서글픈 역사를 이어받아 날품장사치로 추락하는 게 너무 두려워 어머니는 특제 소스를 만드는 비법은 끝까지 함구하시면서, 자신이 환갑이 되는 날에는 반드시 식당을 정리하겠노라고 가족이나 단골손님들에게 공공연히 알리고 다니셨다. 며느리—카운터에 앉아 있던 여자가 그 남자의 아내였다—가 아무리 애교를 떨어도 어머니는 끝내 뜻을 굽히지 않았고 나중엔 혼자 골방에 들어가서 문을 걸어 잠근 채 소스를 만드셨다. 어머니가 가게를 비우는 밤마다 부부는 주방의 모든 재료들을 가지고 맛의 비법을 탐구해보았지만 매번 혀끝에 남는 건 실패의 텁텁함뿐이었다. 결국 그들은 어머니의 마음이 바뀌기를 기다려야 했다. 그리고 교통사고가 일어나기 며칠 전부터 어머니의 심경에 변화가 감지되었다고 한다. 하지만 어머니의 유언장은 뜨거운 8월의 아스팔트 위에서 젖은 목소리와 붉은 글씨로 잠시 드러났다가 이내 사라져버렸다. 그녀의 가슴에 오토바이 바큇자국을 냈던 노인에게도 아무런 기억이 남지 않았다.

문상객들처럼 침울해하던 서너 명의 손님들마저도 떠나고 매운 연기들이 걷힐 무렵 주인은 혼자서 소주 한 병을 거의 비웠다. 그런 다음 주인은 식은 삼겹살찜을 들고 주방으로 사라졌다. 그리고 불판과 함께 검은 봉지와 양념 그릇 하나를 꺼내 들고 나타났다. 여자는 카운터 아래에 보관하고 있던 휴대용 가스버너를 찾아왔다. 탁자 중앙에 그것을 놓고 불판을 올려 불을 붙인 뒤 검은 봉지

속에 든 것을 쏟아놓았다. 얼린 닭발이었다. 한덩어리로 엉겨붙은 그것들을 일일이 떼어 가지런히 펼친 뒤 남자는 양념솔로 소스를 골고루 바르기 시작했다. 그것이 익을 때까지 세 사람은 아무런 말도 하지 않았다. 봉화처럼 신호가 솟아나자 주인은 잘 익은 것 하나를 골라 기자에게 건넸다.

"교통사고가 나기 직전 어머니께서 만드신 마지막 소스입니다. 하루에 보통 삼백 명 분량의 양념을 만드셨는데 그날은 어떤 이유 때문인지 백 명 분량밖에 만들지 않으셨어요. 비극이 신의 언어로 메시지를 보냈지만 유감스럽게도 우린 그걸 해독해낼 능력이 없었던 것이죠. 청천벽력 같은 소식을 받자마자 가게문도 닫지 않고 병원으로 달려갔습니다. 어머니는 이미 응급실에서 영안실로 옮겨져 계시더군요. 빈소를 지키고 있다가 문득 가게문이 열려 있다는 생각이 들었어요. 그때 뭐가 가장 중요했는지 아세요? 금전출납기 속의 돈? 아니면 가스레인지 불 위에 그대로 올려둔 뚝배기들? 냉장고에 넣어두지 않은 노란 닭발? 아니에요. 그 순간 제 머릿속을 완벽하게 메우고 있던 건 바로 이 양념이었어요. 왜냐하면 그것이야말로 어머니를 다른 누구로도 대체할 수 없는, 그래서 완벽하게 어머니를 추모할 수 있도록 도와줄 유일한 유품이었기 때문이죠. 그래서 아내에게 신신당부를 했답니다. 닭발은 얼렸고 소스는 모두 양념통에 담아 냉장고 속에 넣었어요. 도저히 어머니에 대한 그리움을 누를 수 없는 밤이면 그것들을 조금씩 꺼내 먹으며 슬픔에 대항해보려고요. 그래봤자 겨우 한 달 정도 버틸 만큼의 양이었지만요. 그리고 당신은 운이 매우 좋은 편이군요."

사십구재가 끝나고 식당을 다시 열면서 그들은 메뉴에서 닭발구이를 없앴다고 한다. 그래도 어머니를 기억하는 단골손님들은 한동안 어머니의 빈자리를 잘 메워주었지만 오래지 않아 발길을 끊고 말았다. 한동안 허망함과 적적함과 무기력함에 시달렸으나 지인의 도움으로 삼겹살찜을 개발하면서 그들은 다시 어머니의 겸허한 삶의 방식을 배우게 되었다고.

기자는 매운 양념과 타지에서 더욱 깊어가는 밤 때문이라고 생각하고 물이 되어 아래로 흘러가는 것들을 굳이 닦지 않았다.

꽃잠

신혼부부가 처음으로 함께 자는 잠을 국어사전 편찬자들은 낭만적 성향을 한껏 발휘하여 '꽃잠'이라고 등록했던가. 꽃 위에서 누워 자는 잠, 또는 꽃모양으로 펼쳐지는 잠, 또는 꽃향기가 배어나는 잠, 또는 꽃이 지면 희망의 씨앗이 잉태되는 잠, 꽃의 영양분인 꿀이 고이는 잠, 소슬바람에 실린 꽃잎처럼 가뜬한 잠, 그것이 아니라면 꽃처럼 오래가지 못하고 허망하게 끝나는 잠.

어떤 꽃은 독을 품고 있어서 벌레들이 쉽게 접근하지 못한다. 수선화, 아네모네, 은방울꽃, 할미꽃, 금낭화, 수국, 철쭉, 협죽도꽃, 나팔꽃, 독말풀, 인동초, 아주까리 등. 수선화가 독을 품은 까닭은 나르키소스의 아름다움이 파괴되지 않도록 가까이에서 보호해야 하는 숙명 때문은 아닐까.

그리고 어떤 이는 꽃가루 알레르기를 앓고 꽃에서 멀어진다.

그러니까 꽃잠이 늘 낭만적이거나 안전한 것만은 아니리라.

혹시 그들이 정식으로 결혼식을 올리지 않은 채 꽃잠을 탐닉했기 때문에 비극을 맞이했던 것일까. 남자는 가구공장에서 가구를 만들고 있었고 여자는 그 부근 식당에서 음식을 만들었다. 공장 안을 가득 채운 먼지—인조 합판은 나무가 아니라 차라리 화학물질에 가깝다—때문에 남자는 하루종일 보안경과 마스크를 착용하고 있어서 여자는 공장 안의 수많은 남자들 속에서 그를 쉽게 찾아낼 수가 없었다. 남자들이 탈의실에 모여서 점심식사를 하는 동안 여자는 탈의실 밖의 의자에 앉아 남자들이 쇠숟가락으로 사기그릇을 두드리며 만들어내는 리듬을 따라 달콤한 낮잠에 빠져들곤 했다. 마스크에 보안경을 쓴 남자들이 흔들어 깨울 때마다 그녀는 자신이 영사기 앞이나 영화관 안에 있다는 착각에 빠져들기도 했다. 그녀의 수고를 덜어주기 위해 남자들이 순서를 정해 설거지를 한 다음 그릇들을 내놓는다는 사실을 여자는 나중에야 알았다. 스님들처럼 그들 역시 음식을 버리는 행위는 몇 겁 동안의 선행으로도 용서받을 수 없는 중죄라고 여기기 때문에, 허기나 식도락이 아니라 종교적 신념으로 그릇을 깨끗이 비우는 것이라고 그녀는 생각했다.

마스크에 보안경을 쓴 남자들은 대부분 네팔에서 건너왔다.

그리고 여자가 그들 중 한 남자에게 호감을 느끼게 되면서 안산에서 네팔까지의 거리는 안산에서 부산까지의 거리보다 더 가까워졌다. 서른 살이 다 되도록 그녀는 네팔은커녕 부산조차 가본 적이 없다. 그래서 그 두 곳을 신혼여행 후보지로 생각하고 있었다. 하지만 여자는 추위와 산을 너무 싫어한다. 그래서 어느 겨울 눈이 산더미처럼 내린 아침 여자는 집채만한 배낭을 메고 그 남자가 사는 연립주택의 반지하방으로 찾아갔다. 그리고 다음날부터 꽃잠을 자기 시작했다.

남자는 한국말이 서툴렀고 여자는 감정 표현이 서툴렀지만, 혹독한 노동과 궁핍한 생활환경이 오히려 그들의 사랑을 언어의 구속으로부터 해방시켜주었다. 호혜적인 노동과 지상의 집은 그들의 사랑을 모독할 것 같았다. 남자는 불법 이주노동자의 신분으로도 한자리에서 사 년째 머물 수 있을 만큼 매사에 주의깊고 성실해서 이웃으로부터 무한한 신뢰를 얻고 있었다.

그 남자의 집은 그녀가 걱정했던 것보다는 절망적이지 않았다. 네팔 출신답게 남자는 집안의 온기를 효율적으로 다스리는 방법을 잘 알고 있었다. 게다가 냉장고와 텔레비전과 침대가 놓여 있었다. 냉장고와 텔레비전은 재활용 센터에서 샀다고 했다. 침대는 가구공장에서 불쏘시개로 분류되던 인조 합판 조각들을 매일 모아두었다가 여자가 이사 오기 일주일 전에 혼자서 만들었다고 했다. 하지만 이전에 전혀 사용해본 적이 없는데다가 재료마저 부족했기 때문에 침대의 형태와 구조는 엉성했다. 시중에서 살 수 있는 매트리스마저 크기가 들어맞지 않아서 스펀지를 잘라 여러 겹으로 깔고 그 위에 누비이불을 덮어야 했다. 설상가상으로 너무 작아서 두 명이 한꺼번에 누울 수도 없었다.

힘든 첫 성교를 끝내고 그들은 나누어 잠자리를 마련했다. 여자 역시 침대에 익숙하지 않았다. 그래서 남자가 침대 위에 올라가 눕고 여자는 바닥에 모로 누웠다. 하지만 둘은 아침까지 잠들지 못했는데 자신들이 각각 목관—화학물질의 침대—과 석관—반지하 방의 바닥—속에 누워 있다고 생각했다. 아침 여섯시가 넘었는데도 햇살이 방안으로 들어오지 않아 그들은 더욱 불안했다.

잠을 설치니 정신은 묽어지고 식욕도 사라졌다. 도처에서 악어 떼처럼 들이닥치는 소란스런 위험 때문에 그는 하마터면 손가락이나 귀를 잘릴 뻔했다. 불법 이주노동자들에게는 불필요한 손가락들과 귀가 너무 많아서 한두 개쯤 잃어도 상관없다고 생각하는 한국인들은 히말라야의 혹한 속에서 동상에 걸리고 난 다음에야 자신들의 생각을 교정한다.

여자는 남자가 점심시간에 남기는 음식의 양으로부터 그의 고통을 가늠했다. 그래서 쌈짓돈을 꺼내 목공소에 침대를 주문했다. 그리고 스프링이 내장된 매트리스를 깔고 수국이 수놓아져 있는 금침을 펼쳤다. 그들은 수국 화단 안에서 암수한몸의 지렁이처럼 서로를 탐닉했다. 그리고 송진 냄새와 세제 냄새와 땀냄새를 맡으며 나란히 누웠다.

그뒤로 그들은 저녁시간의 대부분을 침대 위에서 해결했다. 그들은 훗날 불법 이주노동자의 신분에서 벗어나 네팔로 갈 것이다. 거기서 네팔과 한국 음식을 사 먹을 수 있는 음식점을 차릴 것이다. 선택되고 준비된 자들에게만 접근을 허락하던 히말라야가 평범한 관광객들에게 산중턱까지 무방비로 열리면서 탐욕스러운 장사꾼들로 파괴되고 있다는 이야기를 들었기 때문이다. 남자와 여자는 배고픈 자들에게 음식을 대접하는 일이 얼마나 신성한 행위인지 몸소 알려주고 싶었다. 그래서 우선 점점 더 신변에 위협을 느끼고 있는 남자가 올겨울에 먼저 떠나고 그곳에 집을 마련하게 되면 여자도 내년 봄쯤 떠날 것이다. 열 개의 손가락과 두 개의 귀에 안도하며 출국한 남자가 고향에 도착하자마자 여자와의 계획을 모두 폐기한 채 사라져버릴 수도 있지만 여자는 낙천적인 운명론자처럼 엷게 웃는다. 염화시중.

나마스테namaste. "당신 안에 있는 신에게 문안드립니다"라는 뜻이다.

그러나 그 밤에 그들은 아주 끔찍한 경험을 했다. 남자는 우는 소리에 잠에서 깨었으나 방안이 너무 어두워서 어디까지가 꿈의 안이고 어디부터가 밖인지 분간할 수 없었다. 여자는 아주 무서운 악몽을 꾸었다고 말했다. 화장실에서 물소리가 들려 깨어보니 남자는 분명 자신의 옆에 누워 있는데 또다른 남자가 샤워를 하고 있더란다. 누가 진짜인지 몰라서 비명이라도 지르고 싶었는데 처음엔 아무리 안간힘을 주어도 목소리가 나지 않더니, 나중엔 비명소리에 두 남자 모두 사라져버릴 것 같아서 차마 그럴 수 없었다고 울먹였다. 하지만 남자는 여자의 이야기를 제대로 알아들을 수가 없었다. 그래서 대수롭지 않게 생각하여 굳은살이 물렁뼈처럼 박인 손으로 여자의 등을 몇 번 쓸어준 다음 잠을 청했다. 그랬더

니 남자의 꿈에 여자가 나타났다. 물론, 남자 역시 나중에 잠에서 깨어 자신의 옆에 누워 있는 여자를 더듬어 확인한 다음에야 비로소 자신이 몹쓸 꿈에 희생되었다는 사실을 인정했다. 온몸이 흠뻑 젖은 여자가 다가와서 그에게 이별을 통보했다. 남자는 산처럼 무거운 절망감 속에서 그녀를 붙잡기 위해 갖가지 미사여구와 장밋빛 청사진들을 동원했으나 그녀는 마음을 돌리지 않았다. 그래서 그는 여자의 목을 졸라 살해하고 구들장 아래 묻은 다음 네팔로 돌아가는 비행기에—실은 몸을 뒤척일 때마다 요란하게 삐걱거리는 침대에—올랐는데, 거기서 여자가 잠옷 차림으로 음식을 먹고 있더란다. 그는 출근 준비를 하면서 서툰 한국말로 이야기했지만 여자를 절반도 이해시키지 못했다.

하지만 그들은 다음과 같은 사실을 의심하기 시작했다.

즉, 뇌파의 주파수가 비슷한 이들이 살을 붙이고 누우면 일종의 공진 현상이 일어나서 한 편의 악몽이 두 개의 스크린 위에 번갈아가면서 상영될 수도 있다는 것을. 이를테면, 한쪽 스크린 위로 등장인물들이 몰려들면 다른 한쪽 스크린에는 배경이 가득차는 방식인 것이다. 가끔은 두 개의 스크린이 동시에 밝아지기도 한다. 그리고 그것은 자신들 안에 살고 있는 신의 메시지와도 연관이 있을 것이라고 확신했다. 그들은 더이상 자신만 드나들 수 있는 꿈을 꿀 수 없게 된 것 같아 두려웠다. 서로가 꿈의 내용을 검열하고 수정할 수 있게 되었는지도 몰랐다. 그리고 자신의 의식이 눌러놓고 있는 비밀과 욕망들이 상대에게 고스란히 드러나는 상황은 동거생활에 도움이 되지 않는다는 데 그들은 암묵적으로 동의했다. 매번 잠에서 깨어나 반쪽의 꿈을 서로에게 공유하여 한 편의 꿈을 완성하고, 그 꿈의 내용을 부정하고 변명하는 건 무척 번거로운 일이 분명했다.

영국의 시인 새뮤얼 콜리지도 1797년 어느 날 꿈속에서 둘러본 쿠빌라이 칸의 궁전에 대해 신들린 듯 묘사해 발표했는데, 14세기에 한 아랍인이 쓴 책에서도 똑같은 이야기가 발견되었다고 한다. 그런데 이해할 수 없는 사실은, 콜리지가 살던 시대에는 그 책의 존재조차 알려지지 않았다는 것이다.*

그런 기묘한 꿈을 꾼 이후로, 그들 사이의 말수는 점점 줄어들었고 남자가 야근을 하는 날이 늘어났으며 여자는 침대와 수국 금침을 없애고 방바닥에 새롭게 온돌을 깔아 겨울을 대비했다.

하지만 어느 가을날, 그들은 마지막 동침을 끝내고 소슬바람에 흩어지는 꽃잎처럼 가뜬히 날아가버렸다. 꽃잎이 땅 위를 흘러가면서 남긴 그림자는 필경 그들의 꿈에 동시에 반영되었으리라.

* 호르헤 루이스 보르헤스, 「콜리지의 꿈」, 『만리장성과 책들』, 정경원 옮김, 열린책들, 2008.

냉장冷葬

충칭 시 M전자제품 상가 판매원 P씨.

"벌써 이 년이나 지난 일이지만 그 손님만큼은 여전히 기억할 수 있죠. 제가 여기서 지금까지 십여 년 동안 일하고 있지만 냉동고를 그런 방식으로 고른 손님은 그 전후로 단 한 명도 없었으니까요. 농부가 분명한 그 남자는 낡은 외투와 진흙이 잔뜩 묻어 있는 장화, 심지어 양말까지 벗은 다음 냉동고 안으로 들어가더니 몸을 잔뜩 구부린 채 냉동고 문이 완전히 닫히는지 확인했지요. 제가 조금만 늦게 문을 열었더라도 아마 그는 질식했을 겁니다. 간신히 그를 꺼내고 나서 저는 그가 냉동고를 처음 사용하는 사람이라고 생각했습니다. 아시겠지만, 아직도 이 시골에는 문화혁명 이전의 방식대로 살아가는 가난한 농부들이 많이 있으니까요. 부끄러운 이야기이지만 아직까지도 전기나 수도가 공급되지 않는 마을이 많답니다. 최근에야 비로소 전기가 들어간 동네에서는 하루가 멀다 하고 차마 웃지 못할 일들이 일어나고 있어서 저희 매장의 서비스 직원들이 여간 고생을 하고 있는 게 아니에요. 세탁기 속에다 야채나 죽은 닭을 집어넣고 돌리는 사람들이 얼마나 많았으면 공장에서 아예 세탁기 사용 설명서에다 '야채나 죽은 닭을 넣지 마시오'라는 문구까지 삽입했겠습니까? 글을 읽지 못하는 손님들을 위해서 저희 판매원들은 아주 상식적인 사항들까지 설명해주어야 한답니다.

다행히 그 남자는 까막눈은 아니었습니다만 그래도 그의 남루한 차림을 보니 냉동고와 에어컨을 혼동하고 있는 건 아닌지 의심이 되더라고요. 제 동료는 악명 높은 살인자 O씨와 많이 닮은 그 남자가 혹시 시체들을 숨길 대형 냉동고를 찾고 있는지도 모른다고 귀띔해주었습니다. 하지만 최고의 판매 사원인 저로서는 근거 없는 편견과 의심 때문에 저희 매장에 반년 동안 진열되어 있던 그 대형 냉동고를 팔아치울 절호의 기회를 결코 놓치고 싶지 않았습니다. 사실, 그 냉동고를 처음으로 저희 매장에 들여다 놓자고 제안한 이가 저였기 때문에 명예를 회복하기 위해서라도 물러설 수는 없었습니다.

사 년 전까지만 하더라도 중국 경기가 나쁘지 않은데다가 관광객들도 점점 늘어나서 이 매장의 주된 고객인 식당 주인들에겐 더 큰 냉장고와 텔레비전, 에어컨이 필요해졌지요. 그리고 저는 그동안 중국 사람들에게 장점이 잘 알려져 있지 않았던 냉동고의 수요가 크게 늘어날 것이라고 예측했어요. 그래서 본사로부터 특별 승인을 받아 외국 브랜드의 냉동고 넉 대를 매장 한 곳에 들여놨는데 결과는 대만족이었습니다. 값을 먼저 지불하고도 삼 개월을 기다려야 했던 고객들까지 있었습니다. 당연히 저는 그해 충칭 시 최고의 판매 사원으로 뽑혀 보너스와 함께 가족 동반 유럽 항공권까지 부상으로 받았지요.

하지만 화무십일홍이라고 했던가요. 다음해부터 갑자기 경기가 급격히 나빠지면서 대형 식당들이 하나둘씩 문을 닫기 시작했고 자연히 저희 매장의 판매 실적은 크게 줄어들었답니다. 냉동고는 저희 매장에서 가장 먼저 애물단지가 되었지요. 손해를 감내하더라도 중고 시장에 팔아넘기고 그 자리에 신상품을 진열하자는 지점장에게 저는 한 달만 더 기다려달라고 부탁했어요. 냉동고를 개발하는 프로젝트와 관련해서 조만간 제가 본사로 발령날 것이라는 소문이 파다했기 때문에 그때까진 어떻게든 실적을 유지해야 했지요. 그래서 제가 더욱 또렷하게 그 손님을 기억할 수 있는지도 모르겠습니다.

고객이 왕인 이상 일단 제품을 팔았으면 그들이 그걸 어떻게 사용하든지 결코 관여해서는 안 된다는 게 저의 지론입니다. 자신의 집에서 가축을 기르고 잡아서 판매하는 사람들에겐 그 정도 크기의 냉동고가 필요할 수 있을 테죠. 설령 악명 높은 살인자 O씨가 시체들을 숨기기 위해 냉동고를 구입해 갔다고 하더라도, 냉동고가 살인 도구로 사용된 게 아니라면 그걸 판매한 자들이 비난받아야 할 이유는 전혀 없는 것이죠. 오히려 광고 비용을 들이지 않고 고객들에게 제품의 성능을 알릴 수 있는 좋은 기회가 될 것이라고도 생각했습니다. 그렇게 반사이익을 얻는 경우가 얼마나 자주 일어나는지 아십니까? 백여 년 동안 브랜드 파워를 유지하고 있는 세계적 제품들이 대부분 전쟁의 혜택을 받은 게 사실이니까요. 어쨌든 저는 그 손님이 빈손으로 매장에서 나가는 걸 결코 좌시하지 않을 생각이었습니다. 그래서 머뭇거리는 그 남자 앞에서 제가 다시 한번 그 냉동고 속에 들어가 문을 닫아 보였지요. 질식되기 일보 직전에 탈출하여 빨갛게 상기된 저의 얼굴을 보고 그는 구매를 결심했습니다. 혹시나 마음을 바꿀지도 몰라서 그가 구매 계약서에 서명하지도 않은 채 현금을 건넸을 때, 저는 그걸 그 앞에서 세어보지도 않고 감사하다는 말만 되풀이했지요.

그가 배달 트럭의 조수석에 올랐을 때 비로소 저는 냉동고의 쓸모를 물었지요. 그가 오해하지 않도록, 서비스 직원들이 상품을 배달하고 설치하려면 최소한의 정보를 알아야 한다고 에둘러댔지요. 실제로 어떤 마을은 고작 두 대의 냉동고밖에 돌릴 수 없을 정도로 전기 공급 시설이 열악하기 때문에 촌장이 매일 주민들의 집을 돌아다니면서 신고도 없이 새로 들여온 가전제품들을 수색한다고 들었어요. 아무튼 그 남자는 제 질문을 듣자마자 덤덤하게 그 용도를 말했지요. 그의 표정과 언어 속에서 아들을 잃은 부모의 고통과 절망감을 분명하게 느낄 수 있었답니다. 그래서 더이상은 묻지 않았습니다. 트럭에 그걸 싣고 자신의 마을로 돌아가는 두 시간 내내 그 남자는 한숨 소리와 울음을 번갈아 흘렸다고 저희 서비스 직원에게 들었습니다. 작년 여름에 그가 다시 여기에 나타나서 선풍기 하나를 사 갔을 때 저는 그의 얼굴을 정확히 알아보았고 그가 냉동고와 에어컨을 구분할 수 있다고 확신했습니다."

충칭 시 전력공사 수리공 T씨.

"몇 년 전 거대한 지진이 대륙의 심장을 휩쓸고 갔을 때, 전 비록 인민의 암세포인 종교를 믿는 건 아니지만, 지옥과 천당이 따로 없었지요. 지옥에서 살아남은 자들이 누울 수 있는 곳은 모조리 천당이었지요. 살아남은 자들의 임무라면 아직 숨이 끊어지지 않은 자들을 찾아내 무덤 밖으로 끌어내는 것이 전부였지요. 중국 각지는 물론이고 세계 각국에서 찾아온 자원봉사자들 덕분에 비극의 규모를 크게 줄일 수 있었답니다. 그땐 잠자고 밥 먹는 시간도 아깝고 미안했습니다. 비록 저는 중학교를 겨우 졸업한 전기 수리공에 불과했지만 자원봉사자로 참가했던 그 순간만큼은 제가 인간이라는 사실이 너무 자랑스러웠습니다. 사람들은 제 도움에 감사했고 저는 그들의 감사에 감격했습니다. 제가 한 일이라곤 시신을 수습해서 신원을 확인하여 유족들에게 연락하는 것이었지요. 그러고는 틈틈이 마을 한곳에 구덩이를 파고 신원이 확인된 시신들만 따로 모아서 묻는 일을 도왔지요. 거기서 우연히 티베트 출신의 사내를 만나 티베트 전통의 장례법에 대해 들었답니다.

그들은 시신을 땅에 묻거나 불에 태우는 대신 산으로 메고 올라가 독수리의 먹이로 내준다고 했지요. 독수리가 시신을 깨끗하게 먹어치워야만 영혼이 더 나은 세상에서 환생한대요. 그래서 독수리가 쉽게 살을 발라먹을 수 있도록 도끼로 시신을 잘게 잘라주는 사람이 있는데 그를 천장사天葬師라고 부른대요. 그 남자의 아버지가 한때 그런 일을 했다고 하더라고요. 요즘 티베트 분리 독립과 관련하여 정치적으로 민감하게 대립하고 있기 때문에 자원봉사의 숭고한 의미를 생각해서라도 더이상 물어볼 수는 없었습니다만, 언젠가 중국이 미국을 능가하는 세계 제일의 국가가 되고 땅값이 천정부지로 치솟아 저처럼 가난한 사람이 무덤 하나 갖기 어려워질 때가 되면 티베트 전통의 장례 방식이 부활할지도 모르겠다고 생각했습니다.

아무튼 어느 정도 구조 작업이 끝나자 자원봉사자들은 자신의 직업과 경험에 따라 업무를 배정받았습니다. 그래서 저는 마을을 돌아다니면서 전력을 복구하고 집안의 중요 가전제품들을 고쳐주는 일을 맡게 되었지요. 살아남은 자들은 죽은 자들의 슬픔을 바닥 삼아 재기해야 했으니까요. 톈 씨 집은 마을의 한가운데 위치하고 있었어요. 조상의 은덕 덕분인지 그의 집과 이웃한 집들은 용케 지붕과 벽을 유지하고 있었어요. 담장이 무너지고 마당의 나무들이 뽑히고 세간이 바닥에 떨어져 깨진 것 말고는 크게 피해 입진 않았더라고요. 물론 수도와 전기는 모두 끊겨 있었지요. 어둠과 악취 속에서 집안으로 들어갔더니 톈 씨 부부가 영혼을 빼앗긴 산송장처럼 냉동고 옆에 앉아 꼼짝도 하지 않고 있었어요. 하마터면 그들을 죽은 자로 착각하고 머리채를 잡은 채 집밖으로 끌어낼 뻔했지요. 텐 씨 부부는 지붕이 무너져 제 정수리로 쏟아져내린다고 한들 피할 의지나 기운도 없어 보였어요. 저는 그들을 집밖으로 데리고 나오려고 했지만 그들은 완강히 버텼어요. 그래서 저는 제 임무를 알리고 전력 복구 작업을 위해서라도 자리를 비워줘야 한다고 설득했지요. 그러자 갑자기 텐 씨 부부가 제 발밑에 무릎을 꿇더니 울기 시작했어요.

텐 씨는 제 소매를 붙잡고 냉동고 쪽을 가리켰어요. 자세히 보니 냉동고 옆에 소형 발전기와 석유통 두어 개가 놓여 있더군요. 웡웡거리는 텐 씨의 목소리가 점점 분명해졌어요. 그는 아들을 살려달라고 소리치고 있었습니다. 순간 소름이 지진처럼 저를 휩쓸고 갔지요. 긴박한 상황에서도 제 아들을 냉동고 속에 숨겼던 부모의 헌신과 사랑에 감격했기 때문이지요. 하지만 집안에 오래 머무는 건 어쨌든 위험한 일이었으니 저는 가능한 한 빨리 그들을 집밖으로 데리고 나갈 작정으로 냉동고 쪽으로 급히 걸어갔지요. 하지만 문을 여는 순간 시체 썩는 냄새가 솟구치는 바람에 저는 정신을 잃고 쓰러지고 말았답니다. 텐 씨가 다가와 저를 일으켜세울 때까지 십여 분은 족히 흘렀을 것 같아요. 정신을 차리고 다시 살펴보니 텐 씨의 아들은 그 안에서 질식해서 죽은 게 아니라 이미 오래전에 죽은 뒤 냉동 보관되어 있다가 녹아내린 것 같더라고요. 그래서 추궁했더니 텐 씨가 자신이 겪은 이야기를 들려주더군요.

다 듣고 나니 굳이 텐 씨의 아들을 냉동고에서 꺼내 마을 입구에 새로 마련한 공동묘지로 옮기고 싶지는 않더라고요. 이번 재난으로 피해를 입은 자들에겐 재활지원금 지급과 더불어 일정 기간 세금을 면제시켜준다고 하니까 전기료 걱정은 하지 않아도 될 것 같았습니다. 그래서 모든 일을 뒤로 제쳐둔 채 텐 씨 집의 전력부터 복구시켜주었지요. 게다가 외국의 자원봉사자들에게 할당된 기름 발전기마저 훔쳐다 주었지요. 자원봉사를 약속한 기간이 끝나고 그 마을을 떠나기 전날에 저는 자신의 아버지가 티베트의 천장사였다는 사내와 함께 텐 씨 집을 방문해서, 비록 저는 인민의 암세포인 종교를 믿는 건 아니지만, 그의 아들의 극락왕생을 함께 축원해주었답니다. 티베트 사내와 작별하면서, 언젠가 중국이 미국을 능가하는 세계 제일의 국가가 되고 땅값이 천정부지로 치솟아 중국 인민들이 무덤 하나 갖기 어려워지면 성능 좋은 냉동고를 집안에 들이고 제 부모나 형제나 자식의 시신을 거기에 보관했다가 냉동고가 고장날 때쯤 폐기물 처리장에 보내 냉동고와 함께 떠나보내는 장례법이 유행할지도 모르겠다고 말했습니다. 그 처리장 주변에는 독수리들이 많이 서식하게 되겠지요."

"中 죽은 아들 잊지 못해 육 년간 냉장고에 보관"(헤럴드경제, 2012. 10. 1.)

연애편지

사흘 전 구내식당에서 늦은 저녁을 먹다가 이런 이야기를 들었습니다.

"그건 마치 밤새 쓴 연애편지를 아침에 부치는 일과 같지요."

무슨 이야기를 하다가 불쑥 튀어나온 말인지는 기억나지 않지만, 그렇게 말한 직장 동료의 표정만큼은 분명하게 기억할 수 있습니다. 그의 익살스런 표정이 이렇게 말하고 있었지요.

'그처럼 어리석은 짓은 하지 않는 게 좋지 않을까요?'

다시 사무실로 돌아와서 컴퓨터로 월말 에너지 사용 현황 보고서를 작성하다가, 문득 편지지와 펜만으로 연애편지를 쓰던 시절과 그 오글거리는 내용들에 대해 떠올려보았습니다. 그랬더니 비로소 〈The Night Has a Thousand Eyes〉라는 음악의 의미를 이해할 수 있게 되었지요. 물론 그 음악의 멜로디나 리듬에 대해서는 전혀 기억나는 게 없지만 말이에요. 연애편지를 쓰는 밤은 마치 천 개의 눈들이 번갈아 반짝이는 것처럼 환하지요. 그것을 쓰고 있는 마음 또한 천 개쯤 되는 것 같아요. 걱정하고, 그리워하고, 조바심나고, 기쁘고, 궁금하고, 화나고, 슬프고, 미안하고, 가렵고. 그래서 대부분의 연애편지는 혼자서 완성한다기보다는 여러 명과 함께 상의한 내용을 받아쓰는 것인지도 몰라요. 일종의 종교적 체험이 그와 같을까요? 그러니까 추신마저 쓰고 나서, 자세를 바꾸어, 처음부터 다시 읽어보면 자신의 고해성사가 부끄럽다못해 생경하기까지 한 것이지요. 연애편지는 완성되는 순간, 또는 적어도 그것을 완성한 사람이 처음부터 다시 읽기 전에 상대에게 배달되어야 해요. 그것은 담배 연기로 허공에다 만든 문자이거나 물위에 남은 새 발자국 같은 것이니까요. 유효 기간이 그만큼 짧다는 뜻이지요. 다시 읽는 순간 최초의 열정과 리듬감과 직관과 향기는 휘발해버리고, 틀린 철자와 엉터리 문법과 오독하기 쉬운 필체와 사막 같은 여백들만 남게 되지요. 그래도 밤 동안엔 그것들이 잘 드러나지 않지요. 하지만 아침이 되면 자신의 치기를 덮어주던 신기루마저 완전히 사라져버려요. 그러니 아침까지 책상 위에 남아 있는 연애편지는 절대로 부치지 말고 찢어버리는 게 백번 생각해도 맞지요. 한낮에 그것을 읽게 될 상대를 상상해보세요. 그 또는 그녀는 더위와 습기에 시달리는데다가 허기지고 졸리기까지 한데 어찌 천 개의 눈으로 반짝였던 당신의 지난밤을 상상할 수 있겠어요? 차라리 그 밤에 연애편지를 쓰는 대신 휴대전화로 문자 메시지를 보내는 편이 당신의 연애에 더 도움이 될 것이라고 말하고 싶네요. 제가 실제로 그런 실패를 여러 번 경험했으니까, 제 이야길 귀담아듣는다고 해서 손해보진 않을 거예요. 어떤 시절, 어떤 상황에서는 칼이나 총보다도 연애편지 한 통이 젊은이에게 더욱 치명적인 상처를 입힐 수 있다는 걸, 괴테에게서 배우셨으리라 믿어요. 그걸 베르테르 신드롬이라고 부르던가요?

어느 토요일이었죠. 모처럼 늦잠을 자고 일어나서 친구를 만나러 오후 네시쯤 집을 나서는데 등뒤에서 제 이름을 부르는 소리가 들렸어요. 우편배달부가 편지 한 통을 건네더군요. 받는 사람의 주소와 이름도 없었으니 보내는 사람의 주소와 이름도 당연히 없었지요. 게다가 우표까지 붙어 있지 않았으니까 굳이 우편배달부가 그것을 전달해야 할 의무도 없었어요. 그런데 그는 어떻게 이게 제 편지라는 걸 알고 건넸을까요?

"어떤 젊은 남자가 한참 동안 집밖에서 서성대더니 저에게 건네주면서 부탁을 하더라고요. 오렌지주스 한 병을 얻어 마셨으니 아가씨를 기다릴 수밖에."

그 우편배달부가 만약 "그건 마치 밤새 쓴 연애편지를 아침에 부치는 일과 같지요"라는 표현을 알고 있었더라면 어땠을까요? 그리고 제가 "그처럼 어리석은 짓은 하지 않는 게 좋아요"라고 분명히 말했다면 우리의 운명은 어떻게 되었을까요? 우표와 발신인의 이름과 수신인의 주소가 없는 편지가 제게 배달되지 않았더라면, 우리는 결코 어리석게 결혼하지 않았을 것이고, 그러면 지금 이혼

Naître
Manger Boire
Pisser
Le Président à vie

하는 일도 없어졌겠지요. 하긴 이 모든 운명의 전개가 천 개의 눈을 가진 밤의 음모 때문이라고 말할 수도 있어요. 편지의 내용은 전혀 기억나지 않고, 남편의 첫인상도 정수리 위에서 지글거리던 햇빛에 흐물흐물 녹아버려서 지금은 떠올릴 수가 없습니다. 그가 그 연애편지를 직접 썼는지, 아니면 누군가 불러주는 것을 받아썼는지는 끝내 밝힐 수 없었습니다. 그뒤로 동네에서 가끔 마주치게 되면 그는 제게 연애편지를 보낸 남자의 근황에 대해 물어왔고 처음엔 의미심장한 웃음으로 대처하던 저는 점점 대담해져서 거짓말을 하기 시작했지요. 연애편지는 그 한 통이 전부였지만 한 남자의 기억과 일상을 만들어내기엔 그것만으로도 충분했죠. 나중엔 걷잡을 수 없을 정도로 불어나는 거짓말들을 기억할 수가 없어서 수첩에다 적어두기까지 했답니다. 직업이 기억력을 단련시키는 것인지 그는 제가 지나가는 말로 던진 이야기까지 모두 기억하고 있다가 다음에 마주칠 때 결과를 물어와서 저를 당황시키곤 했지요. 결국 한계에 도달했다고 생각되는 순간 저는 마지막 거짓말을 해야 했습니다. 너무나 상투적이어서 당신도 이미 짐작하고 계실 겁니다. 그저 남자가 집안 사정으로 급히 이민을 떠나게 되면서 한여름 밤의 꿈같은 해프닝은 끝났다고 덤덤히 말했지요. 하지만 그의 파리한 표정은 제 말을 전혀 믿지 않고 있었어요. 그러고는 그 밤에 기어이 저희 집 초인종을 누르더군요.

남자가 죽었다는 사실을 전하더군요. 제게 연애편지 한 통 보내는 게 고작이었던 그 남자 말이에요. 그러고는 마치 그 밤에 함께 문상이라도 가자고 말할 것처럼 슬픈 표정을 지어 보였어요. 순간 당황했지요. 그리고 이런 의문이 들더군요. 그 남자는 언제 죽은 것일까? 혹시 내게 최초의 연애편지를 쓴 직후는 아닐까? 연애편지를 직접 전하지 못했다는 수치스러움에 자살이라도 한 것이라면 어쩌지? 설마 이 우편배달부가 처음부터 내 거짓말을 눈치채고 있었던 건 아니겠지? 만약 그렇다면 어쩌지?

다행히 제 걱정은 현실로 나타나진 않았어요. 그는 제 이야기를 모두 믿었고 저를 도와주기 위해 자신에게 연애편지 배달을 부탁한 남자—우리는 언제부터인가 그를 베르테르라고 불렀지요—를 찾아다녔대요. 직업이 그의 기억력을 단련시켰다는 말, 기억하시죠? 그는 한 번 걸어간 길이나 한 번 만난 사람, 주소, 심지어 한 번 본 필체까지도 기억할 정도였으니 자신의 구역에서 사람 한 명 찾아내는 건 그리 어렵지 않았던 것이죠. 하지만 그가 베르테르를 찾아냈을 때는 이미 불행이 저와 그의 세계를 이승과 저승으로 갈라놓은 뒤였다더군요. 베르테르는 권총 자살이 아니라 뺑소니 사고로 죽었다고 들었지요.

졸지에 우리는 한 인간의 죽음을 똑같은 무게와 부피로 슬퍼해야 하는 상주가 되고 말았어요. 그러면서 점점 늪에 빠져든 것이지요. 그뒤로 이어진 우리의 결혼과 이혼 중 어느 것도 늪의 시작일 뿐 끝은 결코 아니었으니까.

오 개월 된 아이를 유산한 뒤에야 비로소 우리의 연애에 개입했던 거짓말들의 실체가 조금씩 드러나기 시작했어요. 그것이 남편의 치명적인 실수였죠. 우리의 연애 시절과 관련된 거의 모든 것, 제가 언제 무슨 옷차림을 하고 나타나서 어디서 무얼 먹고 뭐라고 말했는지, 그때 주위에 어떤 사람들이 무얼 하고 있었고 어떤 음악이 들렸으며 어떤 날씨 아래 어떤 건물 앞을 지나갔는지까지, 거의 모든 걸 기억하면서도 남편은 정작 우리의 결혼생활과 관련된 일들은 거의 기억하지 못했어요. 처음엔 생활환경이 급변했기 때문이라고 여겼는데 좀더 살아보니까 그게 아닌 것 같더라고요. 우연히 남편이 근무하는 우체국에 들렀다가, 남편이 담당하는 우편배달 지역에서 우편물 분실 사고가 가장 많이 일어나고 있다는 사실을 알게 되었지요. 그리고 우체국에 근무하는 먼 친척에게 부탁해 알아낸 바로는, 남편은 언젠가 수천 통의 편지가 담긴 가방을 도난당했다고 자진 신고한 적이 있었는데, 나중에 그가 일부러 그것들을 불태웠다는 사실이 들통나는 바람에 일 년간 정직 처분을 받은 적까지 있더라고요. 물론, 결혼하기 전의 일이었고, 누구나 한 번쯤은 도저히 이해받지 못할 광기에 사로잡혀 실수를 저지르기도 하니까 모른 척하고 넘어갈 수도 있었지요. 아마 남편은 지금까지도 제가 그 사실을 알고 있었다는 걸 알지 못할 거예요. 제 성화에 못 이겨 마지못해 쇼핑을 따라나설 때마다 그는 매번 길을 잃었고 구입한 물건들의 상표를 거의 기억하지 못했지요. 그때마다 그는 과중한 야근을 탓했답니다.

그러니 그에게 연애편지를 맡겼다는 베르테르가 실은 우편배달부였던 남편이라고 확신하지 못할 이유가 있는 걸까요? 한 남자의 죽음까지 동원한 그의 거짓말을 생각할 때마다 너무 역겨워져서 더이상 한이불에서 살을 맞대고 지낼 수가 없었어요. 그래서 반년째 별거를 하고 있답니다. 전 결코 그에게 돌아가지 않을 작정입니다. 그래서 두 달 전부터 새로운 일을 시작했고 이 일이 제 적성에 아주 잘 맞는 것 같아요.

존경하는 가정법원의 판사님! 혼전의 치명적 거짓말은 이혼 사유로 충분하지 않을까요? 완전한 결혼생활을 위해서라면 결코 남편과 아내 사이에는 단 하나의 거짓말도 개입해서는 안 된다고 생각합니다. 하물며 결혼을 결심하게 만들었던 상황만큼은 어느 왕조의 황금 유물보다도 더 순수하고 빛나야 하지 않을까요? 혼인을 빙자한 사기에 휘말린 것은 아닙니다만 제가 느낀 참담함을 달리 설명할 방법을 모르겠습니다. 그래서 저녁 아홉시가 넘은 시간에 사무실에 혼자 남아서 이런 편지를 쓰고 있습니다만, 무기력한 감정들이 고스란히 여기에 잘 담길지는 의문입니다.

굳이 등기우편으로 보내지 않고 이메일로 보내는 까닭을 이해해주시길. 연애편지의 아이러니로부터 벗어나기 위해 이 편지를 처음부터 다시 읽고 고치지는 않겠습니다. 그리고 밤이 너무 늦어서 저도 이만 퇴근해야 할 것 같네요. 만약 아직까지 사무실에 남아 계셔서 이 메일을 확인하신다면 바로 답장 주세요. 그리 길지 않아도 좋고, 교훈적이지 않아도 좋고, 저를 비난하거나 욕설을 퍼부으셔도 상관없습니다. 중요한 건, 지금 이 밤에 읽고 쓰는 편지들만이 진실에 가깝다는 사실뿐! 만약 내일 아침에 출근했을 때판사님으로부터 아무런 메일도 도착하지 않았다는 사실을 확인하게 된다면, 전 이 밤에 보낸 편지를 회수하여 삭제할 것입니다.

밤새 쓴 연애편지를 아침에 부치는 일처럼 어리석은 짓은 하지 않는 게 좋으니까요.

뉴스

한때 윌리엄이라고 불리던 맨디 양은 두통 때문에 새벽에 잠에서 깨어났다. 한 시간 남짓 뒤척이다가 결국 잠을 포기하고 방안의 전등을 켰다. 어제저녁 나이트클럽에서 고작 맥주 두 잔을 마셨을 뿐인데 어지럽고 다리에 힘이 풀려서 서 있을 수조차 없었다. 그래서 그녀는 자신 주위로 나방처럼 몰려드는 남자들을 모두 물리치고 자정도 되기 전에 집으로 돌아왔던 것이다. 그러고는 잠옷으로 갈아입기는커녕 화장조차 지우지 않은 채로 침대 위에 꼬꾸라졌다. 더이상 아무도 자신의 생활에 간섭하지 않는다는 게 적어도 그 순간만큼은 다행이었다. 하지만 그녀는 잠 속으로 미끄러져들면서 내일 아침에 혼자 깨어나서 감당해야 할 외로움이 걱정되었다.

그 순간 맨디 양은 심한 요의를 느끼고 꿈 밖으로 기어나와 화장실로 갔다. 그리고 욕실의 전신 거울 옆에서 마치 뉴욕의 타임스

퀘어 한복판에서 단 한 대의 소방차만으로 대형 화재를 진압해야 하는 소방관처럼 비장한 표정으로 오줌 줄기를 뿜어내었다. 몸이 가벼워질수록 거울에 비친 자신의 모습이 더욱 선명해졌다. 거기 괴물이 서 있었다. 애팔래치아 산자락에 위치한 스키장처럼 매끈하게 어깨까지 내려오는 금발 가발을 쓰고, 시애틀의 노천카페 입구마다 설치된 차양막처럼 꼿꼿하게 뻗은 속눈썹을 붙이고, 뉴멕시코의 이글거리는 태양에서 태어난 토마토들보다도 더 붉고 윤기나는 립스틱을 바르고, 디즈니랜드 입구에서 아이들에게 나누어주는 풍선들보다 더 크게 부풀어오른 브래지어를 두르고, 마이애미의 피자 가게에서 파는 하와이안 피자 한 조각보다도 더 작은 크기의 스커트를 입은 채, 오래전 윌리엄으로 살았던 시절에 익힌 습관대로 변기 앞에 서서 오줌을 갈기고 있는 자신의 모습을 보면서 맨디 양은 심한 굴욕감을 느꼈고 결국 어제저녁에 삼킨 것들을 변기 안에다 몽땅 쏟아놓고 말았다.

윌리엄으로 살던 시절 그녀는 맥주 두 잔에 취했던 적은 결코 없었다. 언제든 그녀는 아내 몰래 윌리엄의 신용카드와 성기를 사용할 수 있었다. 그러므로 외로움 따위에 고통받지 않았다. 그저 민머리에 머리카락이 자라난다면 나이트클럽의 여자들로부터 더 많은 관심을 끌 수 있을 것이라고 생각했다. 그래서 스스로 헤르마프로디토스의 비극을 완성하고 말았다.

윌리엄은 아홉 달 동안 탈모 치료제를 복용한 끝에 다시 머리카락을 얻었다. 하지만 동시에 여성의 것이 분명한 가슴과 엉덩이도 함께 얻게 되었다. 남성 호르몬을 억제하는 성분이 포함되어 있어서 사용에 신중해야 한다는 충고를 의사에게 들은 적이 있긴 하지만, 그걸 아홉 달 동안 복용하면 여자로 변신할 수도 있다는 경고는 결코 듣지 못했다. 아홉 달의 시간이 온전히 지나갈 때까지도 그는 머리카락이 나고 있다는 사실에만 열광하여 자신에게 일어나고 있던 부작용의 징후를 전혀 감지하지 못했다. 잦은 우울증과 편두통은 지난밤의 숙취와 방탕 때문이라고 간주했다. 그의 아내도 처음엔 젊은 시절의 열정을 회복한 남편을 열렬히 환영했지만—비로소 자신과의 나이 차이를 극복한 것 같아서 기뻤다—자신과의 잠자리를 피하면서 조울증 증세까지 보이는 남편이 점점 걱정되기 시작했다. 그리고 어느 일요일 오후 욕실에서 수염 달린 여자를 보았을 때—샤워를 끝낸 윌리엄은 발가벗은 채 면도를 하고 있었다—그의 아내는 혼절했고 깨어나자마자 아이를 데리고 친구 집으로 도망쳤다. 거의 모든 미국인들이 트랜스젠더와 관련한 에피소드 하나 정도는 알고 있기 때문에, 아내는 남편이 십 년간의 결혼생활 동안 성적 정체성에 혼란을 느끼다가 자신과 상의도 없이 성전환 수술을 결심했다고 생각한 것이다. 그제야 비로소 그녀는 남편의 잦은 외박과 신용카드 지출 목록 속의 의심스러운 금액을 이해하게 되었다. 하지만 탈모 치료제의 부작용 때문이라는 남편의 변명을 듣고 그의 아내는 측은지심을 느껴 가출 일주일 만에 집으로 돌아왔다. 그러나 윌리엄이 부작용의 심각성을 깨달았을 땐 이미 돌이킬 수 없을 만큼 상황이 악화된 뒤였다. 그는 더이상 윌리엄으로서 살 수 없게 되었다.

직장을 유지하기도 쉽지 않았다. 일탈을 두려워하지 않을수록 창의적인 직원이라고 평가하는 소프트웨어 회사였지만 그의 갑작스러운 변화를 질병이나 재앙으로 받아들여주는 동료들은 많지 않았기 때문에 그들 속에서 일에 집중하는 것은 점점 어려워졌다. 그에게 탈모 치료제를 처방한 의사는 자신이 의사로서 최선을 다했다고 항변하면서 자신의 오래된 변호사 뒤로 숨었다. 그 변호사는 윌리엄에게 가난한 동네 의원 대신 거대한 다국적 제약회사를 상대로 소송을 내는 편이 자신의 비극을 제대로 보상받는 방법이라고 설득하며 그런 송사에 경험이 많은 로펌을 소개해주었을 뿐만 아니라 나중엔 자신이 그 로펌과 일종의 서비스 계약을 맺고 소송에 필요한 자료들을 윌리엄의 주치의로부터 구해주기까지 했다. 변호사의 조언에 따라 윌리엄은 회사를 그만두고 소송에 집중했다. 소송이 진행되는 동안 윌리엄은 헤르마프로디토스처럼 자웅동체의 모습을 유지해야 했기 때문에 일체의 병원 치료는 거부한 채 일주일에 한 번씩 정신과 상담을 받았다. 실업급여를 생활비 대신 약값으로 지불해야 하는 자신의 처지에 비관하지 않도록 아내는 그를 끊임없이 격려했지만 그의 육신과 영혼은 더이상 아내의 관심을 견뎌낼 수 없게 되었다. 특히 그는 아내가 천문학적 배상금을 바라고 자신에게 머물고 있다는 생각 때문에 괴로웠다. 그래서 어느 날 그는 너무 사랑하기 때문에 어쩔 수 없이 떠나보내야 하는 심정으로 아내를 폭행했고 이웃의 신고로 열흘 동안 유치장 신세를 진 끝에 법원으로부터 이혼 허가를 받아냈다. 그는 자신이 지닌 재산의 절반을 아내에게 양도하면서 변변한 직장을 구하는 대로 매달 양육비를 보내겠다고 약속했다. 그리고 자신이 살던 마을을 떠나 도시 외곽에 조그만 아파트를 얻었다. 거기서 로펌까지는 지하철로 삼십 분가량 떨어져 있기 때문에 불필요한 비용을 절약할 수 있을 것 같았다.

이혼 이후 윌리엄은 자신을 맨디라고 부르기 시작했고, 남자에게 익숙한 생리학적 특성과 생활 습관을 모두 버린 채, 아내가 버리고 간 옷들 속에 비극적인 육체를 숨기면서 맨디로서 하루하루를 새롭게 살려고 노력했다. 배상금 액수도 처음보다 두 배로 올렸다.

하지만 어제 그는 자신의 소송을 담당한 주 법원으로부터 기각을 통보받았다. 다윗과 골리앗의 싸움처럼 힘든 과정이리라 애초부터 예상했지만 좌절감은 예상보다 훨씬 무겁고 아팠다. 그래서 그는 이혼 이후 처음으로 나이트클럽에 가서 시간을 보냈던 것인데, 적어도 그곳에서만큼은 여자로 사는 게 항상 슬픈 일만은 아니라는 사실을 깨달을 수 있었기 때문이다.

소변을 본 그는 침실로 돌아와서는 가발과 스커트를 벗고 속눈썹도 떼어냈다. 그리고 다시 침대에 누웠으나 삼십 분가량 뒤척이다가 결국 잠을 포기하고 일어나야 했다. 욕실에서 비누로 화장을 말끔히 닦아낸 다음 거실로 나와 자신의 소송이 기각된 데 대한 언론이나 사람들의 반응을 확인하기 위해 컴퓨터를 켰다. 그리고 이런저런 뉴스를 검색하다가 우연히 아주 흥미로운 뉴스 하나를 읽게 되었다.

영국에 사는 열아홉 살의 에런 램파드라는 남자가 여자친구를 성추행했다는 혐의로 경찰에 체포되었는데 신원을 확인하는 과정에서 놀랍게도 그가 겜마 바커라는 이름의 여자이며 남장을 하면서 또다른 여자친구를 사귀어왔다는 사실이 밝혀졌다. 램파드의 범행이 밝혀질 수 있었던 까닭은 두 명의 피해자들이 자신의 남자친구를 서로에게 자랑할 만큼 친한 사이였기 때문이다. 더욱 흥미로운 사실은, 두번째 피해자가 콘래드 매코맥과 루크 존스 사이에서 오래 고민한 끝에 콘래드 매코맥을 남자친구로 선택했다고 증언했을 때, 경찰은 콘래드 매코맥과 루크 존스 역시 에런 램파드와 동일 인물이라는 사실을 알아차렸다고 한다.

이 뉴스를 읽고 맨디 양은 몹시 씁쓸해졌다. 영국과 미국은 서로를 너무 증오한 끝에 모든 사건들이 거울상처럼 일어나고 있는 건 아닐까? 남자가 되고픈 여자와 여자가 되어서 슬픈 남자들이 대서양을 사이에 두고 서로 살아가고 있는 것이다. 겜마 바커라는 소녀는 아직 너무 어려서 어떻게 하면 남자로 변신할 수 있는지 모른다. 하지만 십 년쯤 흐르고 그녀가 별다른 부족함 없이 살다가—평범한 남자를 만나 결혼을 하고 아이들까지 기르면서—문득 아주 작은 변화를 위해 사소한 결정을 내리는 순간, 그녀는 자신이 그토록 원했던 모습, 또는 전혀 원하지 않았던 모습으로 변신할 수도 있다. 그러니 너무 조급하게 생각하지 말라고 충고해주고 싶었다. 그리고 그녀의 변신 때문에 외로워진 그녀의 남편에게 맨디 양은 기꺼이 자신이 사용했던 탈모 치료제를 소개해줄 것이다. 그리고 그런 변신을 겪은 사람들이 한 달에 한 번쯤 만날 수 있도록 모임을 이끌 의욕도 있다.

침대로 되돌아온 맨디 양은 겜마 바커라는 여자가 남장을 하고 여자친구들을 만나는 장면을 상상해보았다. 도대체 그들은 데이트를 하는 동안 무슨 짓을 할 수 있었을까. 콘래드 매코맥과 루크 존스로부터 각각 키스 세례를 받은 소녀의 항변이 좀처럼 잊히지 않았다.

"그들은 정말 다른 방법으로 제게 키스를 해왔단 말이에요."

"대머리 치료제 먹고 점점 '여성'으로 변한 남자"(나우뉴스, 2012. 7. 24.)
"일 년 넘게 사귄 남친, 정체 알고 보니 '경악'"(코리아헤럴드, 2012. 8. 7.)

혈통 교육

"아들아, 너는 조만간 나를 영웅으로 여기게 될 것이다."

제프는 이제 막 열 살이 된 아들에게 말했다. 그러고 나서 자신의 말을 알아듣기에 아들이 너무 어리다는 사실이 한편으로는 아쉽고 한편으로는 다행이라고 생각했다. 그래서 다음과 같은 이야기를 덧붙였다.

"왜냐하면 너는 네 아버지 덕분에 백인이 되었고, 세계사 속에서 백인이 박해를 받은 적은 단 한 번도 없기 때문이다. 심지어 나사렛의 예수도 백인이 아니었기 때문에 유대인과 로마인들에게 박해를 받았단다. 그러니까 너는 지금 이곳에서 인류의 제왕으로서 권리와 안락을 평생 누리게 될 것이고, 열등한 인종들은 너의 피 한 방울이 자신의 후손들에게 전달되기를 갈망하며 너를 숭배할 것이다."

그렇게 말하고 나자 제프는 자신 역시 인류의 제왕으로 등극한 듯 우쭐해졌다. 그래서 아들 앞에서 보디빌더의 과장 어린 포즈를 취하며 자신의 근육을 잔뜩 부풀렸다. 아들은 심드렁한 표정을 잠시 지어 보였을 뿐 이내 텔레비전 화면에 집중했다. 그것은 제프가 즐기는 전쟁 영화였고 열다섯 살 미만의 아이들에겐 시청이 금지되어 있다는 표시가 화면 오른쪽에 선명하게 박혀 있는데도 제프의 아들은 아버지로부터 아무런 제지를 받지 않았다. 그러니까 제프는 열다섯 살 미만 시청 금지라는 규정 역시 유전적으로 열등한 유색인종에게나 적용되는 것일 뿐, 열 살 된 백인 소년에겐 아무런 악영향도 끼치지 않을 것이라고 확신한 것이다. 백인이라면 열 살만 되어도 자신과 자신의 가족을 지킬 수 있는 능력을 자연스레 갖추게 되어 있고, 그렇게 사실적인 전쟁 영화가 아들의 사명감을 단련시키는 데 큰 도움이 될 것이라고 그는 생각했다. 하지만 자신의 이야기에는 아랑곳하지 않고 온통 텔레비전 화면에만 정신이 팔려 있는 아들의 반응에 서운했던 것도 부정할 순 없다.

그도 그럴 것이 제프는 자신의 아들을 순수 혈통의 백인으로 만들기 위해 고등학교 시절부터 십 년 동안 사귀어온 여자친구와 헤어진 지 한 달도 채 지나지 않아 모임에서 두어 번 만난 게 고작인 여자와 곧바로 결혼하고 아이를 가졌다. 전 여자친구의 혈통이 순수한 백인이었다면 현재 그는 더욱 행복한 삶을 살고 있었을 것이다. 고등학교에 입학하여 그녀를 처음 만나고 연애를 시작하던 무렵 그는 결코 피부색에 집착하지 않았다. 이민자들이 세운 나라의 국민답게 그는 유색인종에게 관대했고 세계적 정의에 관심이 많았다. 하지만 세상의 모든 위악과 불평등에 대해 알게 되면서부터 정의의 위엄을 회복하는 방법은 결코 타협과 용서가 아니라 단죄와 자기비판이라고 믿게 되었다. 자본주의나 공산주의도 정의와 평화를 위한 이론적 근거가 될 수 없었다.

그는 독일계 친구의 생일 파티에 초대받았다가 거기서 자본주의나 공산주의를 극복할 수 있는 사회 이론과 그 이론을 신봉하는 사람들의 실체에 대해 우연히 알게 되었다. 그리고 자신뿐만 아니라 자신의 여자친구가 완벽한 백인이라는 사실에 감사했다. 하지만 백색 모임에 대한 이야기를 들었을 때 여자친구는 강한 거부감을 노골적으로 드러냈다. 그리고 그 모임에 참석하는 걸 고집할 경우 연인관계를 파기하겠다고 선언했다. 그래서 제프는 한동안 그 모임에 참석하지 않았을 뿐만 아니라 독일계 친구와도 일정한 거리를 두고 지냈다. 하지만 어느 날 강의실의 옆자리에 앉게 된 독일계 친구는 제프의 여자친구의 외조부가 시리아 출신이고 그녀의 아버지는 한때 유색인종 권리보호단체 회원으로 활동했으며 그녀는 눈부신 금발을 유지하기 위해 매주 일요일 자신의 집에서 염색을 한다는 사실을 귀띔해주었다. 그 이야기를 듣는 순간 제프는 마치 제 부모의 부정을 발견한 사람처럼 온몸에 힘이 빠지면서 아찔해졌다. 그와 동시에 자신의 할머니가 터키 출신이라는 사실이 떠올랐다. 결국 자신도 순혈의 백인이 아니라는 게 곧 밝혀질 것이고, 하는 수 없이 자본주의나 공산주의 중 하나를 선택한 뒤 일생을 낭비하게 될 것이라고 생각했다. 아쉽기도 했지만 홀가분하기도 했다. 사랑하는 여자친구와 헤어지느니 차라리 백인의 혈통을 버리는 게 훨씬 나았다.

하지만 독일계 친구의 이야기는 달랐다. 그는 이미 제프의 가계도에 대해서도 잘 알고 있었다. 시리아는 엄연히 아시아에 속해 있고 무슬림이 대부분이며 그곳을 백인이 점령한 역사가 없는 반면, 터키는 유럽축구연맹에 속해 있는데다가 백인들이 오래전부터 그곳에서 살고 있기 때문에 제프의 백인 혈통을 의심할 이유는 없다는 것이었다. 그리고 자신의 조상 역시 한때 팔레스타인에서 살았다고 독일계 친구는 고백했다. 이로써 제프는 면죄부와 함께 순혈증명서를 받았던 것이다.

그뒤로 제프는 독일계 친구와 함께 그 백색 모임에 참석하면서도 여자친구에게는 철저하게 비밀로 했기 때문에, 그 여자친구와 헤어진 이유 중에는 피부색이나 유전적 특질과 관련된 것들은 포함되어 있지 않았다. 십 년 동안의 연애가 끝나던 마지막날 밤, 그들은 그저 아주 사소한 일 때문에 싸웠고—너무 사소해서 이유가 기억나지 않는다—내일 또다시 만날 수 있을 거라는 안일한 생각 때문에 작별 인사도 하지 않은 채 자동차 극장 입구에서 헤어졌는데, 각자의 침대 위에서 잠들기 직전에 그들은 묵직한 무엇인가가 자신의 머릿속에서 굴러떨어져 발등에 부딪치는 소리를 들었고 그다음날부터는 특별한 이유도 모른 채 서로에게 연락할 수 없게 되었다. 첫사랑은 그렇게 허무하게 끝났고 평생을 두고 극복하지

못할 생채기가 남았다.

솔직히 말해서 제프는 첫사랑의 상실감을 극복하기 위해 더욱 더 백색 모임에 집착했다. 그리고 그의 사정을 꿰뚫어 보던 독일계 친구가 러시아 출신으로 철저한 백인우월주의자인 회원의 딸을 그에게 소개해주었고 그녀를 만난 지 한 달도 되지 않아, 그러니까 독일계 친구의 추천으로 전국 규모의 자동차 정비소에 취업하자마자, 그는 모임의 회원들 앞에서 그녀에게 프러포즈를 했다. 그들은 서로를 반려자라기보단 동지로 생각했기 때문에 사랑 따위는 전혀 중요하지 않았고 오직 혈통에 대한 신념만이 그들의 관계를 강하게 만들었다. 하지만 성적 매력이나 세심한 배려심이라고는 전혀 없는 아내와의 결혼생활이 항상 즐거운 것만은 아니었다. 그럴수록 제프는 백색 모임에 더욱 집중했고 마침내 순백 피부의 아들이 태어나면서 노력은 결실을 보았다.

제프는 아들을 모든 백인들의 미래를 이끌 우두머리로 키울 작정이다. 그래서 그는 아들에게 백인들이 누릴 수 있는 영광을 미리 맛보게 해주려고 최선을 다했다. 정크 푸드는 먹이지 않았고 유색인들이 만들어서 수출하는 제품들을 집안에서 사용하지 못하도록 했으며 백인들이 주로 사는 동네로 이사하기 위해 부모의 유산을 팔아치우고 은행 대출까지 받았다. 그리고 아들이 아버지의 직업을 부끄러워하지 않도록 자동차 정비 일을 그만두었고 대신 복권 가게를 열었다. 백인들만이 행운을 독점할 수 있도록 그는 유색인들에겐 복권을 팔지 않아 한동안 경제적 어려움을 겪어야 했는데,

백색 모임 회원들의 도움으로 복권가게를 접고 총기가게의 매니저로 취직할 수 있었다. 월수입과 사회적 지위가 안정되자 그는 더욱 열성적으로 모임에 참여했고 대외적 홍보를 담당하는 중책까지 맡게 되었다. 물론 그런 활동 역시 아들을 위한 것이었음은 두말할 여지가 없다.

하긴 열 살밖에 되지 않은 아들이 아버지의 희생을 완전히 이해한다는 건 결코 쉬운 일이 아니다. 하지만 조만간 그는 아버지의 삶과 사랑을 이해하고 기대에 부응할 수 있는 방법을 스스로 찾아낼 것이다. 그래서 제프는 단 한 번도 아들이 하고 싶어하는 일들을 반대하지 않았다. 그래서 그는 적들이 잠든 도시 위로 고독하게 전투기를 조종하면서 융단폭격을 감행한 조종사에게 완전히 매혹당한 아들을 텔레비전 앞에 놔두고 조용히 자신의 침실로 들어가 잠을 청했다.

잠결에 누군가 매그넘 권총에 총알을 장전하고 방아쇠를 당기는 소리를 듣긴 했으나 텔레비전에서 나오는 소리로 간주하고 그는 눈을 뜨지 않았다. 그리고 그는 그것이 자신의 아들을 볼 수 있는 마지막 기회였다는 사실도 모른 채 더욱 깊은 잠 속으로 빠져들었다.

"아버지 총기 살해 12세 미국인 소년 유죄판결"(연합뉴스, 2013. 1. 15.)

각주구검刻舟求劍

칼을 빠뜨린 위치를 기억한답시고 바다가 아니라 배 위에다가 표시를 했다는 각주구검의 고사로 내가 겪은 불행을 설명하는 게 타당할까. 육 개월째 내 주머니 속에는 열쇠 하나가 들어 있는데 분홍색 열쇠고리에는 '24'라고 적혀 있다. 낯선 지하철역에 내릴 때마다 24번의 코인 로커에 열쇠를 꽂아보는 일도 반년쯤 계속하고 있다. 심지어 이스탄불로 출장을 갔을 때에도 나는 무심코 지하철역 역장에게 코인 로커가 어디 있느냐고 물을 정도였으니 내 무의식 속 깊숙이 박혀 있는 가시의 크기를 조금이나마 짐작할 수 있을 것이다. 역장은 놀랍게도 완벽한 한국어로 '안녕하세요'라고 말해 나를 놀라게 했다. 하지만 그게 그가 구사할 줄 아는 한국어의 전부였다. 간단한 인사 정도는 한국어로 구사할 수 있는 터키인들의 형제애 덕분에 나는 그곳에서 놀랍게도 24번 코인 로커를 찾을 수 있었지만 그것은 열쇠를 꽂아 여는 게 아니라 다섯 자리의 번호를 눌러서 여는 것이어서 적이 실망했다. 그래도 이스탄불 지하철역 어딘가에 또다른 24번 코인 로커가 있고 한 달 넘게 사용료를 연체한 고객들의 로커를 강제로 열고 내용물들을 일제히 폐기하기에 앞서 역장이 한 번쯤은 내게 연락을 해오지 않을까 하는 기대를 버리진 않았다. 고작 '안녕하세요'라는 인사밖에 하지 못하는 역장이 내 물건들 속에 적혀 있는 한글 주소를 해독해낼 수 없으리라는 생각조차도 기대를 없애진 못했다.

노트북을 잃은 뒤부터―정확히 말하자면 노트북을 넣어두었던 코인 로커의 위치를 기억할 수 없게 된 때부터―나는 기억상실증에 시달리고 있다. 오래된 기억들은 더이상 신뢰할 수 없다. 나는 도대체 누구였을까. 서른다섯의 개인사로 되돌아갈 수 있는 열쇠를 잃어버리고 겨우 코인 로커 열쇠 하나를 건졌을 뿐이다. 잃어버려야 비로소 그것의 가치를 깨닫다니, 회한만이 지혜의 목소리를 듣는 유일한 방법이던가. 급속도로 발달하는 전자장치들 때문에 생의 볼륨감을 잃게 되면서부터 사람들은 치매를 앓게 되었다. 그들은 자신이 지금 어디에 누구와 함께 있는지 구별할 수도 없을 뿐만 아니라 이미 죽은 자이거나 아직 태어나지 않은 자인 것처럼 행동했다. 수십만 번을 덮어쓸 수 있는 전자 양피지 위에 이진법의 숫자만으로 인간을 기록하려는 발상에서부터 재앙은 이미 예견되었다. 몇 차례의 전쟁 뒤에도 살아남을 후손들을 위해 한 편의 역사를 다섯 권의 책에 옮기고 전국의 다섯 군데 서고에 각각 보관할 줄 알았던 자들은 더이상 나의 선조가 아니다. 칼을 빠뜨린 위치를 배가 아닌 바닷물 위에 직접 새겨넣고 자신의 현명함을 거들먹거린 자가 나의 선조이자 후손이고, 나의 정체이다.

그날의 기억을 다시 떠올리고 싶은 생각은 추호도 없었다. 아름다움을 유지하기 위한 명약이 꿈 없는 잠이듯, 정신 치료법의 처음이자 마지막은 완전무결한 포맷이니까. 그러나 내겐 내 불행을 순전히 사적 영역에 보관할 권리도 없었으니, 내가 노트북에 보관하고 있었던 업무 관련 자료들 때문에 졸지에 나는 회사의 보안팀으로부터 기밀 누출의 죄를 추궁받고 이런 글을 써서 무죄를 주장해야 하는 신세가 되고 말았다.

그 시간, 그곳으로 약속을 잡은 게 나인지 그녀인지는 생각나지 않는다. 아무튼 우리는 그 시간 그곳에서 만났다. 삼 년 동안 이어온 우리의 연극은 파국으로 치닫고 있었다. 연애를 굳이 연극으로 간주하는 까닭은 함께 있는 동안 우리가 자신의 감정에 몰입하지 않았을 뿐만 아니라 관객처럼 먼발치에 떨어져서 상대의 이야기를 방백처럼 들었기 때문이다. 우리의 미래는 결혼하거나 이별하는 것이었고 어느 쪽을 선택하더라도 사랑을 모독하게 되어 있었다. 그렇다면 찬란한 파멸을 선택하는 편이 나을 것이라고 생각했다. 그래서 나는 점심시간 이후부터 묵직한 식곤증을 이겨내며 어떻게 청혼할지 고민했다. 하지만 메뚜기떼처럼 날아드는 업무들을 해치우느라 소품들을 준비할 여유가 없었다. 약속시간이 다 되어서야 사무실을 나서면서도 나는 미처 끝내지 못한 문서 파일들을 회사 서버에서 개인 노트북으로 옮겨 담았다. 간단히 청혼을 끝내고 집으로 돌아와서 마무리지을 작정이었다.

하지만 그 밤은 청혼을 하기에 전혀 어울리지 않았다. 11월 초순의 밤이라고 하기엔 너무 습하고 후덥지근했다. 입동이었다는 사실은 나중에 알았는데 겨울을 두고 서로 극명하게 대조되는 우리의 성향 역시 청혼을 불가능하게 했을 것이다. 그녀는 겨울엔 사람들이 차분해져서 좋다고 말했지만 나는 부자들만을 위한 자본주의적 계절이라고 지싯거렸다. 그렇다고 그녀가 이별을 선고한 것도 아니었으니 그녀 역시 하루종일 자신을 괴롭혔던 업무 때문에 우리의 연애에 집중할 수 없었던 것이다. 어처구니없게도 그날 밤 그곳에서 어렵사리 만난 우리는 업무에 관한 이야기를 나누고 말았다. 그도 그럴 것이 그녀와 나는 서로 다른 회사에서 같은 일을 하고 있기 때문에 언제든 서로에게 사무적이거나 공격적일 수도 있었다. 그녀의 회사가 나의 회사에 하청을 주게 되면서 우리는 만났다. 그리고 우리는 스스로의 일에 열정을 지니고 있기 때문에 우리의 연애를 철저하게 비밀로 부쳤다. 일단 이야기의 물꼬가 트이자 애먼 술병만이 몸살을 앓았다. 그리고 불콰해져서 술자리를 옮겨다니기 시작했다. 새벽에 바다를 보러 가자고 해서 우린 택시를 탔고 한강이 보이는 모텔에서 늦게 깨어났다. 출근 때문에 우리는 제대로 작별하지도 못했다. 그리고 출근하자마자 나는 다시 메뚜기떼의 살인적인 식성을 홀로 감당해내느라고 내가 걸치고 있던 상실감의 무게를 제대로 감지할 수 없었다.

석양이 허기와 복통을 일으킨 뒤에야 겨우 한숨을 돌리면서 퇴근 준비를 하다가 비로소 나는 기억상실증 초기 증세들을 경험했다. 주머니에는 휴대전화 대신 열쇠가 들어 있었고 열쇠엔 '24'라고 적힌 분홍색 열쇠고리가 매달려 있었다. 처음엔 그것이 한강 근처의 모텔에서 들고 온 열쇠라고 짐작했으나 그곳의 첨단시설과는 너무 어울리지 않는 것 같아서 회사 동료에게 물었더니 지하철역의 코인 로커 열쇠라고 알려주었다. 여고생들의 교복이나 장기 불법체류자들의 가재도구나 범죄자들의 장물들이나 마약, 심지어 토막난 시체나 미혼모들의 신생아가 시간당 얼마씩 보관되는 곳. 그런데 왜 내 주머니에 이런 것이 들어 있는 걸까. 내 휴대전화는 전원이 꺼져 있다는 메시지만 보내왔다. 지갑 속에 남아 있는 신용카드 전표의 전화번호는 모텔 주인이 아니라 술집 종업원을 불러냈다. 내 기억을 고스란히 보관하고 있을 그녀의 휴대전화 번호는 생각나지 않았고 다만 단축 번호만 떠올랐다. 그녀는 6번이었다. 1번부터 4번까지는 가족이었는데, 5번은 누구였더라. 그러고 보니 5번의 단축 번호는 거의 사용한 적이 없다. 어쩌면 새로운 연극을 함께 시작하게 될 애인을 위해 남겨둔 자리였을지도 모르겠다. 아니면 그녀의 생일이 6일이었으므로 5란 숫자를 비웠을 수도 있다. 그녀는 이미 사무실에 남아 있지 않았다.

결국 나는 그녀와의 전화 통화를 포기한 채, 잠이 피를 진하게 만든다는 플로베르의 말처럼, 깊은 잠이 기억을 모두 회복해줄 것이라고 기대했다. 한강이 바라보이던 모텔의 출입 관리는 전적으로 기계에 맡겨져 있었으므로 그 모텔의 주인도 나만큼이나 아는 바가 없을 것 같았다. 그 순간 더 큰 상실감이 뒤통수를 후려치고 오금을 당겼다. 노트북은 어디로 간 것일까. 그 속엔 회사의 기밀 서류들과 함께 내 일기와 사진들과 음악 파일이 이백여 기가바이트나 들어 있다. 그러니까 내가 세워 오 년여 운영하던 알렉산드리아 도서관 하나가 간밤에 통째로 사라진 것이다. 그것은 곧 정체성의 위기를 의미했다. 그것을 습득한 누군가는 나를 온전히 대신하여 살아갈 수도 있으리라. 그러다가 기어코 제 부모를 잡아먹고 말 것이다. 숨통이 점점 좁아져서 아홉 개의 구멍으로 생명의 징후들이 모두 빠져나가려는 순간 주머니 속에서 열쇠가 만져졌다. 분홍색이 온몸으로 번졌다. 두터운 취기 속에서도 내가 노트북의 분실을 걱정하여 지하철의 코인 로커에 그것을 넣어둔 것이라면 그곳은 어제 그녀와 함께 지나쳤던 밤의 궤적에 포함되어 있을 수밖에 없었다. 그리고 내 휴대전화는 지옥의 문을 지키고 있다는 머리가 셋인 케르베로스처럼 코인 로커 안에서 노트북을 지키고 있을 것이다.

그래서 나는 어제의 기억을 재현하기 위해 회사 근처 지하철역까지 걸어갔다. 그리고 거기서 첫번째 24번 코인 로커를 찾아냈는데, 어쩌면 내가 그날 저녁의 파국을 예감하고서는 거추장스러운 소지품들을 그곳에 보관한 채 빈손으로 그녀를 만나러 갔을 수 있었다. 파국의 거대한 충격이 사건 전후의 기억을 모조리 지웠다면 그런 추정도 얼마든지 가능했다. 코인 로커에 열쇠를 밀어넣으면서 나는 두 권의 책을 떠올렸다. 코인 로커 속에 버려진 아이들의 방황과 성장을 이야기한 무라카미 류의 『코인 로커 베이비스』와 자신의 일상을 인문학적 지식들과 연결하여 세밀하게 기록한 미셸 투르니에의 『외면일기』가 그것이었다. 후자의 책 속엔 루프트한자 항공사의 기이한 행사에 대한 이야기가 나온다. 항공사는 고객들의 분실물들을 모아두었다가 내용물을 공개하지 않은 채 그저 무게만 알려주고 경매에 부치는데, 그것을 낙찰받은 새로운 주인은 그 자리에서 내용물을 공개한단다. 운이 좋으면 값비싼 물건들을 얻게 되겠지만 운이 나쁘면 그 쓸모를 이해할 수도 없을 만큼 기괴한 물건들이 쏟아져나와 심장마비 직전까지 몰린다는 것이다. 혹시 24번의 코인 로커가 열리는 순간 아이의 울음소리가 터져나오거나 잘린 머리가 굴러떨어지는 건 아닐까. 다행히 열쇠는 자물쇠의 모르쇠를 깨뜨리지 못했다. 피식, 웃음이 나왔다. 그러나 그 밤 내가 웃을 수 있었던 순간은 그게 전부였다.

우리가 만났던 술집은 두 지하철역 사이에 있었으므로 나는 두 곳을 모두 들러야 했다. 한 곳에는 코인 로커가 설치되어 있지 않았다. 다른 곳에는 출구마다 코인 로커가 설치되어 있었는데, '4'자를 금기시하는 관습 때문에 23번 다음에 25번으로 이어지는가 하면 아예 번호표가 떨어져 있는 곳도 있었다. 나머지는 이미 누군가의 무엇인가로 채워져 있어서 내 열쇠로는 열리지 않았다. 카드 전표에 찍혀 있는 술집으로 찾아갔으나 나처럼 평범한 고객을 기억하는 자는 없었다. 나는 점점 초조해지기 시작했다. 당장 그녀에게 연락이 닿는다면 악몽은 쉽게 끝날 수도 있을 텐데 삼 년 동안 거의 하루도 거르지 않고 연락했던 여자의 전화번호가 전혀 기억나지 않았다. 나는 목표를 바꾸어 휴대전화를 찾아 나섰다. 택시를 타고 한강이 내려다보이는 무인 모텔까지 찾아갔지만 주인은커녕 종업원조차 만날 수가 없었다. 긴급 상황에선 주인을 불러낼 수 있다는 인터폰의 신호음은 먹장구름 가득한 허공만을 수십 차례 찔러대다가 끝내 끊어졌다. 결국 나는 아무런 소득 없이 집으로 돌아왔다. 그녀의 연락을 기다릴 수 없을 만큼 무거운 잠이 몰려왔으므로 나는 타고난 낙천주의자처럼 잠옷까지 갈아입은 채 잠자리에 들고 말았다.

다음날 그녀가 내 사무실로 전화를 걸어왔다. 불덩어리를 뱉어내느라 그녀는 간간이 마른기침을 해대면서, 코인 로커 속에 넣어둔 자신의 휴대전화를 돌려달라고 말했다.

"아, 그랬었구나."

어쩌면 나는 지옥과도 같은 코인 로커에 노트북을 넣은 뒤 그걸 지키기 위해서 사냥개 같은 내 휴대전화를 집어넣었고 다시 내 휴대전화를 지키기 위해 사냥개의 주인과도 같은 그녀의 휴대전화마저 추가했는지도 모른다. 짐짓 모든 것을 기억한다는 듯이 이따금 맞장구를 치면서 나는 그녀의 풍경 속에서 코인 로커의 위치를 찾아내려고 긴장했다. 하지만 기억상실의 곤혹스러움을 고백하지 않고선 아무런 단서도 찾을 수 없을 것 같았다. 나의 하리망당한 이야기는 그녀의 화를 더욱 북돋고 말았다. 그녀의 증언을 종합해

보자면, 나는 자신의 몸도 가누지 못할 만큼 혼미한 상태에서 그녀에게 청혼했다. 그녀는 승낙이나 거절의 의사가 취한 나에겐 동일하게 이해될 게 두려워 아무런 대꾸도 하지 않았다. 그러자 갑자기 내가 사랑의 실체를 증명해 보이겠다고 호기롭게 말하더니 자신에게서 휴대전화를 빼앗아 술집 밖으로 달려나가더란다. 삼십 분 남짓 지난 뒤에 돌아와서는 코인 로커 열쇠를 보여주었다.

"이런 게 다 무슨 소용 있겠어? 정작 우린 지금 어디로 가고 있는지도 모르는데."

그녀의 집요한 추궁에도 나는 끝까지 코인 로커의 위치를 말하지 않았다. 화가 난 그녀가 내게서 열쇠를 빼앗아 술집을 나갔다. 아무런 성과도 없이 그녀가 술집으로 되돌아왔을 때 나는 탁자 위에 엎드려 자고 있었다. 술집 주인의 등에 업혀 간신히 택시에 올라탄 나는 바다를 봐야 한다고 고집을 피웠고 하는 수 없이 그녀는 한강이 내려다보이는 모텔 앞에 나를 내려주었다. 나는 한강을 향해 오줌을 갈기면서 삼 년 동안 애지중지 길러온 사랑이 침몰한 곳을 표시해두겠노라며 날뛰었다고 했다. 다음날 아침 침대 속에서 함께 깨어난 여자는 그녀가 아니었던 모양이다.

그녀가 사라진 날부터 귓속으로 파도 소리가 밀려들었다. 이별을 치료하기 위해 이비인후과에 다니는 두 달 동안에도 나는 틈만 나면 지하철역의 코인 로커를 뒤졌다. 나중엔 코인 로커가 도서관이나 공공장소에도 설치되어 있다는 이야기를 듣고 나서 크게 절망했다. 곰곰이 따져보면 나의 고통은, 한때 내가 지니고 있었던 것들이 여전히 어딘가에 모여서 나를 기다리고 있으며 그걸 발견하는 순간 상처가 생겨나기 이전의 상태로 되돌아갈 수 있을 것이라고 여기는 낙관적 성향에서 비롯되는 게 분명했다. 그래서 나는 이렇게 생각하려고 노력했다. 나는 애초에 그녀를 단 한 번도 만난 적이 없으니 노트북에 일기를 쓰거나 사진을 보관할 이유도 없었고, 유행이 지난 휴대전화는 더이상 이진법적 세계를 해독할 수 없어서 폐기했다고. 그리고 세상에 존재하는 모든 자물쇠를 열 수 있는 단 한 개의 열쇠는 존재할 수 없다고. 그랬더니 중이염과 기억상실증이 호전되었다. 24란 숫자는 결국 충만한 하루를 의미하는 환유가 아니겠는가.

그러다가 나흘 전 회사의 보안팀에 의해 모처로 소환되었다. 경쟁 업체 직원 중 하나가 우리 회사 내부의 비밀들을 빼내 외국 업체에 넘겼다는 제보를 받고 공모 여부를 확인하기 위해서라고 들었다. 모든 직원들이 조사 대상이기 때문에 지레 걱정할 필요는 없었다. 개중에 운이 나쁜 사람들만 추가로 조사를 받게 되어 있었는데 기억상실증을 겪고 있는 내가 조사관들의 질문에 제대로 답변할 수 없는 것은 당연한 결과였다. 더욱이 내 주머니에서 발견된 코인 로커 열쇠의 미스터리 때문에 나는 오늘까지 닷새째 퇴근하지 못하고 있다. 하지만 코인 로커 열쇠와 관련된 진실이 나보다 더 궁금한 사람은 없을 것이다.

이게 전부다. 더이상 진술할 전략前略과 후사後事는 없다. 그렇다고 없는 죄를 자백하고 스스로 사표를 내면서까지 명예를 선택할 생각도 없다. 이별이 무서워서 사랑하지 못하는 자는 부끄러워하지 않는데 사랑 때문에 이별하는 자는 왜 이런 모욕을 당해야 하는 것인지 제발 누가 설명해다오. 아니면 이 씨발놈들아, 꿈으로 빚어진 너희들을 모두 물리칠 수 있도록 내게 단 십 분의 잠이라도 허락해다오.

마치며

대화

"당신은 나를 사랑하지 않잖아?"

당신은 그렇게 말했다. (물었다?)

나도 그렇게 들었다. (들렸다.)

물론 말하려는 것들을 그대로 말할 수 있는 사람은 없다.

직접 들었다고 해도 그것이 모두 진실이라고 여겨서는 안 된다.

공기중의 습기나 밝기에 따라서도 진실은 얼마든지 왜곡될 수 있다.

그래서 나는 생각했다. (괴롭혔다.)

솔직히 말하자면 당신을 생각한 게 아니고 나를 생각했다.

(아무도 솔직히 말할 수 없다. 아무도 솔직히 생각할 수 없기 때문이다.)

당신이 사라진 뒤에 남는 풍경들을 모두 나의 속성으로 포함시킬 작정이다.

사랑의 내용에 대해 생각한 건 아니다.

사랑의 형식에 대해 생각했다. (상상했다.)

사랑에 내용이 없다는 건 당신도 안다.

없는 것을 있다고 믿게 하는 형식이 사랑일지도 모른다.

하지만 그런 형식을 나는 모르지 않고 비웃을 뿐이다.

당신이 나를 믿지 않았던 역사보다도

내가 나를 믿지 않았던 역사가 더 깊다. (어둡다.)

사랑의 내용이나 방식보다도 더 늙었을지 모르는 나는 차라리 당신을 믿는 편이다.

당신의 형식을 믿고 당신의 내용을 믿는다. (기대한다.)

안팎이 뒤집혀서

내용이 밖으로 덮이고 형식이 안으로 고여서

굳이 당신이 나를 사랑하지 않더라도

내가 사랑을 당신이게 하거나

당신이 나를 사랑으로 부른다면

물음은 스스로 대답이 될 터이다.

우물처럼

당신 옆자리에 놓인 가장 완벽한 침묵 속에서

바닥 없이 고요할 수 있는 자세가

내가 당신을 사랑하는 방법이다. (라고 묻는다.)

"나는 당신을 증오하지 못하잖아?"

당신은 그렇게 들었다. (들렸다?)

내가 그렇게 말했으나 말한 것들이 모두 들렸을 리 없다. (틀렸다.)

문학동네 짧은소설
망상, 어語
ⓒ 김솔 2017

초판인쇄 2017년 1월 23일
초판발행 2017년 1월 31일

지은이 김솔
펴낸이 염현숙
책임편집 이성근 | 편집 정은진 김내리 이상술
디자인 윤종윤 | 마케팅 정민호 박보람 이동엽
홍보 김희숙 김상만 이천희
제작 강신은 김동욱 임현식 | 제작처 영신사

펴낸곳 (주)문학동네
출판등록 1993년 10월 22일 제406-2003-000045호
주소 10881 경기도 파주시 회동길 210
전자우편 editor@munhak.com | 대표전화 031) 955-8888 | 팩스 031) 955-8855
문의전화 031) 955-3576(마케팅) 031) 955-8864(편집)
문학동네카페 http://cafe.naver.com/mhdn | 트위터 @munhakdongne

ISBN 978-89-546-4427-3 03810

* 이 책의 판권은 지은이와 문학동네에 있습니다.
이 책 내용의 전부 또는 일부를 재사용하려면 반드시 양측의 서면 동의를 받아야 합니다.
* 이 도서의 국립중앙도서관 출판예정도서목록(CIP)은 서지정보유통지원시스템 홈페이지(http://seoji.nl.go.kr)와 국가자료공동목록시스템(http://www.nl.go.kr/kolisnet)에서 이용하실 수 있습니다.(CIP 제어번호: 2017001183)

www.munhak.com